新 潮 文 庫

坂東蛍子、星空の下で夢を語る

神西亜樹著

新 潮 社 版

10429

目次

坂東蛍子、星空の下で夢を語る

［ばんどうほたるこ、ほしぞらのしたでゆめをかたる］

Hotaruko Bando recites
her wishes
under the starlit sky

一章　グッド・ラック・ホタルコ

坂東蛍子、探偵になる

友情とは何だろう？

＊＊＊

秀吉《ひでよし》がどんな気持ちで信長《のぶなが》の草履を温めたのか、多くの人は想像がつくだろう。誰も好き好んで他人の履き物を抱いたりなどしない。秀吉だって本当は家に帰って暖をとり、今で言う苺《いちご》ショートケーキを食べながら、今で言うソーシャル・ゲーム・アプリに耽《ふけ》りたかったに違いない。それでも意思頑《かたく》なに草履をハグしたのは、彼の生活においてそれが必要な行為だったからだ。仕事のためには時に日陰の努力も大切だということである。

入夏今朝《いりかけさ》が現在ネットラジオに出演しているのも、全く同じ理由である。保身のために好きでもないことをやって、不特定多数の信長に媚《こ》びているわけである。

「えー、では再び質問にお答えしていきますね。質問はメールで随時受け付けています」

入夏今朝は国に公認された数少ないハッカーで、警視庁サイバー犯罪対策課の緊急時に手を貸す外部顧問のような立場にある。普段はネットの底で邪悪なプログラマー軍団と戦っている彼女だが、社会的体裁を保つため、本業の傍らで定期的に広報に参加させられ、存在を公共に露出してきた。現在生放送中の警視庁特設ネットラジオのように、だ。

「あ、あはは、リスナーの皆さんはいつも元気ですね。ありがとう。では次の質問」

やはり女性というのが体面上有利のようで、入夏は国内でハッカーとしては二番目の知名度を獲得しており、放送中はコメントが戦場の銃弾のように山ほど飛び交い、当人も戦時下のポテトぐらいにはモテている。今回の放送も大盛況、お腹《なか》いっぱいである。今はまだ一部に知られるだけの入夏だが、ファンは着実に増えており、このまま行けば情報社会に革命を起こすハッキング・アイドルが誕生する日も近い。

「次。『入夏今朝というハッカーネームの由来は？　例のハッカーに肖《あやか》って？』」

ちなみに、当人はそんな誕生日の到来は全く望んでいない。彼女には他に夢がある。

いつか自分でロケットを作り、皆で宇宙の果てを見に行きたい——それが彼女の夢だ。

「今朝こそ夏に入る」をもじったその偽名も、ロケットが待ち遠しくてつけられたものだった。入夏が小さい頃、日本ではロケットの打ち上げが漁協組合との兼ね合いで夏期に集中していたため、彼女にとって夏は特別な季節だったのだ。

「秘密です。次の質問」

ハッカーであろうとなかろうと、夢を叶《かな》えるには幾つかの鍵《かぎ》が必要になる。その一つが人脈だ。入夏はそのことをハッキングに手を出した五歳の誕生日に、ケーキに蠟燭《ろうそく》を突き立てながら電撃的に理解した。結果、電子世界での〝秘境探検〟や〝自由貿易〟に精を出し、ただ生きていては繫《つな》がりようのない知人を増やして、今ではCIAの職員のツテすらある。実のところ、彼女は六歳の頃には株で荒稼ぎし、七歳の頃に買った家電屋も全国展開するまでに成長しており、金には全く困っていない。働く必要などないのだ。外部顧問業も公権力に人脈を作る一環に過ぎない。人脈こそ入夏の宝だった。

勿論《もちろん》このような超法規的な話は披露出来ないので皆には秘密だ。入夏にはこういった秘密が沢山ある。沢山ありすぎて、先程から質問メールへの返答も殆《ほとん》ど「秘密です」で済ませているほどだ。女は秘密が多い方がミステリアスで魅力的に見えるものである。

「そろそろ最後の質問にしましょう」

最後のメールには画像が添付されていた。理科教室用の長机を写した写真だった。机上には幾つかの走り書きが残されている。移動教室で同じ席に座る二人の生徒が、それぞれ授業中に教師の目を盗んで書き残した遣《や》り取りの跡のようだ。

入夏今朝はメール本文に書かれた質問に目を通した。

『ウチの学校で見つけた落書きなんですが、これって鳴呼夜本人のものですか？』

「鳴呼夜」

落書きの末尾の署名を読み上げる。鳴呼夜と書いて「ああや」と読む。

望月《もちづき》鳴呼夜。デジタル画像による直筆署名だけが存在を証明しているこの怪人物は、十年程前からネットの陰に潜み、驚異的なハッキング能力によってあらゆるサイバー犯罪に関わってきたとされる伝説のハッカーである。入夏と対を為《な》し、入夏より知名度の高いナンバーワン・ハッカーだ。同時に、入夏が警察に協力する最大の理由でもある。

この人物は先日発生したテロリスト学校銃撃占拠事件にも関与が疑われ、連日報道に名前が挙がったことで、二人の「屋上少女」同様に世間での知名度が一気に上昇した。鳴呼夜はネットカルチャーの悪の象徴としてマスコミに取り上げられ、毒された世論はハッカーを否定する風潮になりつつあった。世論は当然警察内部にも影響をもたらし、入夏を含めたハッカーの扱い方も、今後変更を余儀なくされるかもしれない状況にある。

こういった内憂の影響で、入夏はハッカーのイメージを貶《おとし》め、その先にある彼女の夢を破壊しかねないこの望月鳴呼夜という悪を一刻も早くこの世から消し去らねばならない立場にあった。彼女は追い詰められていた。そうでなければ口下手の少女がネットラジオなど率先して出演したりしない。

入夏は改めて画像を見る。そして「本物だ」と低く呟《つぶや》いた。鳴呼夜の直筆署名画像を飽きるほど見ている入夏には、鑑定するまでもなくこの署名が本物だと分かった。

マイクは既に切られ、放送も終了して、入夏自身もスイッチが切り替わるように外行《い》きの表情を凍てつかせている。入夏がスマートフォンを手にすると同時に着信が入る。相手は松任谷理一《まつとうやりいち》だった。警視正の息子という特権を利用し、高校生でありながら刑事の真似事《まねごと》をしている少年で、入夏とも捜査で何度か連携した過去がある。

「理科机」

〝……流石《さすが》耳が早い。現場は嗚呼夜の尻尾《しっぽ》を摑《つか》んだと大盛り上がりですよ。伝説のハッカーが学校の理科室に出入りするような立場の人間とは誰も予想していなかった〟

「それで、仕事の内容は」

〝望月嗚呼夜の特定。ならびにこの理科机で嗚呼夜と文通していた相手の特定〟

入夏は嗚呼夜の交流相手の描くすっとぼけた三毛猫のイラストに目をやった。

「お前のことだ。この『雪』と名乗る会話相手の見当は、もうついているんだろう」

理一はその名を口にした。坂東蛍子《ばんどうほたるこ》。頭脳明晰《めいせき》にして自由奔放、加えて少々探偵気質な、この物語の主人公の名である。

◆

坂東蛍子は新しいものが好きだった。所謂《いわゆる》ミーハーというやつである。流行《はや》り物だと言われたら発売前夜から店の前に並べるし、最新機器の新製品発表会も出来るだけリアルタイムでチェックしようと頑張るし、新年を祝うために必死で目をこすったりする。そして結局、努力の甲斐《かい》なくすやすやと眠り、いつだって健康な朝を迎えるのだ。

そんな彼女だ、昨日オープンしたばかりのビルに足を踏み込んだら、はしゃいでしまっても仕方がないのである。彼女は先程から目に映るもの全《すべ》てが好きになっていた。エントランスホールも、電光掲示板も、エスカレーターの手摺《てすり》にだって恋をしつつある。恋をすると綺麗《きれい》になると言うが事実その通りのようで、好きなものを見る蛍子はたとえ人混みの中でも群を抜いて美しかった。

「こら、小学生じゃないんだから」

幼馴染《おさななじみ》の結城満《ゆうきみちる》が、手摺に乗り出した蛍子の体を慌《あわ》てて引き戻した。

「えへへ、ごめんごめん」

まぁでも、と満は辺りを見回す。蛍子の浮かれようも分からないではない。

太陽の吼《ほ》える七月の第二日曜日、彼女たちはオープンしたてのとあるビルにやって来ていた。〈バベル〉と名付けられたこのビルは都市再生特別措置法によって竣工《しゅんこう》された複合商業施設であり、今後長くこの街のランドマークとなるであろう唯一《ゆいいつ》無二の建物だ。また、最上層には宇宙航空技術を研究する最新の施設が設けられる予定となっており、技術面での貢献も期待されている。予定だの期待だのと煮え切らない表現をとったのは、最上階が未《いま》だ工事中だからである。完成を待たずして施設の開業が決定されたのには、どうやら夏休みシーズンを逃したくないという出資者の思惑が絡《から》んでいるようであった。企業利益も大事だが、エスカレーターの安全設備すら整っていないというのは幾ら何でも、と満は不快感を露《あら》わにした。事故防止の板がかかってなくて、うっかり親友の首が飛ぶところだったじゃない。

「まったく……大体、目立たないようにって私に忠告してきたのは蛍子じゃない。自分が目立っててどうするのよ」

「そ、そうだった」

蛍子は慌てた様子で眼鏡とマスクの隙間《すきま》を埋め、細い首を肩の合間に引っ込めた。キャスケットに挟まる後ろ髪を指で解《ほぐ》しながら、満は挙動不審な友人を笑った。

坂東蛍子は現在、私生活において変装を余儀なくされていた。先日のテロ事件を経て彼女は一躍時の人となっており、音声合成ソフトから胡桃《くるみ》割り人形に至るまで、デジタルとアナログの国内市場経済を席巻《せっけん》している。迂闊《うかつ》に素顔で外を出歩こうものなら、たちまち甘い蜜《みつ》を吸いに来た働き蟻《あり》に集《たか》られて身動き出来なくなってしまうのだ。

「それもこれも全部ジャス子のせいよ。アイツが教えてくれなかったせいで、あんな映像がテレビで流れちゃって、こんな格好しなくちゃいけなくなっちゃって——」

「わかったわかった。で、お菓子はどの階で下りれば手に入るの？」

満はフロアマップを蛍子に渡し、後に続く台詞《せりふ》を封じた。毎日二十回は聞かされる恨み言に満はもううんざりだった。

「んー、四階！　オーガニックフード専門店からコンビニまで、色々入ってるみたい」

マップには各店舗の紹介と、オープンセールの特売品の広告が載っている。庶民としては衝撃特価に衝撃を受けたいところだったが、生憎《あいにく》彼女達はそれらとは無縁な店に向かっている。二人は今日、お菓子を買いに来たのだ。流行の最先端の地でわざわざ保存の利《き》くお菓子を買いに来たのである。四階に着いた少女は、案の定人の少ないフロアに何だか敗北感を覚え、保存食品売り場で元気の無い足音を鳴らした。

「ねぇ……ねぇ、蛍子」

蛍子はしつこくツンツンしてくる満の方を向き、彼女が訝《いぶか》しげな目を向けているその視線を追った。視線の先には少女がいた。長身で手足がすらりと伸びてはいるが、顔のあどけなさが蛍子達と大差ない年頃の娘であることを物語っている。ボーイッシュなショートカットの左側を髪留めで押さえていて、肌は白く顔立ちは端正だ。しかし、満が蛍子という最大の興味関心を放り出してまでその人物に関心を向けたのは、彼女の容姿が目を引いたからではない。その所作が鮮烈だったためである。

長身の少女はあらぬ方向を見たまま、お菓子売り場を儀式的動作を繰り返しながら時計の針の如《ごと》くグルグル周回していた。商品には見向きもしないままポテトチップスとラムレーズンの棚の間を往復するその姿は、まさに映画に出てくるゾンビそのものだった。いや、ゾンビの方がまだ理性的と言えるかも知れない。彼らは定時に墓場から出て集団勤労したり、外れた顎《あご》をキュートにカタカタ鳴らしたりすることが出来るが、目の前の少女は壊れたラジコンのようにただグルグルと回っているだけだった。自らの尻尾を追う犬の映像をスロー再生で流しているよう、と形容した方が正確かも知れない。

彼女の動きは健全な人間には理解不能だろうが、しかし視力のとても低い人間が身近にいると見かけることもあり得る動作だ。あの出来損ないゾンビは、実のところは落とした眼鏡を探して暈《ぼ》けた視界を彷徨《さまよ》っているだけなのだ――坂東蛍子はこのことに時を置いてようやく思い至った。彼女もほんのちょっとだけ目が悪かったからだ。

「探し物はこれですか？」

蛍子が落ちていた眼鏡を拾い上げ、相手の掌《てのひら》にそっと乗せた。長身の女は慌ててそれを耳にかけ、何度か目蓋《まぶた》を運動させた後でようやくホッと一息吐《つ》いた。

「ああ、ありがとう。坂東さん」

「あれ、どうして私の名前……」

「生徒会役員として流律子《ながれりつこ》さんと縁があってね。友人である君の活躍もよく聞かされる」

先輩だったんですね、と蛍子が外行きの笑顔を作り、改めて名乗りながら左手で握手を求めた。少女がそれに喜んで応じる。結城満は一一〇番をすべきか一一九番をすべきか迷っていたため、女が普通の人であったことに心底ほっとして携帯電話を下ろした。

枇々木巴《ひびきともえ》と名乗ったその少女は、蛍子の先輩にあたる高校三年生だ。背も高くボーイッシュな風貌《ふうぼう》のため、男子より女子からの人気が高い。生徒会では書記長を務めており、蛍子の数少ない友人である流律子の上司にもあたる偉い人だ。最近は元気な後輩たちに振り回されて少し疲れ気味で、ビタミン剤で疲労回復を図ることが日課になりつつある。

「一応、変装しているつもりだったんですけど、あっさりバレちゃいましたね」

「はは、女の私から見ても君は美しすぎるからね。本気でやるなら整形から考えないと」

結城満は蛍子が鞄《かばん》をこそっと背に回したのを見逃さなかった。彼女の鞄の中には今、兎《うさぎ》のぬいぐるみが入っている。見栄《みえ》っ張《ぱ》りの「高嶺《たかね》の花」としては校内の人間にその可愛気《かわいげ》を知られたくないのだろうな、と満はニヤニヤし、蛍子に手の甲をつねられた。

「バベルへは何をしに？」と蛍子が改めて話を振る。

「たぶん君たちと同じだよ。お菓子を買いに来たんだ。自分の分は必要ないんだけど、近頃引きこもりがちになっている後輩の分を任されてしまってね」

そう言って巴は後輩から託されたという「お使いリスト」を二人に見せた。メモ用紙には太字で「ココアシガレットとじゃがりこ」と書かれている。

「なんかこの後輩さん、ノリが蛍子と似てるわね」

満の言に蛍子が不満な目を向ける。

「だって蛍子ったら、放っておくと遠足にバナナとか持ってく――」

蛍子は満の口を押さえ、黙って買い物かごを明け渡した。

「安心して蛍子、私が模範的な女子高生のお菓子をちゃんと選んであげるからね」

「初めからそのつもりでついてきたんでしょ、もう……」

笑顔でかごを受け取りお菓子を物色しに行く幼馴染を恨めしげに睨《にら》んだ後、蛍子は諦《あきら》めの息を吐く。少女は気分転換がてら辺りを見回した。白が基調のビル内装に合わせつつ、ある店はパステルグリーン、別の店は木の支柱と、各々《おのおの》が個性を捻《ひね》りだそうと努力する様は見ているだけでも気分を明るくさせてくれる。物々交換が始まった人類黎明期《れいめいき》から女性の遺伝子に組み込まれたウィンドウ・ショッピング細胞が、彼女の心を温かにしたのである。

そうだ、と蛍子は頬を上気させ微笑《ほほえ》んだ。これから旅行に行くんだ、私。楽しみだな。

「星が綺麗だと良いですね」と蛍子が巴に声をかけ、巴が何のことかと首を傾《かし》げる。

「林間学校の夜。屋上で満天の星を見たいな。私、星が好きなんです」

「へえ」

少女達がお菓子を買いに来た理由。それは林間学校に向けての準備のためである。先日のテロ事件を受け、学舎は学舎としての志を失いすっかり警察に私物化されてしまっていたため、生徒達は現在自宅待機状態にある。モンスターペアレントに脅《おび》える経営者は事態を憂慮し、急遽《きゅうきょ》長野の山奥にある政府の宿泊施設を借り切って、全校生徒で林間学校という名の勉強合宿に行くことを決めた。話を聞いた生徒達は阿鼻叫喚《あびきょうかん》し涙で床を濡《ぬ》らしたが、蛍子はただただ旅行が楽しみで、今も眠れぬ夜を過ごしている。

旅行の準備といったら先《ま》ずはお菓子だ。異論のある学生はおるまい。

「ふふ。それでは私は他の用を済ませに行ってきます。満が落ち着いたら伝えて下さい」

「おや、他に買うものでも？」

蛍子が口元に一本指を当てて意味ありげに笑った。

◆

結城満は過去に何度も坂東蛍子を守ってきた。街角に出れば死角から見守り、七夕やクリスマスには無事を願い、勉強の合間には甘いものを食べながら笑顔を思い浮かべた。今年の夏に至っては、一年間のブランクを埋めるべく更に溺愛《できあい》ぶりが加速しており、急に傍を離れられたりされると発作で動悸《どうき》が激しくなるほどだった。

（もう、私を置き去りにするなんて。お菓子を選んでる間ぐらい、じっとしててよね……）

　携帯電話の着信に気づき、満は胸を押さえながら急いでバッグを掻《か》き回した。きっと着信の相手は蛍子だろうと思ったからだ。

（非通知……）

　蛍子の悪戯《いたずら》かもしれない以上は出るしかない。耳に近づけながら顔を上げると、巴も同時に携帯を耳にあてるところだった。彼女にも着信が入ったらしい。

「もしもし」

　返事には少しの間があった。

〝やあ。こんにちは、お嬢さんがた〟

　電話の主の声は機械で合成されたもので、性別は疎《おろ》か、感情すら読み取りづらかった。

蛍子はこんな手の込んだ悪戯はしない、と満は表情を硬くする。視線を泳がすと、自分と同じような顔をした巴と目が合った。

〝そう。君たちだ。君たちに同時に話している〟

「ちょっと待ってくれ」と巴が電話口に応《こた》え、受話口を押さえてこちらを向いた。

「満さん、誰からの電話か教えてもらえるかな」

「わかんないです。変なロボ声の人」

満の言葉に巴が頷《うなず》いた。どうやらこの相手は本当に、二人に同時に電話をかけてきているらしかった。

（いや、大事なのはそこじゃない）

今この人物は、私たち二人が視線を交錯させたのを見て「君たちに話している」と明かした。ということは、今の私たちの挙動をリアルタイムで把握していることになる。それこそ疑問にするべきよね、と満が辺りを見回す。かなり近いところにいるはずだけど、でも人が多すぎて見当がつけられそうにないな。

〝違うな結城君。僕はそこにはいないよ。僕はもっと高い所にいる〟

「高い所？」と巴がポケットに片手を突っ込んだまま上体を反らす。

〝答えを示すためにも先ず自己紹介を済ませてしまいたいんだけど、いいかな〟

「……ご自由に」

〝僕は望月鳴呼夜。ハッカーだ。あー、ハッカーというのは、つまり、ハッキングという電子的な暴力を生業《なりわい》にしている人間のことだね。企業から依頼されては会計ソフトで表作成から記録改竄《かいざん》まで請け負っている、まぁ、しがない自営業さ〟

「そんなハッカーの鳴呼夜さんが、私たちに何の用かしら」

〝うん。それなんだけど……あれ、君たち、謎解《なぞと》きにはあまり興味がない感じかな〟

満は暫《しばら》く何を要求されているのか分からず黙っていたが、ふと腑《ふ》に落ちて口を開いた。

「謎って、つまり、高い所の件？　……監視カメラかしら」

〝正解だ〟と嗚呼夜が満足そうに笑った。〝さすが雪ちゃん……坂東君の友人〟

「坂東!?　いま坂東って言った!?」

気怠《けだる》げだった満が突然声を荒らげたことで、電話の向こうで仰《の》け反《ぞ》ったように異音が混じった。巴もビクリとしている。

「あんた、蛍子に何を、な、何かしたんじゃにゃいでしょうね！」

〝いや、落ち着いてくれ。僕は坂東君の友達だ〟

坂東蛍子は友達が少ない。彼女の友人だと言うのならば私も把握しているはずだ、と満は記憶の泉を探る。そういえば確かに「アーヤ」と呼ばれる友人がいた。去年、私が蛍子と絶交した少し後から聞き始めた名前だ。私以外に友人が出来たと知って、決別という選択は正しかったんだと背中を押されたような気がしたのを覚えている。

「待って。貴方《あなた》さっき結城君って呼んだ？　私、今日苗字《みょうじ》を名乗った覚えはないんだけど」

〝そりゃあ、ハッカーだからね。ハッカーは殆どのことは知っているものだよ、結城君。結城満。よく使うハンドルネームは『城マン』。香川県出身。特技は陸上、ダンス、パルクール。趣味は坂東君の世話焼き。最近山登りに興味がある〟

満は口を噤《つぐ》んだ。なんで私の興味関心まで知ってるの。蛍子にも言ったことないのに。

「……一応言っときますけど、ハンドルネームは蛍子が昔つけたあだ名ですし深い意味はないですから。難しい顔で私のことを観察するのはやめてください、巴さん」

「なるほど」

〝君もだ、枇々木君。枇々木巴。よく使うハンドルネームは『枇々木巴』〟

そのままだ、と満が驚いた。

〝祖母の『ズボンを穿《は》くと背が伸びる、スカートを穿くと胸が伸びる』という言葉を信じ、スカートを持たないようにしている〟

「騙《だま》されてますよそれ」と満が目を細めた。

「いやしかし、現在の私の身体的特徴を見るにあながち間違いでは――」

〝最後にもう一人、松任谷君。なぁ、ややこしくなるからそろそろ出てきてくれよ〟

「え？」

満が辺りを見回す。暫く後に向かいの店からばつが悪そうに現れたその男は、松任谷理一に相違なかった。松任谷理一。蛍子の初恋の相手で、蛍子が失恋した後も未だに想《おも》っている相手で、つまり満の敵である。この男、まさか蛍子を尾《つ》けてたんじゃ――

〝おっと、怒らないでやっておくれよ。彼は坂東君を僕という危機から護《まも》るために一人物陰で息を潜めていたんだ。級友の女子をストーキングとは宜《よろ》しくないが、警視正の勅命とあらば致し方あるまいさ〟

「…………」

〝さて、いいかな。じゃあ先程の続きだ。松任谷理一。ハンドルネームは『鉢植えの水やり』だの『お湯を沸かす』だのその都度変わる〟

メモ代わりだね、と巴が笑い、理一が神妙に頷いた。

〝父よりも特撮作品から正義を学んだ、平成世代の正義漢だ〟

「ねぇ、貴方がハッカーだってことは理解したし、蛍子の友人だってことも認める。理一坊ちゃんがライダーでも今は目を瞑《つむ》るわ。だから、いい加減本題に戻ってもらえないかしら。蛍子が、何だっていうの」

〝ああ、もういいのかい。素直だな。素直は良いことだ。美徳だね。じゃあ本題に入ろう。君たちを呼び止めたのは他でもない、一つお願いをしたかったからなんだ〟

巴が首を傾げる。理一は難しい顔をしていた。

〝君たちは坂東君がこのバベルに私とゲームをしに来たことを知っているのかな〟

「……初耳ね」

結城満は蛍子とただお菓子を買いに来たつもりでいたため、蛍子の目的が自分以外の友人にあったと知ってちょっとだけ悔しくなった。

〝やはり。まぁ坂東君は秘密を大切にするからね。秘密や、友人をとても大切にする〟

何を強調してるのよ。あてつけかしら。

〝坂東君は私とゲームをしに今日ここを訪れた。内容はいたってシンプルなオリエンテーリングで、彼女は私が出題する謎を解きながら、最終的にバベルの中にいる私への到達を目指している〟

「つまり、ゴールは望月さんということだね」と巴が言った。

〝そうだ。そこで君たちには、坂東君の『目的達成』を阻止してもらいたい〟

「？　どういうことだ」

黙っていた理一が思わず口を挟む。

〝だからね、坂東君を僕に近づけないようにして欲しいんだ。遠ざけて欲しい。彼女を連れて、さっさと帰ってくれ〟

「えっと、ちょっと、意味が分からないんだけど。自分で呼んだんでしょ？」

〝結城君、ここで重要なのは意味じゃない。理由の方だよ〟

じゃあその理由を教えてくれ、と理一が返す。

〝坂東君が僕のところに辿《たど》り着くと、僕は坂東君を殺してしまうことになるだろう。これが阻止してもらいたい理由だ〟

いきなり飛来した物騒な言葉に満が眉《まゆ》を動かした。

「……そんな突拍子もないこと言われても、俄《にわか》には信じ難いな」

巴の言葉に満は同意出来なかった。坂東蛍子は人知れず、自覚なしに、しょっちゅう命の危険に晒《さら》されてきた。誘拐犯だの、不思議生命体だの、宇宙人だの、テロリストだのに、何度も脅《おびや》かされているのだ。まして、今の蛍子は世間に顔の知られている時の人である。テロリストの仲間が復讐《ふくしゅう》の的にしてもおかしくない状況なのだから、もっと軽度のリスクは路傍のシロツメクサのようにびっしり生え揃《そろ》っていることだろう。電話の主がそのリスクの一つである可能性は充分あり得る話だ、と満は思った。

〝重ね重ねで説教臭くなってしまって申し訳ないが、真実かどうかというのもここでは重要じゃないんだ、枇々木君。今、僕は坂東君が殺されるかもしれないことを示唆《しさ》した。この示唆を完全に覆《くつがえ》せない以上、つまりほんの僅《わず》かでも真実である可能性がある以上、君たちは善良な一市民として話を聞き流すことなんて出来なくなる。違うかな？〟

「……確かに、その通りだ」

〝よろしい。では引き受けてくれるかな〟

「決まってるでしょ。絶対近づけさせないわ」

〝ありがとう〟

ありがとう？　と満が眉を先程とは逆方向に曲げる。間接的に蛍子との絶縁要求を宣言したら感謝されてしまった。満は嗚呼夜の考えていることが始めから終わりまで何一つ分からなかった。蛍子と会うために呼び出し、結果蛍子を殺そうとし、それを止めるため私たちに蛍子を遠ざけるよう促している。会おうとして遠ざけて、殺そうとして救おうとして、いったい何を考えているんだ。ゲームの一環ということだろうか。助けたいのなら自分で手を打たない理由も分からない。謎だらけだ。

「何で殺すのよ」と満が嗚呼夜に尋ねる。

〝殺すだなんて言っていないよ。『殺してしまう』と言ったんだ〟

「同じじゃないの」

〝そうかもしれない。じゃあ健闘を祈るよ〟

満は嗚呼夜が電話を切ろうとしていることを察し、慌てて呼び止めた。

「蛍子は貴方がハッカーだってことを知ってるの？」

〝いいや〟

「じゃあそのことを教えれば一発でしょ。悪いハッカーが自分を殺そうとしていると分かれば、蛍子だって正しい判断をしてくれるわ」

それは無理だ、と嗚呼夜は断言した。

〝何故《なぜ》なら僕と坂東君は友達だからだ。君なら分かるだろう。彼女は友達をとても大切にする〟

通話が途切れた。三人は暫く立ち尽くしていた。誰もが動揺を滲《にじ》ませたが、結城満のそれは一際《ひときわ》目立っていた。幼少からの付き合いである満にとっては、親友の危機はもはやや恒例どころか年中行事だったが、心の乱れ、これぱかりは何度経験しようが防ぎようがないものだ。いや、むしろ何度も経験しているからこそ嗚呼夜の示した凶刃《きょうじん》が偽物《にせもの》でないことを直感的に確信出来てしまい、戦慄《おのの》いてしまっていたのだった。

「……とりあえず、やってみるしかないわね」

「当然そのつもりだ」と理一が首肯を返す。

「私も参加しないと駄目かな？」

しかし巴は難色を示した。

「な、何で、どうしてですか。さっきは聞き流せないって話になったのに」

「出来ることがあるなら喜んで協力するさ。それに二人が真剣になっている理由は分かるよ。各々そうなるに相応《ふさわ》しい立場の人たちだからね。けれども、そんな二人に対して私の場違い感といったら……そもそも私はこういう責任が伴う状況が苦手なんだ。二択問題は必ず間違えるし、使命が果たせたためしもない。向いてないんだよ」

枇々木巴の気の緩さは、親友の生き死にがかかった満の立場からは到底考えられない。でも巴さんの立場からでは当たり前の結論なのかも、と満は理解に努めた。確かに、普通の人はこの張り詰めた空気に場違いな違和感を覚えるものなのかもしれない。

「それに、やること自体は単純だ」と巴が言った。

「坂東さんを外に出す。この勝利条件は至ってシンプルだ。女子高生一人を物理的にビルの外に出すだけなら、私の手がなくても幾らでも事足りるだろう」

「いや、話はそう単純ではないはずなんです」

二人の問答を聞いていた理一が口を開いた。少年は二人に望月鳴呼夜という名前の持つ意味を語る。幾多の犯罪に関わった伝説的なハッカーとして、また学校占拠事件を手引きした容疑者として警察に追われているといった情報の数々は、一つ一つが泥のように肌に纏《まと》わり付き、満の気を重くさせた。

「それだけじゃない。鳴呼夜には『グッド・ラック』というユニークな異名がある」

希望を感じる異名ね、と満は思った。

「裏の世界で名を馳《は》せるこのハッカーは、ある奇妙な性質を持っていると言われている。それは『関わった人間を必ず不幸にする』というものだ。鳴呼夜に頼んだ依頼は確実に成功するが、しかし完全には成功しない。例えば銀行強盗を依頼したとする。すると金は確実に外へと持ち出せるが、実行犯は全員命を落とす。あるいは先日の学校占拠事件を思い出してもらった方が早いかもしれないな。鳴呼夜の手引きで学校に侵入できたもののの、結局彼らは何も成せずに捕まってしまった。組織発展の第一歩にするはずが、最後の仕事になってしまったわけだ」

二人は黙って聴いていた。

「また、鳴呼夜との間で成立した契約は達成が約束される。そのため契約の達成を阻止しようと動いてもそれが叶わない。運悪く不幸が続き、阻止は失敗に終わってしまうんだ。目的達成という幸運と、それに見合った等価の不幸が回避出来ない呪《のろ》いのようにワンセットでやって来る。依頼主が絶命するケースも多い。故《ゆえ》に皮肉を込めてついたあだ名が『グッド・ラック』。旅立ちに幸あれ、だ」

「……なるほど。それで蛍子が危ないってわけ」

鳴呼夜の「殺してしまう」という言い回しの理由はこれか、と満は眉根を寄せる。

「今の坂東は、まさに望月鳴呼夜と取引関係にある状態だ。しかも事もあろうに鳴呼夜に辿り着くことが目的に設定されている。鳴呼夜に関わった上、鳴呼夜に近づいていっており、最終的には鳴呼夜に会うつもりでいるわけだ。事態は重い」

理一と満が深刻な面持ちを見せた。二人が「不運」「不幸」などという曖昧《あいまい》な観念を前提に危機感を募らせている姿は、人によっては実に滑稽《こっけい》に見えることだろう。現に枇々木巴は話の流れに戸惑うような表情を満達に見せた。満だって出来ることならその表情を共有し、女子高生然とした憎い洒脱《しゃだつ》で淀《よど》んだ空気を押し流したい。しかし残念ながらそれは無理だ。彼女の一族は代々魂を持った人形と関係の深い人形師だし、その縁で喋《しゃべ》るぬいぐるみの友人がいるし、心を探すアンドロイドやCIA職員とも知り合いだ。今朝は水着姿の宇宙人に会釈《えしゃく》し、哲学書を読み耽る猫に餌《えさ》をあげたばかりなのだ。結城満はファンタジーに慣れすぎていたし、実際のところ世界は一歩脇道《わきみち》に逸《そ》れれば想像以上にファンタジックなものなのである。そんな世の中だ。「運」や「幸」を自在に操ることが出来る人間がいたとしても何らおかしくない。

耳を澄ませば神だってそこにいる。そのことを満も理一もよく理解していた。

「とりあえず、『グッド・ラック』については今は保留で良いでしょう。真実かどうかは実際に動いてみれば分かることですからね」

理一は巴の心情を考慮して話題を戻した。

「しかし枇々木先輩、せめてその真偽がはっきりするまでは手数として数えさせてはもらえないでしょうか。一刻を争う状況で動ける人がいないというのは困る」

「分かったよ。別に協力したくないと言いたかったわけじゃないんだ。出来る限りで尽力させてもらうよ」

巴の決断に満は心から感謝した。理一のこともちょっとだけ見直した。

「じゃあまずは、どっか行っちゃった蛍子を探さないと」

「ああ、それについては心配いらないぞ」

理一が背後の監視カメラを指差す。

「幸いこちらにも目はあるんだ。心強いハッカーの目がね」

結城満がカメラをじっと見つめる。するとカメラが命を吹き込まれたようにピクリと震え、ゆっくりと上下に頷いて見せた。

「紹介しよう。彼女は入夏今朝。今回、俺が鳴呼夜への接近を試みることを伝えたら快く同行を申し出てくれた、サイバー犯罪専門の捜査官だ。別行動ながら、逆探知やナビゲートで俺たちを支援してくれる。坂東の居場所もリアルタイムで把握しているから、カメラに向かって話しかければ、その時は電話をかけて答えてくれるだろう」

満は苦笑いをした。私、携帯番号を電話帳に載せた覚えはないんだけれど。ついでに満は二人と連絡を取り合うため電話番号を交換した。

「この分だと、最終的にはハッカー同士の戦いになるってことかな」と巴。

「しかし相手は望月鳴呼夜だ。当然入夏氏の存在にも気づいているだろう。俺たちのような駒《こま》がいることは、決して無駄なことではないさ」

「貴方たち、肝心なことを忘れているわね」

やれやれ、と嘆息する満に、二人が齧歯《げっし》類《るい》のようなとぼけた顔を向ける。

「私たちにはもう一人戦うべき難敵がいるでしょう」

「？　……坂東さんのことかな。そりゃあ彼女は噂《うわさ》に名高い天才少女だけれども、しかしあくまで十七歳の女の子じゃないか。伝説のハッカーと比べたら――」

「巴さん、貴方は蛍子のことを何も分かっていないみたいですね……」

結城満が絶望の表情で頭を抱えた。

「あの子いま絶好調なんですよ！　屋上の一件からこのかた絶好調！　いいですか巴さ

ん！　坂東蛍子が絶好調ということは、それはつまり無敵ということです！」

満は自分の言葉を聞いて改めて認識した。彼女たちがこれから遮りねじ曲げようとしているのは、その無敵の坂東蛍子の覇道なのだ。彼女が知り得る限りで人類最強である、坂東蛍子の絶対意志なのである。天才ハッカーの擦れたジンクスなど、漫画の主人公じみた規格外の存在と比べれば凡百の有象無象と変わるまい。そんな相手と、ちょっと足腰が強いだけの女子高生率いる三人組とが対峙《たいじ》して、打ち勝たねばならないのだ。

結城満は過去に何度も坂東蛍子を守ってきた。しかし競ったことはあれど、戦ったことなど一度もなかった。果たして私はあの子に勝てるのだろうか、と満は思った。

いいや、やるしかない。これは守るための戦いだ。蛍子を守るために、何としてもあの子を越えないといけない。少女は拳《こぶし》を握り、仲間達の方へ振り返る。

バーサス坂東蛍子、ここに開戦である。

◆

坂東蛍子は高校二年生である。ハンドルネームは「雪」で、「蛍雪《けいせつ》の功」からつけられた。家にはデスクトップ・パソコンが一台あるが、自分より知識量が多いという事実に腹が立つため、化粧水を通販で買う時以外は使わない。完璧《かんぺき》と名高い彼女だが、唯一料理は苦手である。どうやら母親に料理から遠ざけられてきたためらしい。

以上、望月嗚呼夜がまとめたプロファイリングから引用である。

蛍子は手元の携帯画面に視線を落とした。画面には写真が表示されている。理科室の机を捉《とら》えたその写真の、鉛筆書きの奇妙な文を再読する。

（雪ちゃんへ。大アルカナ十六番に来られたし。次の陽、途切れることのない光の裏、光率の悪いその影、私だけが手を伸ばせる罅《ひび》の間にて息を潜めている。嗚呼夜）

〝バベルにお菓子を買いに行く〟というのは彼女にとって口実に過ぎない。自分を大事にしてくれる母や幼馴染の目を欺《あざむ》くための口実だ。少女の真の目的は別にある。

「待ってなさい、アーヤ。必ず見つけ出してみせるんだから」

そう、これは誰にも話されていない全くの内緒話なのだが、実は蛍子はアーヤという友人に会うためにバベルに来たのだ。いや、探しに来たと言うべきかもしれない。何故なら蛍子はアーヤの容姿を知らないからだ。顔も知らなければ声も知らない。本当の名前も知らない。そんな相手をこの巨大な塔の中から見つけ出そうとしている。

「タロットでいう〝大アルカナ十六番〟はバベルの塔がモチーフだから、場所はここで間違いないわ。〝次の陽〟っていうのは二度目の太陽、つまりオープン二日目の今日。で、〝途切れることのない光〟っていうのは……二十四時間営業の店？」

蛍子とアーヤの出会いは机上の落書きにあった。高校一年の一学期から始まった秘密の机文通は、夕飯の献立に悩む消し忘れの走り書きに蛍子が気紛《きまぐ》れで「アジ」と書き足したことに端を発する。初めは本当にただの気紛れだったが、しかし月に数度も気紛れていれば次第に意識的になっていくもので、一年を経た今では、アーヤとの遣り取りは蛍子にとってすっかり大きな楽しみとなっていた。落書きは往復の過程で文量を増していき、今ではちょっとした交換日記のようになっている。

「そうなったら、まぁ、コンビニよね。アーヤはこういう所で変に捻ったりしないし」

机上キャッチボールを繰り返す中で、蛍子はアーヤが暗に自分の才知を測ろうとしているのを感じることがあった。アーヤという人物は随分と博識な少女らしく（蛍子はアーヤを女性だと確信していた）、日常会話の合間に、学術論文から幼児用絵本まで、様々な角度から引用された問いかけが唐突に挟まり、蛍子も面白がってそれに正面から回答していった。この切れ者同士の特殊なコミュニケーションは互いの性格や興味関心の把握に一役買うことになる。今回蛍子が手にしている奇妙な謎かけにおいても、少女はその文章の内容だけでなく、アーヤの性格も考慮し謎解きに取り組んでいた。

質問をし、答える。この原始的なコミュニケーションの一形態はあらゆる情報を与え合う事が出来る。蛍子はそのことを感覚的に理解していた。だからこそ顔を合わせずとも心を許せたし、知らず知らずの内にこんなにも会いたくなる程の信頼を寄せていた。

「問題は何処《どこ》のコンビニかなんだけど……」

蛍子はバベルにやって来た際、一階の出入り口で通り過ぎたコンビニをチェックしていた。そのコンビニは四面の壁の内、国道側とエントランスに通じるモール側の二面が外から見えるよう硝子《ガラス》張りになっており、店内の、本来陳列棚が置かれるべき場所に巨大な電光掲示板が設置されていた。これはコンビニの店舗構造としてはあまり効率的とは言えない、完全にプロモーションを優先した設備と言えるだろう。

「光率なんて日本語、存在しないものね」

ありそうな日本語をあてがってちゃっかり答えを暈かすのは、嗚呼夜が以前からよく使用し、蛍子が何度か引っかかっている常套《じようとう》手段の一つだった。探偵は念のため各階のコンビニに立ち寄って店舗構造を確かめ、そして一層確信を強めて一階へ向かった。

目的のコンビニに差し掛かろうとしたその時、蛍子は突然に視界が薔薇《ばら》色《いろ》に輝くのを感じた。いったい何が起きたんだろうと戸惑い、その答えをコンビニの前に見出《みいだ》す。そこには彼女の想い人、松任谷理一が佇《たたず》んでいた。理一は今日も格好良かった。少女の顔はだらしなかった。

蛍子は理一の方に向かって自分の足が勝手に動き始めたことに気がつき、驚愕《きようがく》した。慌てて止めようとしたが、しかし両足とも想像以上に抵抗が激しく、引きずられるように一歩、一歩と想い人に吸い寄せられていく。いったいどうしちゃったの私、病気かしら、と少女は顔を青くし肝を冷やす。ただの恋患《こいわずら》いである。

彼女は何とか欲望を抑え、店の陰に身体《からだ》を滑り込ませた。駄目よ私、今はアーヤと会えるかもしれない大事な時なんだから。息を整えてからそっと店舗の前を覗《のぞ》き込むと、今度は理一がこちらへ向かって歩いてきているのを目撃し飛び上がった。

(それ以上接近されたら、誘惑に勝てない！)

「こちらみっちゃん、巴さんが買ってきた投げ網が届いたわ」

〝松任谷了解。こっちも配置についた〟

嗚呼夜からの依頼通り、坂東蛍子をバベルから追い出すべく、少年少女は急いで作戦を立てた。彼らは幾つかのアドバンテージを持っていた。その一つが、第一の暗号だ。理科教室に走り書きされていたその暗号は、バベルに到着するより前に理一が解読を終わらせている。つまり蛍子が目指す第一の目的地がコンビニであることを知っているのだ。標的のコンビニは最高の立地にあった。バベルの出入り口に位置しており、一歩踏み出せば〈バベル〉区画の外という奇跡的なポジションだ。少女一人追い出すぐらい、わけない。

〝枇々木です。無事コンビニの向かいの店に入れました〟

「オーケー、そこから店内の監視よろしく。ちょうど主役も到着しました」

坂東蛍子は間もなく姿を現した。順調にコンビニの前までやって来ると、理一を発見して突然停止し、その後地雷原を進むような足取りに変わる。あやつり人形のような奇妙な動きに、満は網を片手に頬を緩めた。

　彼らが立てた作戦は「投網《とあみ》作戦」と命名された。まず満が特技を活《い》かしてコンビニ壁面を屋上まで登り、そこで網を持って待機する。蛍子がコンビニにやって来ると店の前に立っている餌、もとい理一を発見し、それに食いついたところで頭上から網を放ち捕まえる。後は網に包まれた蛍子を皆で担《かつ》ぎ上げ、そのまま目前の国道まで、いや、あわよくば自宅まで運搬するという寸法だ。実に単純で合理的な作戦である。

「こ、こら、蛍子、なんで引き返すのよ」

　しかし事は思惑通りに進なかった。何を思ったのか、蛍子は突然進路を変えてコンビニ脇に体を隠してしまう。理一という釣《つ》り餌《え》に引っかからなかったことに満は驚きを隠せなかったが、気を取り直して携帯電話に呼びかけた。

「理一、蛍子はコンビニの陰に隠れてるわ。何気なく寄ってって追い詰めなさい」

　指示通りに理一が向かう。すると蛍子は引き寄せられるどころか、それを見て更に裏道へ向けて駆けて行ってしまった。少女は親友の動きを興味深げに観察した。壁に突き当り、物凄《ものすご》い勢いで壁面を駆け上がり始めたところまで観察して、満は彼女の意図に気がつき慌てて網を放り出し逆方向へ駆けた。体躯《たいく》を空に投げ出し、屋上の縁《へり》を逆手で摑みぶら下がる。入れ替わりで頭上に足音が響いた。少女はドキドキしながら五秒待って、屋上から足音が消えたのをじっくり確かめ、ずるずると外壁をよじ登り息をついた。
（壁登りって、猿か！　まったく！　誰からそんな動き教わったのよ！）

坂東蛍子はコンビニの屋上から飛び降り、対面の電信柱を駆け下りるようにして難なく地面に舞い戻った。対角に飛び、理一の背後に回り込んだ形だ。目を丸くしている子供に手を振りながら、理一の様子を窺《うかが》おうと恐る恐る通りに顔を出す。

コンビニの周囲には想い人の姿はもうなかった。
（挨拶《あいさつ》ぐらいなら、しても良かったかも……）
安堵《あんど》も束《つか》の間《ま》、蛍子は早速次の問題に直面した。当初の目的地であったコンビニが入口で大渋滞を起こしているのだ。これでは中に入るのに随分時間がかかってしまう。

どうやら店内で電光掲示板の点灯式があるらしい。店の中では大きく売り場を埋める二面の掲示板に布がかけられており、愉快な音楽と共に代表者が今まさに覆《おお》いを取り去ろうとしていた。内外に集う人々はこれを見るために屯《たむろ》しているようだ。ちょうどいい、と蛍子は思った。この状況を利用しよう。

坂東蛍子は徐《おもむろ》にマスクを外し、鹿撃《しかう》ち帽の中から綺麗な黒髪を躍らせた。不審者が突然美しい花に変わったことで、周囲の視線が一瞬で集約する。有象無象に頭を下げながら蛍子は上品に入口まで歩み寄り、最後尾の人の背中をちょんとつついた。

「すみません。私の出番が来たみたいなので、通してもらえませんか」

渋滞は自然と左右に分かれ、彼女のために道を作った。何故海が割れたのだろうか。彼女はモーセなのだろうか。いいや、彼女は坂東蛍子である。しかしそれこそが肝要な点だった。人々は口々に「少女Aだ」「屋上少女だ」と呟いていた。その場にいた誰もが先日の学校テロ事件のことを知っていたし、その屋上でテレビカメラに映され、お茶の間に向けピースした少女のことを認知していた。蛍子の堂々とした振る舞いを見て、客達は彼女が今日の点灯式に呼ばれた特別ゲストだと勘違いしたようだった。まさに蛍子の思惑通りである。ネームバリューとちょっとした説得力があれば海は割れるのだ。

蛍子はペースを乱さず優雅に店に入ると、電光掲示板の前にやってきて代表者の男ににっこり笑いかけ、彼の手に握られた紐《ひも》の端を引き受けた。何が何だか分からないまま目を白黒させている男を無視して、おごそかに覆いを取り去り電光掲示板を衆目に晒すと、観衆から拍手喝采《かっさい》が起こる。蛍子は笑顔を崩さぬままもう一度お辞儀をすると、猫のように軽やかに店の奥に進み、そのままスタッフルームの扉の向こうに消えていった。

さて、まんまと目的地に到着した蛍子である。薄暗がりを進む彼女の足取りはビル裏のジャズバーに忍び込むような大人しさだったが、しかし勝ち誇った心中はウッドストック・フェスティバルだった。もうすぐ鳴呼夜に手が届く。少女は胸を高鳴らせながらハンガーにかかった制服の列を一つ一つ静かに点検していく。

(途切れることのない光の裏、光率の悪いその影、私だけが手を伸ばせる罅の間にて息を潜めている)

中程でようやく目当ての服を見つけた。制服の名札には「亜綾《ああや》」と書かれていた。

(つまりこれは、「コンビニの裏、それも侵入可能と確証がとれている場所で、個人の管理物である支給品、つまり制服の、罅の間」がゴールということ。そうでしょう!)

蛍子は制服の胸ポケットに手を伸ばし、白い指を挿し入れた。期待に満ちた蛍子の顔は――しかしゆっくりと曖昧な微笑みに変わっていった。

「ま、そりゃそうよね。ポケットにアーヤが隠れてるわけないし」

少女は肩をすくめ、胸ポケットに入っていた物を取り出した。指の間に挟まっているのは四つ折りになった紙切れだった。開いてみると、新たな謎かけが記されている。

「……とりあえず、出よっと」

蛍子は一息つき、再び店内へ舞い戻った。手元の紙切れに集中しながら無自覚に再度海を割り、店を出て、そこではたと掌が真っ黒になっていることに気がつく。

(さっき屋上のぼった時に汚れちゃったんだ)

彼女はまたもやコンビニ脇の通路に入り、先程通り過ぎた時に目に留めていた手洗い場に入る。手を洗いながら、手前の鏡を見て変装を解いたままだったことに気がつき、急いで帽子やマスクを装着し直した。

「あら」

手洗いの入口に現れたのは幼馴染の結城満であった。後ろ手に謎の網を持ち、焦《あせ》っているような、閃《ひらめ》いているような、数学者のような顔をして固まっている。お菓子を買っているはずの満がなんでここに、と蛍子が尋ねると、満は更にしどろもどろになった。

「あー、えっと、蛍子、トイレに来たんじゃないの……？」

「違うよ？　あ、トイレ？　空いてるから使えるよ、ほら」

そう言って蛍子が奥の個室を指差す。しかし満は入口を塞《ふさ》いだまま動かなかった。

「……ほっ」

結城満が網を放し、寄ってきた蛍子の帽子に突如手を伸ばす。一瞬動じながらも難なく躱《かわ》した蛍子に対し、眼鏡、マスク、と何度も腕が伸びてくる。

「ちょ、ちょっと止《や》めてよ満！　目立っちゃ駄目だって言ったでしょ！」

「いいえ蛍子！　貴方はもっと目立つべきよ！　可愛さを世間にアピールしなさい！」

何言ってんの、と蛍子はしつこい親友の攻撃を受け流してトイレの外に体を出し、そのまま逃走した。満ったら、構って欲しいのかしら。でも今は遊んでる場合じゃないのよ。変装を解いて目立っちゃったら、暗号解くどころじゃなくなっちゃうじゃない。

入夏今朝は口下手だった。そのため満達の作戦に横槍《よこやり》を入れられずにいた。この作戦の問題点はアナログ過ぎてハッキングが全然活かせないところだ、と入夏は思った。

理一と満の奮闘空《むな》しく、坂東蛍子は悠々とコンビニを後にした。結城満は暫くコンビニの屋上からぶら下がっていたが、蛍子がコンビニを出て手洗い場に向かうと、それを好機とみたようで急いで網を抱えて地上へ降りていった。その後は「屋上少女」を追う野次馬に飲み込まれた理一同様、行方不明だ。

授業で余り物同士がペアを組むのと同じ法則が機能し、入夏は暇を持て余している巴に電話をかけた。モニターの向こうで巴が画面を確認し、一拍の後に耳に電話をあてる。

「君は買い出しをしただけだったな。坂東君は逃げてしまったが追わないのかい？」

〝実はね、その買い出しの最中に一つ手を打ってみたんだ〟

突然の着信にあっても巴は驚くほど落ち着いた調子である。

〝警備員に不審な格好の人物がいると通報しておいた。マスクに眼鏡、鹿撃ち帽なんて格好の挙動不審な人間がもしこのビルの中にいたならば、すぐに補導されて外につまみ出されるだろう〟

「……君の右手に、辺りを忙《せわ》しなく見回している二人の男がいるだろう」

〝え、ああ〟

入夏は現在地下駐車場を歩いている。夏の陽射《ひざ》しを遮るコンクリートに感謝しながら、入夏はカメラの向こうで男たちに目をやっている巴に説明を始めた。

「彼らは坂東君の母親が依頼してつけた警察官だ。有名人・坂東蛍子の護衛を担当していた。警備員は先程確かにこのモールに姿を現したが、その警官から事情説明を受けて帰って行ったよ。で、肝心の警官組も、その時に坂東君を見失ってしまったみたいだな」

入夏の言葉を聞いて、巴は困ったような顔をした。

〝それは……どうしたものかな〟

「少なくとも悠長に話している場合じゃないだろうな」

「まずっ」

エレベーターの到着音を聞いて、蛍子はココアシガレットを箱に収め直し、足を前に進めた。バイトの情報を訊《き》こうと思ったついでにレジに持ってったんだけど、結局「亜綾」さんのことは分からなかったし、無駄な買い物だったな。

それにしても、アーヤったら本当よくやるわ、と少女は呆《あき》れ笑いを零《こぼ》す。私に謎かけするために、わざわざコンビニで面接受けてるんだもの。

（…………ん？）

少女はふと背後に並んでいた客の気配が消えたことに気づき、顔を上げた。人々は何故かエレベーターに足を踏み込もうとしない。そうこうしている内に扉はスルスルと閉まってしまった。蛍子は首を傾げつつ六階のボタンを押し、同乗者に頭をぶつけよろめいた。本来なら蛍子が人にぶつかるなどという失態は有り得ない。しかし今回は相手の頭が規格外に大きかったために目測を誤ってしまったのだ。それもただ大きいというだけではない。手提げ鞄程のサイズはあったし、角張っていて、フレームは金属製だった。

「すみま、わ、え⁉」

蛍子のぶつかった相手は、頭が液晶ディスプレイだった。正確には、頭に液晶ディスプレイを被《かぶ》っていた。ディスプレイの背面はブラウン管のような箱形のデザインになっており、その中に細い首の上がすっぽり収まっている。頭以外は取り立てておかしな所はなく、身体のラインを見るに女性のようだったが、少なくともエレベーターに乗り込もうとしていた他の客達は、この特殊な頭蓋《ずがい》を持つ奇人をそもそも人間と断じて良いものか迷ってしまったようだった。

「も、もしかして貴方……」

僅かな沈黙の後、エレベーターの駆動音と共に、蛍子は探偵さながらゆっくりと腕を持ち上げて箱女を指さした。無言で佇む液晶画面に向け、意を決して声をかける。

「マスコットキャラクターね！」

蛍子の名推理に、ディスプレイは仰け反って後頭部を壁にぶつけた。

「ねぇ貴方、お名前は？　ていうか喋れる系のキャラ？」

初め、液晶女は無視を決め込もうとしているようだったが、じりじりと躙《にじ》り寄ってくる蛍子に臆《おく》したのか、液晶に「ばべるん」と文字を浮かび上がらせた。

「変なの！」

蛍子は大笑いした。液晶のシステムへの言及は特にないようであった。ばべるんは顔を上げて階数表示を確認したが、エレベーターはまだ目的地へ辿り着かない。

「ねぇ、ばべるん、記念撮影させてよ！」

箱女は首を横に振ろうとして、壁に再び頭を強打した。壁を伝って逃げ回ろうとしたところを蛍子に抱きつかれ動きを封じられる。坂東蛍子は手に持ったスマートフォンのカメラを自分達の方へ向け、容赦のないピースで背筋を伸ばす箱女に宣告した。

「はい、チーズ！」

扉が開き、逃げるように飛び出したばべるんの背に、蛍子はにこにこと手を振った。

（しまった、今の、私が降りる階じゃん）

扉が閉まった後で蛍子がはっとする。ばべるんったら、間違えて降りちゃったのね。ということは、次に止まる先はばべるんが目指してた場所ってことになるかな。

「少なくとも悠長に話している場合じゃないだろうな」

入夏はそう言いながら、やって来たエレベーターに乗り込む。

「今すぐ動いた方が良いんじゃないか。此方《こちら》で坂東君の所まで誘導してあげるよ」

巴の返事を待たず、入夏は坂東の位置を再確認した。二人仲良く駆けている理一と満の姿は発見出来たが、肝心の坂東の姿は監視カメラには見えない――。

〝君の意見も一理あるけど、その前にコンビニで変装グッズを買っておこうと思う。今や坂東さんに見つかっていないのは私だけになってしまったからね。慎重に近づいて、彼女の行動に反応出来る態勢を整えておくよ〟

枇々木巴の言葉に、しかし入夏は返事をすることが出来なかった。誰かに頭を小突かれたことで、自分しか居なかったはずのエレベーター内に、いつの間にか人口が一人増えていることに気がついたからだ。自分を見て酷《ひど》く驚いている少女に、入夏も負けないぐらいに驚いた。帽子とマスクで顔を隠したその少女は、坂東蛍子その人だったからだ。

（か、監視者が対象に見つかるってマズいんじゃないか、この状況）

「も、もしかして貴方……」

蛍子の言葉を聴いて、入夏は飛び上がりそうになった。どうしよう、こいつ、監視に薄々気づいていたのだろうか。ここで見つかったら計画が続行出来なくなる――

「マスコットキャラクターね！」

身構えていた入夏は気圧《けお》された勢いで見事に後頭部をぶつけ、その後写真をせがまれた時に更に横っ面《つら》を壁にぶつけ、再び扉が開くまでの間に特注品のＰＣモニターに新しい傷を沢山つけた。六階で外へ続く扉が開き、入夏は逃げるようにエレベーターを降りた。本来坂東が降りるはずの階だが、追ってくる気配はなく、満足げな様子でこちらに手を振っている。ズレた頭の位置を直しながら、さすが坂東蛍子だ、と女は思った。

「君、ちょっといいかな」

息つく暇もなく入夏は肩を叩《たた》かれた。何事かと振り返ると、警備員が複数人、自分を囲むようにして立っている。

「一般のお客さんから怪しい格好の人物がいるって通報があってね。我々もちょっと気をつけて見回っているんだよ」

怪しい格好の人物、と聴いて入夏は不思議そうに重い頭を振った。彼女の周りには特に怪しげな人間はいない。いるのは警備員に囲まれた、特注パソコンを頭に被った自分ただ一人だ。

〝こちらSE1、最上階より緊急入電〟

「こっちの方が緊急だ！　誰でも良いから早く助けに来ぉい！」

「何を喚《わめ》いてるんだ！　さあ来なさい！」

エレベーターのドアが開き、蛍子が到着したのは立入禁止の最上階だった。

「たしか最上階は、宇宙を研究するところだったよね……」

頭上を見上げるとすり鉢状の大きな穴が天井に三つあることに気づく。火山の火口のようでもあり、月のクレーターのようでもあるその光景は、硬質な黒い光を投げかける内装とマッチして近未来的な印象を受ける。しかし辺りには袋や段ボールが片付けられないまま放置されており、鉄筋も剝《む》き出しで、まだまだ未完成といった有様である。

「誰もいないみたいだけど……」

見回すと、ひと区画だけ磨《す》りガラスで簡易的に仕切られた空間があることに気がつく。明らかに怪しい空間だ。ガラスは白く曇っており、外から中を窺い知ることは出来ない。ハリウッド映画で見た、宇宙人を解剖するための無菌室のように蛍子には見えた。

少女が好奇心を必死に抑えようとしたことだけは、一応ここに一言記しておく。

扉に鍵《かぎ》はかかっていなかった。中に入った蛍子は室内の熱気に顔を顰《しか》める。部屋の中はどういうわけか、蒸気が雲のように沸き立つほど湿度が高かった。まるで浴室である。白い霧に巻かれながら奥を透かし見ると、壁際にはコンテナが並べられ、そこに在庫と思われる家電製品が堆《うずたか》く積んであるのを目撃する。倉庫なのかな、と蛍子が呟《つぶや》いた。

「おい、貴様、何をしている！」

男の太い声が響き、少女がそちらへ顔を向けた。靄《もや》がかかっていてよく見えないが、どうやらエプロンのようなものをつけているようだ。ここを管理している作業員が咎《とが》めに来たのかもしれない、と蛍子は焦ったが、逃亡する間もなく、観念して男の接近を待った。

　男は裸だった。

「ぎ、ぎゃぁーっ!!」

　もう少し子細に言えば、裸にエプロンだった。全力で向かってきたその男は、速度を落とすことなく勢いそのままに少女へ飛びかかってきた。

「ちょっと、やめっ……ぎゃー！」

　蛍子は父に教え込まれた護身用の投げ技を咄嗟《とっさ》に繰り出し、そのまま男を背後の炊飯器の山に投げ飛ばした。エプロン姿の中年はすぐに立ち上がり、少女に向き直ると再び躊躇《ちゅうちょ》なく蹴《け》りを放ってきた。翻《ひるがえ》るエプロンを警戒し屈《かが》むことが出来ず、ジャンプで回避する。なんだこいつ、と蛍子は思った。解剖中の宇宙人が逃げ出してきたのだろうか。

「店長、これを！」

　いつの間にかやって来た別の裸エプロンが、パン細工のヒーローに頭を投げ渡すような抑揚で食器乾燥機を投げてよこした。難なくキャッチした店長（と呼ばれる男）が蒸気を掻《か》き分け、蛍子目掛けてそれを振り下ろす。蛍子はそれを躱し、再び距離をとった。乳様突起《にゅうようとつき》を狙《ねら》えれば誰であろうと一発で昏倒《こんとう》させられる蛍子だが、目前の変態を直視したくない乙女心が彼女に自制を強要していた。

「……両側から潰《つぶ》すぞ！」

「潰すって何を⁉　何で⁉　ていうかその格好は何⁉」

二人の男が、それぞれ食器乾燥機と掃除機の頭を持って蛍子の側面に回り込み、タイミングを合わせて飛びかかってきた。蛍子は反射的に腰を落とし、再び投げ技をするため今度は帯をとろうとしたが、そこでとるべき帯がないことに気がつく。目の前に一本あるそれはとってはならない帯だ。彼女は咄嗟の判断で前のめりの体勢をそのまま崩し、地面に倒れ込むように掌《てのひら》をつけると、男達に足払いをかけた。彼らが盛大に転がる音が蒸気の立ち込める室内に木霊《こだま》する。

倒れた変態に意識が戻るのを見逃さず（その他のものはちゃんと見逃した）、室内から全力で逃走した蛍子は、何とか階段を発見し、夢中で駆け下りていった。

「宇宙って、怖い所ね……」

最上階、完成しても暫くは行かないだろうな、と上の空で考える。携帯を取り出そうと鞄《かばん》の外ポケットに手をかけると、何やら金属の円筒が引っかかっていることに気がついた。リップスティックのような形状の入れ物で、蓋《ふた》を開けるとスイッチのようなものが現れる。この落とし物が裸エプロンの物ではなく、ばべるんの物であることを祈り、坂東蛍子はその円筒をひとまず外ポケットにしまい直した。

「そうだ、家電屋行くんだった。六階、六階」

「なんで反応ないのよ。使えないハッカーね」

結城満は再度監視カメラに手を振ったが、入夏今朝からの応答はない。

「せっかく蛍子をバベルから追い出す方法を思いついたのに」

きっかけはコンビニから出てきた蛍子を見た時だった。驚くべき事に、店に入る前は帽子やマスクで重武装していた少女は、退店時には全《すべ》てを外して黒髪を靡《なび》かせていた。どうやら、満が蛍子から隠れるため屋上にぶら下がっていた時に何かがあったらしい。

案の定、店にいた客達は兵士のように連れだって蛍子の後を追い始めた。坂東蛍子は今や一目で分かる有名人なのだ。その知名度を使わない手はない、と満は閃きに身を震わせたのであった。彼女の変装を剝《は》ぐだけで良いんだ。それだけで彼女はこんな人口密集地域にはいられなくなる。

まぁ簡単には剝がせてくれなかったわけだけど、と少女は手洗い場の一件を回想する。

彼女は今家電屋に向かって人混みを掻き分けていた。蛍子が母から頼まれ事をしているのを知っていたからだ。入夏のナビゲートがない以上は、知識と勘と愛を頼りに蛍子を探すしかない。松任谷理一とは手洗いを出てすぐに合流していたが、警備員に引き摺《ず》られる箱を被った奇妙な女の前で立ち止まったため、置いてきた。

家電屋にて蛍子は無事見つかった。眼鏡の上にサングラスをかけた危険人物と会話しており、脅威を感じた満は血相を変え、全速力で駆け寄っていく。

「蛍子！」

　蛍子の母・一紗《かずさ》から課せられた「娘の外出条件」にはプロボクサー並の厳しい制限が設定されていたが、その内の一つが「テレビを買い換えたいので市場価格を調べてこい」というものだった。私は早くアーヤを探さなきゃいけないのに、と蛍子は形式的に苦い顔をし、六階の家電量販店にやって来ると、すぐに目をキラキラ輝かせた。彼女は寄り道するならとことんする派であった。

　満からもらったマップを頼りに、「開店セール！　魔法瓶超特価！」と蛍光ペンで書かれた札の前に真っ先にやって来た蛍子は、札の周りで色とりどりの魔法瓶が野いちごのように煌《きら》めいているのを見て購入を即断した。買おう。タンブラーとか、流行《はや》ってるって言うし。それに魔法瓶という表記も素敵だ。魔法という言葉は、聞くだけで心が豊かになる気がする。事実、魔法瓶を手に取って楽しむ蛍子はすっかり気分が良くなり、心が豊かになっていた。移り気は人生を楽しむ上で大事なあり方なのだ。

　レジを離れた蛍子はようやくテレビ売り場に向かった。メモ帳に零から九までの数字を自由な発想で書き込み、最後に目についた適当な品番を書いて「買い！」と記し、今度こそ暗号に向き合うべくくるっと踵《きびす》を返す。急に反転したことで、蛍子は背後にいた不審人物を期せずして発見した。相手も蛍子が突然振り向くとは予想していなかったらしく、目に見えて動揺している。マスクをつけ、眼鏡の上から大きなサングラスをかけ、ストールとニット帽で人体の急所を覆うその人物の髪飾りに蛍子は心当たりがあった。

「枇々木先輩」と蛍子が笑いかける。「何してるんですか」

「あ、あれ……やはり変装は素人《しろうと》には無理なものなのかな、はは」

マスクをずり下げた枇々木巴は口元に苦笑いを浮かべている。

「髪飾りを外さないと」と蛍子が巴の髪の上で煌めく青い石を指差した。眼鏡の上にサングラスという風貌《ふうぼう》には特に突っ込まなかった。

「トルコ石ですよね。綺麗《きれい》なんでずっと気になってました」

「ああ、そうか。そうだった。……祖母の形見でね。私が買ったものではないんだけれど、何となくつけないのも悪い気がして、習慣的につけてしまうんだ」

そう言って頬をかく巴に、蛍子は満点の笑顔を返す。

「そうだ、先輩、一つ質問したいんですけど」

蛍子は鞄をゴソゴソやり出すと、コンビニで手に入れた四つ折りの紙切れを引っ張りだし、それを差し出した。巴が不思議な顔で紙を覗き込み、書かれた文を読み上げる。

「913沈黙は肯定6、978その目は犯人を映す4。10顔に乳首のある魔女が112315貴方《あなた》の名を知れば8、更なる道標《みちしるべ》の木を示す。木は全部で三つ。貴方の木、魔女の木、そして私の木……何だいこれは」

暗号みたいなものです、と蛍子が言葉を濁した。

「このビル内にある何処かを表してるはずなんですよね……たぶん、分割された数字が場所のヒントだとは思うんですけど、今一ピンと来なくて」

蛍子は数字について思いつく限りの例を浮かべた。階数か、人数か、あるいは商品のバーコードか。店舗を特定出来る数字だとすると、店の特色を含んだ数字かもしれない。

「枇々木先輩は、どう思いますか」

「そうだな……これ以前の事情を知らないから〝更なる道標〟については迂闊《うかつ》なことは言えないけれど、ただ、この〝顔に乳首のある魔女〟というのは完全に比喩《ひゆ》だよね……ところで、この紙は坂東さんが四つ折りにしたのかな」

「いえ、初めから、つまり暗号を書いた人が折ったんだと思いますけど」

「それはどうだろう」

蛍子は真意が摑《つか》めず首を傾《かし》げた。

「ほら、この黒ずんでいる方の折れ線。こっちは折った後に爪《つめ》で更になぞったように折り目がはっきりしているけど、上下の折れ線は適当に指で潰したような感じだ」

「た、たしかに……」

「ということはさ、この紙は二人の手によって折られたってことにならないかな」

蛍子が喉《のど》を鳴らした。自分より探偵向きな人物がいたことに驚いているのではない。

アーヤの他にこの紙を折った人間がいることに警戒心を覚えているのである。

（私以外にもアーヤの謎《なぞ》を解いている人がいる……？）

ふと先程の最上階での一幕が蛍子の脳裏をよぎった。

（もしかしてアイツら、何か関係があったんじゃ。場所も如何《いか》にもゲームの舞台みたいだったし。でも、あの変態たちの正体を探ろうにも手がかりなんて……）

少女は考え事をしながら何気なく顔を上げ、視線を店員に向け、そして瞳《ひとみ》を満月にした。店員たちがかけていたエプロンが、エプロン星人のそれと同じものだったからだ。

「蛍子！」

背後から何者かが彼女に抱きついてきた。結城満である。満はすぐに蛍子と巴の間に体を割り込ませ、蛍子を庇《かば》うように手を広げた後、「なんだ、巴さんか」と力を抜いた。

「不審者かと思いました」

「そ、そんなに怪しく見えるかな」

「どうかなさいましたか？」

店員が寄ってきて、蛍子は咄嗟に満に縋《すが》った。普段なら寧《むし》ろ積極的に友を庇い乳様突起を突いていくところだったが、今回は直前のトラウマによって判断が狂ったようだ。

「みっちゃん！　助けて！」

「へ!?　う、うん！　任せて！」

満は蛍子の表情を見ると即座に了承し、先程巴にやったようにバっと両腕を広げて蛍子と店員の間に割って入った。

「早く行きなさい蛍子！」

「ありがと！　気をつけてね！　そいつら変態よ！　裸エプロン！」

蛍子は家電屋の外へと走り出した。アーヤの暗号を私より先に解いてる奴《やつ》がいた。確かに満の言う通りだ、と徐々に駆け足を速める。一刻も早く次の目的地を探し出さないと！　だってアーヤを見つけるのは私の役目なんだから！　誰にも邪魔はさせない！

「そいつら変態よ！　裸エプロン！」

「え⁉」

満は店内に目を走らせた。従業員たちには特に不審な様子はない。いったい何が裸エプロンなのか。もっと内的な、心の話だろうか。満は混乱しながらも、珍しく頼ってきた親友を守るべく、店から出ようとする店員を見逃さないよう全神経を集中させる――

――予想に反して、店員達は誰も蛍子を追わなかった。先程声をかけて来た店員も、不思議そうな顔をして持ち場に戻っていってしまう。満は腰を落としていた姿勢を正し、照れ隠しに咳払《せきばら》いをして、一先《ひとま》ず巴の姿を探した。

巴は何故《なぜ》か理一に取り押さえられていた。

「ああ、結城。不審者を取り押さえたぞ。坂東は無事逃がせた。入夏氏が枇々木先輩にもこの場を伝えたらしいから、恐らくこの近くに……ん、なんだその顔は」

満は少年の肩にポンと手を乗せた。

◆

反省会である。

〝各々《おのおの》、『グッド・ラック』の片鱗《へんりん》は充分に感じられたことと思う〟

理一の構えた携帯電話のスピーカーからハッカー特有の合成音声が流れ、それを聞いた巴が驚いて目を丸くした。

「ど、どうも分かりづらいな。もっとハッカー毎《ごと》にキャラ作りしたらどうだろう」

「賛成」と満も同じ顔をした。

「それとも同じ声色に合わせないといけない決まりでもあるの？……ていうか、私たちがかき乱されたのは嗚呼夜の特殊な力というより、蛍子の方に原因があったように思うんだけど」

〝確かに、表面的な部分だけを見てみると、坂東蛍子という才能にひたすら翻弄《ほんろう》されていただけのようにも思える。しかし一連の失敗の中には見過ごしてはならない不可思議なものもあったはずだ〟

そう言って入夏は巴が仕掛けた警備員への通報を例に挙げた。悪くない手のように思えたが、しかし警備員は警官に事情説明されたことで、蛍子への不審感を完全に失ってしまった。加えて警官は蛍子を見失い、警備員はビル内の不審者に対して警戒を始める。結果として入夏が拘束され、その間の蛍子の動向の監視やハッキング、ナビゲートが出来なくなってしまった。

「違和感ってことなら、私にも心当たりがあるわ」

引き継いだ満が挙げたのは、手洗い場でのことだった。蛍子は変装を解いたことを失念したままコンビニから出たが、すぐ手洗い場に入り変装し直して事なきを得た。蛍子を追おうとしていた野次馬は手洗いまではついて行けず、外で出待ちをしている内に撒《ま》かれてしまったのだ。しかし満はこのことに納得がいかなかった。

「蛍子はね、一つのことに夢中になってると本当に周りが見えなくなるし、それに自力で気づいて修正するには時間がかかるはずなのよ。なのに今日の蛍子はすぐ自分のミスに気づいた。これって普通じゃあり得ないのよね」

「偶然では」と理一が口にし、ばつの悪そうな顔をした。

「そうだった。『グッド・ラック』という偶然の話をしているんだった」

「つまり、誰かのとった行動が作用して、結果的に逆の作用を生みだしてしまったって話題だよね」と巴が言う。「じゃあ最後の失敗もそれにカウントするべきなのかな」

最後の、とは、もちろん家電屋での出来事である。皆が皆蛍子のために集まり、行動し、その果てにお互いを妨害し合ってしまったあの出来事だ。

「俺と結城はみすみす坂東を逃がしたんだったな。さらに俺に至っては、坂東を追おうとしている枇々木先輩の足を止めてしまった」

あれは私の格好が悪かった、と巴が苦笑いする。

〝私に構わなければ松任谷は結城君と共に家電屋に入り、枇々木君にも気づいていた〟

「確かに、誰か一人でも行動のタイミングが違ったらここまで酷くはならなかったかも。蛍子が家電屋で何か買ってたみたいだけど、それも行動順に影響あったのかしら」

俺も挙げていいか、と理一が言った。

「コンビニにあった第二の暗号、あの紙切れを発見した時、ついでに四つ折りにしておいたんだ。坂東が第三者の存在に怯《おび》え、ゲームを切り上げて家路を急いでくれることを祈ったんだが……逆に警戒して機敏になったように見えたたな」

あれは君だったのか、と巴が一人得心する。浅はかね、と満が鼻で笑った。

ちなみにその時紙切れを奪い去ればゲームは続行不可能になっただろうが、彼がそれをしなかったのは、何処までの干渉が自分に許されているのか把握出来ていなかったためである。要するに、「ゲーム続行不可能」がそのまま「ゲームオーバー」として扱われ、蛍子が何らかの不条理に見舞われることを危惧《きぐ》したのだ。

「なんというか……不運ね」

運悪く不幸が続き、良い手だと思っていた作戦が悪手にすり替わる。これが『グッド・ラック』の神髄だというのならば、彼女たちは既にそれを味わっているようだった。坂東蛍子に振り回されていたと思っていたが、実際は望月嗚呼夜の影響も要所で見られていたことを肌身で感じ、全員が押し黙る。

「……私と坊ちゃんが必死に追いかけてる間、変装グッズ買ってたなんて、巴さんはちょっと危機意識が足りてないんじゃないですか」

ごにょごにょと口を尖《とが》らせる満に、「面目ない」と巴が頭を下げる。

「……結城。俺は思ったんだが、もしかしたら枇々木先輩のそういった少し距離をとった行動論理こそが、望月嗚呼夜が彼女を指名した理由なのかもしれないぞ」

「どういうことよ」

「今まで坂東が危機に陥った時、回りは常に全員が全力を尽くしてきただろう。しかし今回、目指した結果を反転させる『グッド・ラック』の前ではそれではいけないのかもしれん。先輩のように、間接的で行動が不確定で、重みのない存在が必要なのかも」

褒められているのかな、と巴が頬を掻く。

〝松任谷の意見に私も賛成だ。私自身、嗚呼夜特定に向けて最近はそういうアプローチも模索しているのだ〟

専門家であるハッカーの意見には、満も納得せざるを得なかった。

「よし。反省会は終わりだ。ここからは建設的な話し合いをしよう」

「ありがたいことに、蛍子を外に出す方法だけははっきりしたわ」と満が言う。

「変装を取り上げちゃえば良いのよ。それでもかなり難しいだろうけど、でもそれさえ出来れば後は野次馬が蛍子を外まで追い立ててくれる」

〝「自然と外に出す流れを作る」か。それは一考の価値がある考え方だな。では変装奪取を軸として、坂東君を追いながら作戦を組み直そう。私がナビゲートするよ〟

入夏に促され、三人は歩き出した。満はその中央で俄《にわか》に希望を沸き立たせていた。話し合いを経て連帯感が生まれたことに気づいたのだ。私たち意外に良いチームかも、と満は思った。彼女の考えは決して短絡な楽観ではない。現場のエキスパートである理一とシステムを掌握する入夏、行動力と体力で如何様にも立ち回る満に、論理の穴を埋める巴。四人は決して気の合う仲間ではないが、実にバランスの取れたチームであった。

満は密《ひそ》かに高揚しながら、ふとあることを思い出し、隣を行く理一の肩を叩いた。

「ねぇ、そういえば蛍子が裸エプロンに怯えてたんだけど、何か心当たりはある？」

ないな、と理一が言った。さすが信用第一の警官気取りは違うな、と満は感心した。

仲間でなくとも信用したくなるようなキッパリとした断言だ。

ここで一つ訂正がある。今しがた理一は嘘《うそ》をついた。これから二人の会話によって嘘が暴《あば》かれるので、少々お待ち頂きたい。

〝入夏さん、爆弾があったんですね〟

理一の電話越しの第一声に入夏は「ああ」と首肯する。

嗚呼夜についての情報が、満と巴に全て伝わったとは言い難かった。特に、嗚呼夜の爆弾魔としての側面について伝わっていないことが入夏は気がかりだった。望月嗚呼夜は爆破事件によく関連づけられて語られる。その原因は様々だが、〝『グッド・ラック』が副次的にもたらす無数の事故が「爆破」を余計に印象付けている〟というのがやはり一番の理由だろう（事故というものは多くが爆発を伴うからだ）。水道管粉砕、ガス漏れ爆発、そういったものを加味して依頼主の死亡パターンの統計をとってみてもやはり爆死によるものが圧倒的に多い。入夏は危機回避模索の上でこれを重要な情報だと考えていたが、理一はこの事実を満と巴に伝える気はないようだった。恐らく「爆発」という危険に近づくような選択肢を、わざわざ結城ら一般人に与えたくないのだろう。まったく公僕の鑑《かがみ》である。殊勝なことだと思う。

「爆弾は最上階に仕掛けられていたが、私の部下が無事解除したよ」

「それは良かった。坂東の言う裸エプロンとはやはり貴方の部下でしたか」

裸エプロン、これは警察関係者ならば爆弾を処理するための処置であるとすぐに思い至る言葉である。一般には知られていない機密情報だが、爆弾処理班は爆弾を解体する時、静電気やホコリを立てないよう室内を蒸気で満たし、特殊なエプロン一枚で作業に当たる。理一も恐らくその経験があるのだろう。だから先程、結城満に裸エプロンを問われたことで、何処かで爆弾解体が行われていたという事実に思い至ったのだ。

「肯定だ。部下は私が動かすぞ。人手はあるに越したことはないし、構わないだろう？」

〃もちろんです〃

「坂東君のように間違って入り込む人間がいないよう、防火扉も一通り閉めておこう」

〃しかし入夏さん、僕はハッカーというのは一所でジッとしているものかと思っていましたよ。歩き回るものなんですね〃

何の話だ、と入夏は頭を悩ませ、自分がフロアをうろついて警備員に捕まった件に触れられているのだと気づいた。確かに一般的な認知とは違うハッカー像を提示してしまったかもしれない。

「スナイパーが射撃する毎に配置を変えるのと同じだよ。一所に留まる時は、やむを得ない事情がある時だけだな。というかだな、移動も何も、私は枇々木君と連絡をとった辺りでようやくこのビルに到着したんだ……む、移動といえば、結城君が私のナビを無視し、君の隣から去って行ってしまったようだが」

〝彼女にはちょっとした用事を頼みました。坂東に関することなのでご心配なく〟

◆

本屋の棚に尻《しり》を隠し、依然レジで会話を続ける蛍子を眺めながら、結城満が地団駄を踏んだ。蛍子に気づかれないよう細心の注意を払って踏まれた静かな地団駄は、ジョン・ケージも目を剝く革新性を秘めた地団駄であったが、音楽業界の耳には残念ながら届きそうになかった。巴さんも坊ちゃんも遅い、と少女は不満をステップに乗せる。電話で報告してからもう一分は経《た》つわ。絶対デートで遅刻してくるタイプだ。

（それにしても、入夏さんがナビゲートを間違えるなんてね）

全員集まっての作戦会議後、満たちは入夏のナビゲートを頼りに蛍子の所へと向かっていた。すると突然、隣を歩いていた理一が小声で満にこう呟いた。

『坂東は本屋にいる可能性が高い。お前はそちらに向かってくれ』

少女は不審げに眉《まゆ》を歪《ゆが》めた。

『忘れているだろうが、俺はコンビニにあった紙切れを見て第二の暗号を知っている。実はもう解き終わっていてな。次は、本屋でほくろのある店員と会話しなければならないはずなんだ』

『え？　じゃあ皆で向かえば？　ていうか今どういう流れ？　ナビ間違ってんの？』

落ち着け、と理一に諭され、満は不服そうに目を細くする。

『例えば入夏氏のナビに関するシステムが嗚呼夜にハッキングされているとしよう。そうすると俺たちは全く関係ない方向にナビゲートされる可能性がある。そういった無数のＩＦに対してのリスクヘッジだと考えてくれ』


結果、理一の言う通り入夏の誘導は外れ、蛍子は本屋で発見されたわけである。あの男、意外にこういうとこ外さないのよね、と満は理一への風当たりの改善を検討した。此処《ここ》にいるということは、理一と同様に蛍子も暗号を解いたということだろう。いったいどんな問題だったのかな、と満は好奇心を疼《うず》かせた。

(全てが終わったら答えとセットで本人に訊こう。今はやるべきことに集中)

携帯が着信で震えた。再びの非通知電話――望月嗚呼夜である。満は携帯を取り出して受話口に「もしもし」と吹き込んだ。

〝望月嗚呼夜です。お時間宜《よろ》しいでしょうか〟

「……そんなキャラだったっけ？」

〝「そんなキャラ」を作らないように小まめに口調を変えているんです。ハッカー稼業《かぎょう》は正体がバレたら成り立ちませんから〟

なるほど。

「連絡とってくれることはもうないかと思ってたから、私としても嬉《うれ》しいわ。どうしても訊きたいことがあったのよ。悪いけど私から質問良いかしら」

鳴呼夜が了承する。

「鳴呼夜さんが自身の異名を懸念《けねん》しているのは分かるわ。だから遠ざけようとしてるんでしょ。でも、だったらなんで蛍子を呼び出したりなんかしたの？　遠ざけるんなら初めから呼び出さなきゃ良かったのに。行動が矛盾してるわ」

〝まったくもって貴方の言う通りです。返す言葉もありません〟

鳴呼夜は満の言葉を肯定した。機械音声がどことなくしおらしさを帯びる。

〝……単純な話なんです。私、一度で良いから雪ちゃんと友達として会ってみたかったんですよ。一言で良いからお話ししてみたかった。ただ……笑わないで下さいね。いざ当日に雪ちゃんのことを見たら、土壇場で、臆病風に吹かれちゃったんですよ。直接会った結果、嫌われたらどうしようって、怖くなってしまったんです〟

その言葉を聴いて、満は諸々《もろもろ》の謎がストンと腑《ふ》に落ちるのを感じた。結城満は望月鳴呼夜の言っていることとの意味を深く理解出来た。彼女自身、今年の春に同じ理由で逃避を続けた経験があったからだ。『グッド・ラック』がどうという話ではなかったのだ。もっと単純でちっぽけな、一人の子供じみた少女の我儘《わがまま》なのだ。

似た者同士ね、と満が言った。その声色から嗚呼夜も何かを察した様子で、電話越しに言葉にならない連帯感が生まれていく。

「他人事《ひとごと》とは思えないし、出来れば力になってあげたいところなんだけど」

〃いえ、お気持ちだけで充分です。私と貴方は確かに似ている所があるのかもしれませんが、決定的に違う所もあるんです。私は呪《のろ》われているんですから〃

満は黙っていた。

〃今日ではっきりしました。やはり私の体はどこかおかしい。私の不運は友達までも見境なく巻き込んだ。このままでは雪ちゃんを、坂東さんを失ってしまいます。それは貴方も嫌でしょうし、私だって本意ではありません。私に共感し、意思を尊重してくれるというのなら、どうか私の束縛から坂東さんを解き放ってあげて下さい〃

「任せなさい」と満は即答した。良かった、と嗚呼夜の安堵《あんど》が受話口から漏れる。これが電話の用件だったようだ。本当に蛍子を思ってくれてるんだな、と満は嬉しく感じた。

「……それにしても、タイミングが悪すぎるのよ、貴方。何もベストコンディションの蛍子を呼び出すことなかったでしょうに」

〝ふふ、確かにベストコンディションみたいですね。さっき壁を上ってお店の上を走ってましたし〟

満がそれを聞いて項垂《うなだ》れる。

「まぁ身体能力や頭脳のストッパーが外れるというのもあるけどね。蛍子の絶好調はどちらかというと『心が折れなくなる』って方が真骨頂なのよ」

少女は近くの監視カメラに向き直った。

「あの子、人にはズケズケ言うくせに結構繊細だから意外に簡単にへこむのよ。で一晩寝たらけろっとして戻ってくるんだけど、絶好調の時は、こう、自信に溢《あふ》れてるっていうのかしら。何があっても心が折れなくなる」

〝良いですね、日曜の朝のヒーローみたい〟

「良くないわ。心が折れないってことは、彼女なりの倫理観に沿っていることなら何だってアイデアを実行するってこと。勿論《もちろん》普通の人は全ての行動が成功するわけじゃないわ。でも蛍子はアイデアを成功に導けるだけの才能を持っちゃってる。だから誰にも止められないのよ。無敵なの」

〝……橋を落としても川を飛び越えてしまうわけですね〟

「神田川《かんだがわ》ならジャンプで飛び越えたことあるわよ」と満が力なく言った。

「とにかくあの子は元々が徹底的に非凡なの。彼女風に言うなら〝非日常的存在〟がまさに坂東蛍子なのよ。まったくおかしな話よね。非現実人類代表みたいな子が日常に飽き飽きしたーとかぼやくのって、もう矛盾しちゃってない？　日常と非日常の違いって何なのかしらね」

満は軽い調子で問いを投げたが、鳴呼夜はそれについて真剣に考えているようだった。少しの間を置いて返事が来る。

〃知っているか知らないか、でしょうね。日常という言葉のせいで本質が隠れますが、雪ちゃんが区分しようとしているものは別に生活に限らない。つまり、未知に憧《あこが》れがあるんですよ。知的好奇心というものですね。それは人の根源をなすものの一つです。まだ見ぬものを知ろうとすることで、人は成長を続ける。決して悪いことじゃない〃

「好奇心かぁ……」

蛍子が自分の知らないものを知ろうとしているという考えには、満は同意見だった。最近友達作りに熱があるのもその一環なのだろう。未知に触れる最も手っ取り早い方法は友人を作ることだ。そして彼らの視点を覗《のぞ》かせてもらうことだ。蛍子は満以外の友人と、つまり鳴呼夜と出会い交流することで徐々にそのことに気がつき始めたのだろう。まぁ、その友達への熱意のせいで今日は大変なことになってるんだけど。

もしかしたら蛍子は友達を大切にしているようで、その実、無自覚に友達の中にある未知を大切にしているのかもしれないな、と親友は少し複雑な思いを胸に抱き、すぐにそれを遠くへ追い払った。

「私は成長なんてしなくていいからずっと蛍子といちゃいちゃしてたいわ」

　鳴呼夜が微笑する。

「ねぇ、どうすれば蛍子は危ないことをやめてくれるかしら。どうすれば蛍子は自分の居場所に納得してくれる？」

〝仮に彼女を押し留める方法があるとしたら、一つでしょう。危なくない範囲で知り続ければ良いんです〟

「知り続ける、ねぇ……でも知らないもの探しなんて探検家みたいなことするなら、下手したら凄《すご》いグローバルな生活しないといけないわよね。それは困るな。私、蛍子と離れたくないし」

〝貴方がついていけば良いじゃないですか〟

「あ、そっか、なるほど」

　満が膝《ひざ》を打った。まずは英語の勉強かしら。憲純《のりずみ》（蛍子の父である）も同じ動機で言語の習得を始め、当時わんぱくだった一紗（母である）の代わりに世界を旅して写真を撮る仕事に就いたことを、二人は知らない。

「貴方とは、直接会ってみたかったわね」

　それは無理です、と鳴呼夜は笑った。

〝望月鳴呼夜は見つかりません。今まで誰も見つけられなかったんですから。今だって警察に徹底的な絞り込みをされているにもかかわらず、どういうわけか捕まる気がしない。心が見えない人間という生き物はね、相手の考えを十全に読み切ることなんて出来やしない。生来、探偵にはなれないんですよ〟

「推理小説を全否定したわね」と言う満に、それは別の話です、と急いで訂正が入る。

〝それにね、結城さん。私は貴方とお会いしたことがありますよ〟

「え⁉」

電話はそこで途切れた。満は意味もなく首を動かし周囲を確認する。鳴呼夜さんは蛍子の学校の人なのよね。その中で私が会ったことある人といったら、ジャス子に、クマちゃん、巴さん、男なら理一と、川内《せんだい》とかいうやつ……他にもいたような……

◆

入夏今朝は夢という巨大なチーズに埋もれる鼠《ねずみ》だった。何処《どこ》へでも行ける足と、何処までも食い散らかせる歯を持った野心家の鼠だ。彼女は執念を頼りにチーズの壁を幾度も切り分け、齧《かじ》り付き、終点である皿の端を目指して突き進んでいる。次の一口で完成だ、今度こそ理想だと信じて前進しているのだ。彼女が鳴呼夜という悪評製造機を排除しようとするのも、夢を確実に実現するためなのである。私は夢を掴んでみせる。必ず完了させてみせる。それを邪魔する奴は、たとえ血の繋《つな》がった家族だって許しはしない。

入夏今朝の夢は、自家製ロケットに乗って宇宙の果てを見ることである。大言壮語のきっかけは覚えていない。大きな夢を語ったら友達に褒められたとか、その程度のことかもしれない。

ロケット打ち上げのため、入夏は技術的なパートナーを欲していた。しかし日本にいながら専用のロケットを造り、それを実際に飛ばせるようにするだけの偉業を成せる歴史的天才、そんな夢のパートナーを探し出すのは決して容易ではない。ようやくＣＩＡの職員情報から適合者を見つけ出した時には、入夏はもう中学生になっていた。

その男は人間そっくりのアンドロイドを一人で開発し、ジェット機を半分のサイズに小型化して日本の領空を飛び回り撃墜されかけたことのあるくせ者だった。実際会ってみると情報通りのくせ者だったが、しかし頭脳の方も嘘偽り無く、都心で打ち上げ可能な未来のロケットはたった数年の内に秒読みの段階まで完成していった。入夏も多忙な男の助手として、あるいは弟子として時には作業を引き継いで研鑽《けんさん》を続け、ハッカーとしても警察の内に地位を作り、公的に権威を持った人脈を着々と増やしていく。そしてついに昨日、七月の第二土曜日に、夢の発射台となるバベルが正式オープンし、計画は最終段階へと移行したのである。全てが順調に進んだのは、とにかくこの男の力によるところが大きい。人の繋がりは人生を容易《たやす》く変える。

協力を取り付けたCIAの技術者は名を剣臓《けんぞう》という。彼の有り余る天才頭脳は次世代ロケット開発プロジェクトへの挑戦過程で、ロケットパーツに留まらず、次世代マシンをも副次的に生み出していった。例えば「魔法シリーズ」と呼ばれる一連の装置がそれだ。これは剣臓がよく語る「技術開発は魔法と近い」というモットーに則《のっと》って作られる、御伽噺《おとぎばなし》や現実世界の「魔法」を題材にした一種の実験行為である。空飛ぶ箒《ほうき》をモチーフにした「空飛ぶマッサージ機」、お菓子の家をモチーフにした「お菓子のマッサージ機」(剣臓は最近腰が痛かった)、現実世界の題材では、何でも吸い込む「魔法魔法瓶」(剣臓は片付けが苦手だった)を錬金術の資料を基に作ったりもした。航空力学や質量保存の法則にも反旗を翻していくそれら実験的創造行為は殆《ほとん》どがガラクタ同然の失敗作に終わり、家電屋に卸して廃品処理に回したが、中にはガラスのスニーカーや魔法魔法瓶のように技術革新を実現し、次世代ロケット開発を進捗《しんちょく》させたものもある。

そういった無邪気な行為を目にし、時には手を貸す度、入夏は剣臓との物作りに対しての決定的な思想の違いを感じずにはいられなくなり、とても息苦しくなった。

剣臓はすごく楽しそうに物を作る。入夏にはそれが理解出来なかった。入夏にとってロケット開発は夢を叶《かな》える手段であり、宇宙の果てを見るための過程でしかない。それを苦痛に感じはすれど、楽しいと思うことなどなかったのである。開発の日々の中で入夏が何より辛《つら》かったのは、開発が進めば進むほど、未知の可能性をより自覚させられてしまうことだった。終わりを目指して進んでいるはずなのに、しかし進めば進むほど理解が深まるため、把握出来る道は更に長く、広くなっていく。夢というチーズは、常に拡張し続ける宇宙そのものだった。その事実は剣臓にとっては天国だっただろうが、入夏にとっては地獄でしかない。探究心や好奇心と、夢の追求は根本的に意味合いが違う。

チーズを食す側にもそれぞれ理由がある。好んで食べる者もいれば、嫌々食べる者もいる。入夏今朝はチーズが嫌いだった。チーズは重い。胃もたれする。

その内入夏は、自分が過程だと思っているものそのものこそが結果なのだということを思い知っていく。長い間、入夏にとって夢の実現こそが結果の全てだった。そしてそれを実現してこそ、自分が生きた意味を得られると考えていた。実現と証明が同義であったのだ。幼い頃から夢に焦《こ》がれて生きてきた少女は、それ以外の価値の見出《みいだ》し方というものを知らなかった。

しかしロケット開発にイタチごっこを見て、更に剣臓の姿を目の当《ま》たりにしたことで、入夏今朝はようやく悟った。夢というものに果てはないのだと。チーズは無限だ。端を食い破って皿に出ることなど出来ない。何故なら端などないのだから。努力に意味はあっても、努力に終わりなどない。自分は永遠にチーズを掘って生きるしかないのだ。

このことを心の底から理解した時、入夏今朝は絶望した。とても深く絶望した。

〃こちらＳＥ《システムエンジニア》１、現在急行中〃
入夏の経営する家電屋の制服を着た部下が、坂東のいる階下のフロアを足早に横切っているのが監視カメラで確認出来た。
「見ている。次の問題が生まれる前に、さっさと坂東を保護しろ」
坂東蛍子は階段の踊り場で休んでおり、周囲の喧噪《けんそう》から完全に孤立していた。彼女の弄《いじ》っている魔法瓶を見て、入夏は開発中に剣臓が生みだした「魔法魔法瓶」を思い出していた。たしかあれと似たデザインだったはずだ。ピンクに小さなマーガレットの花柄プリント。私の趣味だ。
部下との通信を終えると、間髪入れず今度は理一から入電が来て対応する。
〃入夏さん、幾つか質問があります。……俺のことは見えていますよね〃
随分と自信過剰な物言いだな、と女が笑う。理一は現在、坂東蛍子がいる踊り場の上の出口で、警察官を壁際《かべぎわ》に追い詰めていた。
〃この警官の格好をした男達、坂東の護衛をしていた警官とはどうやら違うようなので職務質問をしているのですが、貴方の部下ということで問題ないですか〃
「いいや、違うぞ。確かにその警官は坂東君を護衛していた二人と人相が違うが、私とは無関係だ。君も部下の外見は結城君から聞いているだろう」

〝……確かに、裸エプロンではないですね。では、危険人物としてこの場から排除しても構いませんね〟

「ああ、そうするべきだろう。いま私の部下も向かわせているところだ。その光景は私のカメラからも見えていたからね。彼らに引き受けさせよう」

〝……分かりました。カメラの話でもう一つ質問があります。どうして俺たちを坂東から遠ざけるようなナビゲートをしたんですか〟

「それは単純に私のミスだ。どうやら嗚呼夜にカメラ映像を書き換えられていたらしい」

彼女は言葉を選ぶ必要を感じていた。松任谷理一は警察側の有能な駒《こま》だ。彼に犯罪者扱いでもされた日には外部顧問としての地位を失うどころか、刑務所の服役囚という新たな肩書きを獲得することになり、ロケット打ち上げどころではなくなってしまう。私は夢を叶えなければならないのだ。この長い悪夢から解放されなければならない。

「その警官達はきっちり尋問する。私も気をつけるが、お前も用心しろ。希代の有名人、坂東蛍子を狙うのは、どうやら嗚呼夜だけではないということのようだぞ」

踊り場を後にした坂東蛍子が監視カメラを見上げている。入夏は理一に言い聞かせながら、モニター越しに何かを訴えるように蛍子を見つめた。それは信頼の瞳だった。

◆

ロレーヌには冒険家の血が流れている。世界を股《また》にかけた冒険の果てに培《つちか》ったその意欲は最早《もはや》消し去ることの出来ない架空の血液そのものとなっている。いつかはフランスに戻らねばならないし、生地への意識が高いイギリスの居心地の良さも忘れられない。イタリアの片田舎にある仕立屋の老主人の下にも、生きている内に顔を出さねばならないだろう。しかしながらそれでも彼は当分日本を離れる気はなかった。理由は隣にしゃがみ込む、この坂東蛍子という少女にある。

蛍子は階段の踊り場でアップルサイダーのペットボトルを開け、購入したての魔法瓶に注ぎ始めた。中を覗き込み、すっかり収まった林檎《りんご》のシュワシュワを見て満足そうににっこりしている。ロレーヌには彼女の考えも気持ちも手に取るように分かった。何故なら少女がファゴットよりも小さい時分から、二人は友人だったからだ。

どうやら水筒から一定の満足を得たらしい少女は、今度は手提げ鞄を持ち出し、中身を外に出し始めた。出された私物は、魔法瓶が入っていたビニール袋へ順に移されていく。恐らく魔法瓶が彼女の鞄に正しく収納出来るか、旅行の前に予行演習をしてみるつもりなのだろう。ロレーヌは蛍子の隣に座って、彼女の行動を静かに見守った。

先ず蛍子は水筒を鞄に押し込んだ。頭までしまい込めたのを確認すると、次にビニール袋の上にあるものから手に取り、隙間《すきま》なく詰めていく。袋が半分空いた頃には鞄はすでにパンパンだったが、少女はお構いなしに作業を続けた。ロレーヌはもし鞄に意思があったら、と考えた。あの鞄がもし私のように生きていたら、恐らく人生で最大の危機を感じていることだろう。今にもジッパーが弾《はじ》け、半分に身が裂けないかと戦慄《せんりつ》しているはずだ……そこまで考えて、ロレーヌは馬鹿《ばか》らしくなって想像を切り上げた。鞄に意思があるわけがない。物は物だ。現実を混同させてはならない。

ロレーヌがフカフカの腕を組み唸《うな》っていると、途端に尻がすうっとして、自分が宙に浮いたことに気がついた。目を開けたが、自身を鷲掴《わしづか》みにする蛍子の掌に視界を遮られて周囲が見えない。彼は想像力をフルに活用し、これから自分が何をされようとしているのかを考えた。まず蛍子は鞄に私物が入るか確かめていた。鞄には一通りの荷物が収まっていた。自分はそこに収まっていない。自分は兎《うさぎ》のぬいぐるみである。

（や、やめるんだ蛍子……ぬわああ！）

坂東蛍子はパン生地を捏《こ》ねるように全体重を乗せ、ロレーヌをぎゅうぎゅう詰めの鞄の中に無理矢理ねじ込んだ。黒兎はフカフカの綿を圧縮させながら携帯電話とポーチの間に潜り込み、顔面をフォカッチャのように平らに潰した。今の彼を傍から見たら誰も兎のぬいぐるみとは思わないだろう。

「んー、やっぱりこの鞄じゃちょっと小さいなあ」

蛍子が諦《あきら》めてロレーヌを引っ張り出す。

「……あはは！　ロレーヌ、何その顔！」

少女は黒兎のぺたんこの顔を笑いながら元に戻した。ロレーヌは断固とした抗議を行いたかったが、しかしぬいぐるみは《国際ぬいぐるみ条例》によって人に意思を悟られることを禁じられているため、泣く泣く怒れる拳《こぶし》を抑える。

「あ、電話だ。ごめんね、ちょっとこっちで待っててね」

兎をビニール袋に入れ直し、蛍子は鞄から携帯電話を引っ張り出した。

「もしもし……あ、枇々木先輩、これはどうも、坂東です……」

ロレーヌは耳を澄ました。兎のぬいぐるみは耳が長いので、小さな物音もよく拾うことが出来る。

〝どうやら君は今すぐその場から離れた方が良いらしい〟

「どういうことですか」

〝いや、実は私もよく分からないんだけどね、松任谷君が電話の最中に突然そう伝えてくれってお願いしてきたんだ〟

「分かりました。今すぐ移動します」

即断である。蛍子は理一のこととなるとどうも盲目になっていけない、と黒兎はビニール袋を呼気で揺らし、そのまま蛍子に持ち上げられ、踊り場を後にした。

「さて。本来の目的に戻りますか。知的労働、知的労働」

袋の中に携帯電話が落ちてくる。続けざまに紙切れも移し替えられた。どうやら鞄《かばん》の中が一杯過ぎて、暗号解読の際に参照し辛いと判断したようだ。まあ、例の魔法瓶も鞄から取り出し肩に掛け直したのは、単に新品を見せびらかしたかっただけだろうが。

蛍子と十年来の付き合いがあるロレーヌには、アーヤという名前にも勿論心当たりがあった。アーヤという少女は蛍子の友人の一人であったが、その立ち位置は他の友人達とは明確に異なる。彼女はトマトの中のリコピンのような人物だった。確かな栄養素だが、しかし実体は見えない。例えば蛍子が友人達を思い浮かべるとする。その時名前を引き出してくるならアーヤは親友である結城満の次に挙がるが、顔を思い浮かべる時はその存在は除外されてしまう。何故なら蛍子はアーヤの顔を知らないからだ。顔は見えないが、確かに近くに居て、無くてはならない栄養素として蛍子を助けている。それがアーヤという特殊な友の立ち位置だった。彼女は姿も見せず触れもしないまま、幼馴染《おさななじみ》と離れ一人孤独になった高校一年生当時の蛍子に密かに寄り添い、そっと支え続けた。

そういうわけだから、蛍子の目に見えた高揚も当然のことなのである。一年以上出会う機会のなかった友とようやく顔合わせが出来るかもしれないというなら、どんな奇怪な暗号が送られてこようが挑戦しないわけにはいかないだろう。

坂東蛍子は少し前に本屋で暗号を解き手に入れた文庫本を開き、頁《ページ》の中程に挟まっていた紙切れを引っ張りだした。新しい暗号だ。それに目を向けたまま人波に踏み込み、押し寄せる人々を目視もせずスルスル躱《かわ》していく。黒兎は見慣れた光景を眺めながら、先程蛍子に見せられたその紙切れの内容を想起した。

（私は誰もを見ていて、誰もが私を見ているが、誰も私を見ていないし、私も誰も見えない。私は幾らでもいるけど、本当の私は一人だ。本当の私とは誰だ。誰とも思えない。本当の私は何処だ）

三つ目の暗号は今までと違い、感情的で直接的な訴えを感じるものだった。蛍子も同様に感じているようで、浮かない顔をしていた（踊り場の一件は気分転換だったのだ）。

蛍子はふと立ち止まり、頭上の監視カメラを見上げた。違うな、とロレーヌが首を横に振る。着眼点は悪くないが、暗号の答えは監視カメラではないぞ。

「うーん……もうちょっとで分かりそうなんだけどなー……」

再び歩き出した兎の主人はそのまま黙々と思考を続け、店舗区域を抜け、中央のエスカレーターホールに突き当たって手摺《てすり》にぐったりともたれ掛かった。

このホールは中層まで吹き抜けとなっており、人混みの中にあってもささやかな開放感を感じさせてくれる造りになっている。蛍子は顔を上にし、ロレーヌも倣《なら》って上を見た。天井は高く、配置されたエスカレーターは幾何学的で、大樹の幹をくり抜いて作った芸術作品のように思えた。各階に設置された円状の電光掲示板が最先端技術を誇示し、その有り余る輝度を爆発させている。掲示板を流れていく橙色《だいだいいろ》の文字をぼうっと眺めていると、蛍子が突然ビクリと震えた。兎の視界からでは表情は窺《うかが》えない。しかし彼には主人の感情が手に取るように分かる。何故なら少女がまだマスケット銃よりも小さい時分から、二人は友人だったからだ。

(答えが分かったのだな、蛍子よ)

確信を胸に少女は走り出す。

◆

走り出した少女を見て、結城満も行動を開始した。携帯のコールで二人に合図を送り、自身は親友の行く手を塞《ふさ》ぐべく全力疾走で店舗を突っ切る。作戦は急拵《きゅうごしら》えだが、やるしかない。もう後がないことは蛍子の顔を見れば分かる。あれは終点を見つけた顔だ。つまり、望月嗚呼夜に到達する切符を手に入れた顔である。もうこれ以上は進ませてはならない、と満は歯を食いしばった。ここで蛍子を止めなきゃ。泣いても笑っても、これが無敵の少女との最後の戦いだ。

「満⁉」

突如目の前に飛び出してきた幼馴染を見て、蛍子は猛進に急ブレーキをかけた。良かった、と満は安堵する。エスカレーターに差し掛かる手前で何とか追いつけた。

「ど、どうしたのよ、満、怖い顔して……」

「リベンジマッチよ、蛍子！」

言うや否《いな》や、満は蛍子に飛びかかった。鬼気迫る様子の満に気圧《けお》されたのか、蛍子も咄嗟《とっさ》にそれに対応すべく腰を落とし、提げていたバッグとビニール袋を床に落とした。

（ここだ！）

結城満はこの好機を待っていた。蛍子へ向かっていた体を倒し、落とされたバッグを素早く拾い上げる。あっと声を出し奪い返そうとする蛍子だったが、紙一重でそれを躱し、満は親友の手の届かないところまで距離をとった。

「もう、満。何なの」

ふっふっふ、と満が不敵に笑い、両手を前に突き出す。片方の手には蛍子のバッグを、もう片方には携帯電話を印籠《いんろう》のように掲げていた。よく見ると、携帯電話はテレビ電話機能がオンになっており、液晶に通話相手の顔が表示されている。

「り、理一君……！」

画面に映っているのは松任谷理一だった。「やあ」と神妙な顔で惚《とぼ》けた挨拶《あいさつ》をしている。蛍子は見るからに戸惑っている。

「蛍子。この中にあるものを理一クンに知られたくなかったら、大人しく私の言うことを聞いて頂戴《ちょうだい》」

作戦の第一目標は蛍子の変装を剝《は》ぐことだ。しかし頭に乗っているだけの帽子ならいざ知らず、マスクや眼鏡を取り去るなど相手が蛍子でなくとも一筋縄にいくものではない。そこで別の方法を模索した結果、満は鞄を奪うことでも作戦が成り立つことに気づいた。何故なら蛍子の鞄にはお気に入りのぬいぐるみ、ロレーヌが入っているからだ。

「いいのかな～、開いちゃおうかな～」

彼女にとってロレーヌはいつだって大切な心の支えであった。けれども同時にアキレス腱《けん》でもあるのだ。彼女は人前で弱みや可愛《かわい》げを見せることを嫌う。高嶺《たかね》の花としての仮面が崩れるようなことを、見逃すことが出来ない。だから今、坂東蛍子は結城満にロレーヌを人質に……兎質にとられたことで窮地に立たされているはずだった。

「いいわよ。見せれば？」

満は空飛ぶシマウマを目撃したような顔をした。蛍子はビニール袋をゆっくり拾い上げると、くすくす笑いながらそれを揺らしてみせる。袋の頭から覗く黒いベルベットの布地を見て、満ははっと目を見開いた。

（なんでロレーヌがビニール袋の中に！）

本屋では確かに鞄に収まっていたはずの宝物が、アキレス腱が、どうして魔法瓶のビニール袋に移し替えられているんだ。いったいどういう流れがあればそんな状況になるというの。満が混乱してクリスマスの玩具《おもちゃ》のように首を振っている隙をつき、蛍子は彼女の脇《わき》をすり抜けて再び走り出した。エスカレーターを物凄い勢いで駆け上がっていく。

少女はすぐに親友の後を追った。二人の距離は徐々に広がっていったが、それでもめげずに夢中で影を辿《たど》った。

何度目かの折り返しで、立ち止まっている蛍子が現れる。エスカレーターの中腹で、満からは僅《わず》か数歩の距離だ。親友の前には行く手を阻《はば》む枇々木巴の姿があった。上手《うま》い、と満の顔が緩む。エスカレーターは一本道だ。追うとなると絶望的だが、挟み撃ちならばこれ程適した条件はない。それだけではない。坂東蛍子という人間の性格を考えてもこの状況は最適だ。「高嶺の花」は礼儀をとるべき相手に強攻策に出るようなことは絶対に出来ない。生徒会役員の先輩を無理矢理のけて通るような真似《まね》はあり得ないのだ。

後は次のフロアにつくまでに私が追いつくだけだ。一秒もかからない。挟み撃ちになったら、行儀の良い蛍子から優しく変装を剝げばいい。満は勝利を確信した。

坂東蛍子は巴と無言で向き合っていたようだったが、満を背後に感じた次の瞬間、突如首を横に倒した。横というのは、エスカレーターが交差し合う中間のデッドスペースだ。オープンして二日目のこのビルは安全面の配慮が一部疎《おろそ》かのようで、事故防止のための看板が提げられておらず、少女の首を交差点へと躊躇《ちゅうちょ》なく吸い込んでいく。満は顔を真っ青にした。巴も同様だった。書記長は咄嗟に手を伸ばし彼女の腕を掴むと、その体ごと引っ張り出すように対角へ勢いよく引いた。蛍子は巴のもたらす引力に一切逆らわずに首を交差点から出し、体を弓なりにして引っ張られながら、そのまま回転の勢いを利用して巴と自分の立ち位置をくるりと入れ替えた。申し訳なさそうに微笑《ほほえ》むと障害のなくなったエスカレーターを再び駆け上がっていく。何が何だか分からず手摺にもたれている巴に、荷物になっている蛍子の鞄を預けて脇を抜ける満は、思わず笑ってしまっていた。まったく、恐ろしい。私が追いつく一秒の間に巴さんが自ら道を開ける恐らく唯一《ゆいいつ》の手を導き出しちゃうなんて。やっぱり私、今の彼女を止められる気がしない。

満がようやく蛍子に追いついたのは、エスカレーターの終点に着いてからであった。立ち入れる中では最も高い位置にあるこの階は、最終的にはアートスペースとして開放される予定のフロアだ。しかしオープン直後の客の入りがある程度落ち着くまでは、事故予防のため増設されたカスタマーサポートスペースがあるだけの面白味のない場所だった。東西二ヶ所の階段はどちらも立入禁止表示やテープによって通行不能になっている。蛍子がフロア中央のエレベーターの前に立っているのはどうやらそのためのようである。珍しく常識というものを尊重したのだ。上向きの三角形が照れるように温かい色のランプを灯《とも》しているのを見るに、彼女は上の階に用があるらしかった。

「ねぇ、満。……みっちゃん。どうして私の邪魔をしようとするの」

蛍子が私をあだ名で呼ぶ時は二人きりでいることを意識している時だけだ。満は蛍子の瞳《ひとみ》から腑抜けた余白が消えていくのを見逃さなかった。

「私はね……ううん、みっちゃんのことだからたぶん知ってるんだよね、私が今してること。みっちゃんは昔から私のことは何でもお見通しだった」

「ええ。知ってるわ。ほっこが今してることを、ほっこよりずっと正しく理解してる」

蛍子はその言葉に不服そうな顔をする。

「ねぇ蛍子、今日はもう帰りましょう。貴方《あなた》、はしゃぎすぎたのよ。有名人なのに」

「何その敵役みたいな台詞《せりふ》」と蛍子が笑った。

「敵役は他にいるの」と満が蛍子の手を取る。「……そう、四つ折りの紙切れ。誰かが貴方をずっと見張ってるのよ。謎解《なぞと》き探偵ごっこなら付き合うから、家でやろ」

「駄目よ、事件は現場で起きてるの」と蛍子が決め顔で足を踏ん張った。戯《おど》けているように見せているが、幼馴染である満には蛍子がはっきりと拒絶の態度を示していると分かった。この反応は想定内だ。望月嗚呼夜の言う通り、坂東蛍子は友人をとても大切にする。決して一人にしたりはしない。満は幼馴染がバベルを訪れた真の理由を今や理解している。だからこそゲームへの言及を避けるようにしていたのだが、こうなると愈々《いよいよ》そうも言っていられない。

「蛍子……っ！」

その時、フロアに警報音が響き渡った。うー、うー、と駄々をこねる赤子のような騒音に蛍子は顔を顰《しか》める。満は対照的に明るい顔をした。入夏今朝、本当にやったんだ。

〃火災が発生しました！　避難して下さい！〃

満達の作戦の本命はこれだった。今まではあくまで時間稼ぎに過ぎない。彼女たちはこの「避難訓練作戦」を遂行するために、今まで必死に蛍子の足止めをしてきたのだ。

発案のきっかけは「変装を剝ぐ」と同じ所にある。つまり「外に出ざるを得ない流れを作る」という発想を拡張させていったのだ。少女達は、何とかして火災報知器を鳴らし、ビル内から避難するという共通の意思の流れをビル全体に作り、その流れの中に全《すべ》て飲み込んでしまおうと考えた。客も店員も皆、今頃は偽《にせ》の警報に引っかかり、避難誘導の波を形成してビルの外へ流されていることだろう。避難訓練には誰も逆らえないのだ。

「さぁ蛍子、私たちも行きましょう」

最大のメリットは、やはり蛍子の意思を越えられることだろう。火災が起きているのだ。呑気《のんき》に、あるいは意地を張って、オリエンテーリングなんてしている場合じゃない。いくら蛍子だって流石《さすが》に諦めて安全を求めてくれるはずだ。そう満は考えていた。

しかし蛍子は一歩も動かなかった。幾ら手を引いてもエレベーターの前から去ろうとしない。結城満は動転した。

「なんで、どうして！　蛍子！　火災は洒落《しゃれ》になんないのよ！　死んじゃうから！」

「だ、駄目、駄目だよ、尚更《なおさら》だめ！」と蛍子が首を振った。

「何言ってるの！　……皆もう避難してるわ！　このビルには、もう誰もいないの！」

「断言できないもん！」

はあ!?　と満が声を上げる。段々満は焦《じ》れったさに耐えきれなくなってきた。もう言ってしまおうか、と少女は考えた。鳴呼夜の正体を、蛍子にばらしてしまおうか。望月鳴呼夜は私が会ったことのある誰かで、危険な状況にないか確認する手段は幾らでもあるんだってことを、明かしてしまうべきじゃないのか。それでたとえ蛍子に嫌われたとしても、蛍子が危険に晒《さら》されるより余程良いはずよ。

満が意を決したその時である。背後でエレベーターの到着を知らせる重低音が響き、彼女は閉口した。口の代わりにドアが開き、隙間から光が漏れるのを蛍子と共に見守る。

「理一君！」

エレベーターの中では松任谷理一が、普段通りの宿命的な表情をして立っていた。

「二人共何やってるんだ、避難しないと」

松任谷理一。彼こそ最後の奥の手であった。もし万が一にも避難訓練作戦が失敗した場合、火災や親友の説得ですら怯《ひる》まない蛍子の心を動かす方法なんて、癪《しゃく》だけど他にはこれしかない。初恋の想《おも》い人が辛辣《しんらつ》な説教を繰り出せば、流石の蛍子も従ってくれるはずだ。何より理一は警察の人間だ。仮に嗚呼夜が心配とごねるようなら、彼に任せることを促せば良い。それでもなお抵抗され、取っ組み合いになったとしても、この快男児の実力なら蛍子と互角に張り合える。今度こそ間違いなく盤石《ばんじゃく》だった。

少年が歩み出る。蛍子がそれを見て我に返ったように背筋を伸ばし、理一に向かって走り始めた。胸に飛び込む気だろうか、と満は親友の大胆な行動に驚く。何よ、私には飛び込んでくれなかったのに。嗚呼夜にも負けて、理一にも負けて、今日は散々だ。

坂東蛍子は理一の目の前までやってくると、そのまま脇をすり抜け、身構えて硬くなっている理一を残してエレベーターに乗り込んだ。満はようやく彼女の意図に気づいた。

「坂東！」

「ごめん理一君！　満！」

少女が心底申し訳なさそうな顔で、扉を閉めるボタンを押した。

「友達が待ってるの！」

二人は急いでエレベーターに駆け寄ったが、しかしすんでのところでその手は届かず、無情にも扉は口を閉じた。

「すまない。飛びつかれるのかと思って、想定外過ぎて一瞬動けなくなった」

理一の謝罪の言葉は満には殆ど届かなかった。天井を見上げながら呆然《ぼうぜん》と立ち尽くす。

全て躱された、と満は思った。結局、何をやっても駄目だった。何より問題なのは、上に向かわれたことで次に打つ手も全て封じられたということだ。巴さんは下に残してきたから挟み撃ちの人員補充も出来ない。それぞれが下に陣を取ったことで蛍子と距離をとってしまい、足では到底追いつけなくなった。そうこうしている内に、直に避難を促す警備員が自分たちを見つけ出すだろう。皆で組み上げた作戦は、その要素全てが現状の足を引っ張る要因に代わってしまっていた。

「……〝運悪く不幸が続き、阻止は失敗に終わる〟」

満は呟《つぶや》き、拳を握った。嗚呼夜さん、ごめん、流石にちょっとまずいかも。

「とにかく私は蛍子を追うわ！」

「エレベーター相手に追いかけるのか！　それにまた悪手に変わったら……！」

「それは困る！」

それでも満は足を止められなかった。蛍子が窮地に居るのに傍に居られないなんて、と満は思った。そんなこと、私の体がもう二度と許すはずがない。

◆

神でも無い限り何でもお見通しというわけにはいかないが、しかし松任谷理一という男は親譲りの捜査能力と洞察力で、何となくなら事態を察することが出来る。そのため、端から見ているとまるで全てを見聞きしていたのではと思えてしまうこともある。無論それは見当違いの感想だ。毎日のように事件にあう探偵を見て、探偵を死神と誤解するようなものだ。探偵は探偵なりの才能と努力を駆使して事件と遭遇しているのである。相手の立場に立たないと真相は見えてこない。

これは誰にでも当て嵌《は》まることかもしれない。例えば蛍子だ。かの八面六臂《はちめんろっぴ》の女子高生は一見寝ても覚めても事件に巻き込まれているように思えるが、残念ながら本人に一切の自覚がない。だから彼女が、現在同時刻に起きている、横浜の廃工場でＣＩＡ職員がライバル博士と対決していたり、大城川原《だいじょうがわら》クマが宇宙人水着コンテストで勝ち進んでいたり、黒丈門《こくじょうもん》ざらめが商店街を武力制圧していたり、桐《きり》ヶ谷《や》茉莉花《まりか》が忍者と殴り合っていたりすることを知れば、そちらの方が自分より余程非日常的に生きていると感じることだろう。しかしながら、日々科学を相手取る剣臓や、大マゼラン雲からやって来たクマや、極道一家の一人娘であるざらめや、エチケットのように喧嘩《けんか》する茉莉花が自分の今を振り返ったとしても、決して非日常的だと感じることはないはずだ。何故《なぜ》なら彼ら彼女らにとってはそれが当たり前の日常だからである。

要するに見方の問題だ。

閑話休題である。理一は大抵のことならすぐに把握することが出来るし、嗚呼夜の正体や真意についても既にある程度絞り込み始めていた。蛍子をビルから追い出す作戦も悪くない出来と自負していた。しかし先述した通り、神でも無い限り何でもお見通しというわけにはいかないのだ。護衛対象である蛍子がエレベーターに乗った自分と入れ違いで去ってしまうことに関しては、残念ながらまったくの想定外だった。

「とにかく私は蛍子を追うわ！」

制止を促す理一の声を無視し、結城満は上へ続く階段の立ち入り禁止テープを飛び越えて、瞬《また》く間にフロアからいなくなった。蛍子よりも足の速い理一である。いつもなら満を走り出しの時点で抑えることも可能だっただろう。しかし彼は一歩も動けなかった。自分の行動が正しいのかどうか信じられなくなっていたのだ。少年は自分の足が、望月鳴呼夜の張った不幸の蜘蛛《くも》の巣にすっかり搦《から》め捕られてしまっているように感じた。起こす行動は何もかも瞬時に悪いことへと形を変え、願望と真逆の結果を生んでしまう。そんな気がしていた。朝の星座占いを熱心に見ている従妹《いとこ》の気持ちが少し分かった。

結城満はどうなるのだろう、と理一は思った。彼女の追走は、やはり悪手になるのか。

理一が危惧《きぐ》しているのは爆発物の存在であった。望月鳴呼夜は爆弾魔としての悪名が轟《とどろ》いており、実際、入夏今朝が今日このビルに爆弾が仕掛けられていたことを確認している。それらを考慮し、少年は、鳴呼夜が蛍子を殺すのは爆発物によってだろうと予想していた。恐らく鳴呼夜は何処か安全な場所に潜んでおり、蛍子の向かった最上層の階を何らかの理由で「不幸にも」遠隔爆破することになるのだろう。

つまり、もし蛍子の向かった先に爆弾が仕掛けられていた場合は、それを追った満もあえなく巻き込まれ、無益に命を落とすことになる。命を落とすなど悪手の極みだ。

（……駄目だ、悲観的になりすぎているぞ）

理一は頭を振った。落ち着け。結城の行動は、孤立し取り残された坂東を救出出来る可能性も作っている。それは確実に大きなメリットのはずじゃないか。

懊悩《おうのう》する少年の背後に、エスカレーターを辿って男達がやって来る。理一は先頭の男の顎《あご》の傷に見覚えがあった。間違いない。踊り場で警察官を問い詰めた時にエプロン姿で階下からやって来て連行を引き継いだ、入夏の部下を名乗る男だ。

「お前ら、何なんだ。いったい何がしたい」

松任谷理一は自分を無視して通過しようとする男達の進路を塞いだ。

「いいや、もう見当はついているんだ。それに俺の前に同じ男を再び晒したということは、他に方法がないぐらいに追い詰められているということだろう」

理一は頭上のカメラと目を合わせた。男達は坂東を追うためにここを通らないといけない。しかし通るには俺を力でねじ伏せるか説得するかしかない。仮に公権力を保っていたいなら、警視正の息子に暴力は振るえないだろう。呼びかければ確実に応じるはずだ。

「出てこい、入夏今朝」

理一の携帯電話が着信した。彼は画面も見ずに受話ボタンを押した。

〝確かに君の思った通り、彼らは私の部下だ〟

入夏がハッカー特有の機械音声を響かせる。

〝だから通してくれないか。結城君同様、一刻も早く坂東君の下へ行かなければいけないのに、立ち話をしている場合ではないだろう〟

「電話に出ろと言ったんじゃない。俺の前に姿を現せと言ったんだ」

〝……どういうことだ〟

「入夏今朝、誘拐未遂で署までご同行願おう」

〝なんだと!?〟

松任谷理一の中で、入夏今朝は既に完全にクロであった。勿論、このバベルにやって来た時点では理一は彼女を信頼していた。その信頼が懐疑に逆転したきっかけは仲間達が再集結した家電屋の前での一幕にある。

「あの時、電話で呼び出した貴方の声がスピーカーから流れた時、結城と枇々木先輩は驚きを示した。しかしそれはおかしいんだ。何故なら先輩は貴方と既に一度話しているはずだからな。これは貴方が直接俺に報告したことだぞ」

〝…………〟

「先輩が貴方の機械音声に驚くはずがない。じゃあ何故驚いたのか。俺はその理由が『先輩と貴方が話していないから』だと考えた——つまり、貴方は先輩と通話した際、入夏今朝ではなく望月嗚呼夜を名乗ったのではないか、という推論だ」

何故そんな嘘《うそ》をついたのか理一には分からなかったが、少なくともこの嘘は彼にとって入夏今朝を疑うのに充分なきっかけとなった。少年は入夏今朝の動向を警戒し、動きをつぶさに観察すると共に、今日の彼女の行動を思い起こしてみた。すると今まで不自然さのなかった彼女の行動が、途端に不気味な色合いを帯びていくことに気づく。

例えば彼女の部下が最上階で爆弾を解体したことに、理一が電話で触れた時である。入夏が味方であるとするなら、理一が説明を求めた際に情報は滞りなく開示されているように見え、特に不審な素振りは感じられない。

『部下は私が動かすぞ。人手はあるに越したことはないし、構わないだろう？』

これも、慣れた人間が指示を出した方が組織力を最大限に発揮出来るのだから、当然の主張だ。しかし入夏が味方ではない場合、別の意図が見えてくる。

それは「彼女が部下の存在、或《あ》いは行動を理一に隠そうとしている」というものだ。

そもそも最上階で爆弾が発見されたというのなら、解体を始める前に俺に報告を入れるはずだ。それをしなかったのは、解体する人間の存在、つまり部下の存在を匂《にお》わせたくなかったからと考えられる。しかし彼女は「裸エプロン」発言によって部下の存在の秘匿《ひとく》に失敗してしまう。すると、今度は指揮権を明確にして部下の行動を俺の目から遠ざけようとした。いや、正確には俺ではなく、俺という「警察の目」から隠そうとした。つまり、入夏は警察組織に知られてはマズいようなことを裏で部下にさせようとしているのではないか。理一はそう考えた。

「じゃあその『させようとしていること』とは何なのか。ナビゲートミスが発生した時、これは怪しまれずにカマをかける良い機会だと思い、俺はあえて露骨に怪しむ態度で貴方との対話に臨んだ。踊り場の前にいた怪しい警官も良いダシになったな」

蛍子が踊り場にいた時のことである。理一は踊り場の出口に坂東蛍子を護衛していると思《おぼ》しき警官を発見した。しかし一度はぐれた警官が、この人混みで護衛対象を時間もかけず見つけ出したという事実に違和感を持ち、念のため警官に警察手帳の提示を求めた。すると話をはぐらかそうとされたため──警察官には警察官のマニュアルがある。それを話をはぐらかすという選択肢はマニュアルにはない──ある一つの仮説を立てた。それは「この警官は警官ではないのではないか」という仮説だ。つまり、警官の格好をして何かをしようとしている、別のグループの一員なのではないかと思ったのだ。理一は核心に迫りつつあることを感じながら、一層の懐疑を持って入夏に電話をかけた。

「この時の貴方の対応も、疑いの目で見なければ実にスマートなものだった。『監視カメラで見知らぬ警官の接近に気づいたため、警戒して自分の部下たちを急行させようとしたところ、先んじて俺が到着したため、鳴呼夜に対応する手間にならないよう自分たちの部下に連行を引き継がせた』というのが貴方の主張だ」

〝その通りだ〟

「だがこれを懐疑的に見た場合、こういう見方も出来る」

あの警官たちも、現場に駆けつけた男達同様に入夏の部下で、それを誤魔化すために部下達に警官を回収させたのではないか。つまりこういう見方だ。

「そう考えた時、踊り場での一幕は別の意味を持ち始める。坂東のいる踊り場の上階口に警官に扮《ふん》した君の部下、下階口に家電屋の作業服を着た君の部下がそれぞれ配置につく。これは挟み撃ちの形だ。そう、挟み撃ちだよ。貴方は坂東を逃がさない絶好の機会を窺って、彼女を挟み撃ちにしようとした。俺たちへのナビゲートミスも、そのための段取りだったと考えると途端にしっくり来る。恐らく枇々木先輩への偽名での接触も、坂東から遠ざけようという誘導の意図があったんじゃないか」

〝……挟み撃ち、それが「誘拐未遂」という私の罪状に繋がるわけか。しかし何故誘拐だなどと決めつけられる〟

それを説明するにも段階を踏まねばならないだろう、と理一が指を立てた。

「貴方に懐疑を抱いた時、俺は入夏今朝という人間について履歴書に書かれていないような極めて個人的な情報も含め洗い直そうと考えた。しかし君の目が常に光っている今この場において、外部と連絡をとることは容易くない。結局それが叶ったのはついさっき、エレベーターの中でだったよ。火災報知器の方に君の関心が向いていると確信が持てるその隙に、俺は知人のＣＩＡ職員に連絡をとった。すると幾ら調べても見つけられなかった君の情報を驚くほど簡単に入手できたんだ。君がバベルの実質的なオーナーであること、ビルに入っている家電量販店も君の持ち物であること、最上階の宇宙開発センターは、ロケットを飛ばすという君の夢の実現のために強引に決定されたものであることもわかった。勿論《もちろん》、君がそこに何かしらの重大な意味を見出していることもね」

〝あのオッサン、ペラペラと……〟

「君が鳴呼夜を潰《つぶ》そうと必死なのも、その辺りの事情が絡《から》んでいるんだろう？　ロケット打ち上げを目前にした今、『悪のハッカー』などという存在は君にとってリスクでしかない。違うかな？」

〝……プロファイリングはもういいか？〟

「まだだ。ロケットの話を知った時に思ったよ。鳴呼夜が最上階に仕掛けたであろう、坂東の命を奪うことになる〝爆弾〟が君にとって如何《いか》に恐ろしいものだったか。そしてそんな大がかりな仕掛けを用意するなんて、坂東はどれだけ鳴呼夜にとって大事な人間なのだろうかと。きっと君もそう思ったろう」

そう、ここに坂東を誘拐する意味が在る、と理一が宣言する。

「神出鬼没の望月嗚呼夜が現在ビル付近で坂東を監視していることが確定しているこの奇跡的状況、そしてその状況の大元である坂東蛍子。これを利用しない手はない。貴方は坂東蛍子を誘拐することで、誘拐表明のないままに、つまり犯罪行為を表沙汰《おもてざた》にせず警察での立場を保ったままに嗚呼夜だけに誘拐の事実を気づかせ、誘《おび》き寄せて、そこで嗚呼夜を捕獲、いや、あるいは殺害か……とにかく接触を試みようとしたんだ」

最上階に侵入した坂東を追い立てたのも、誘拐するチャンスと判断したとも考えられる。

「嗚呼夜にとって坂東蛍子がどれほどの価値を持つのか、初めは貴方も半信半疑で〝上手く行けば儲《もう》けもの〟程度の考えだったろうが、しかし今はよく理解出来ているはずだ。最上階爆破の懸念《けねん》は恐怖と引き替えに『誘拐すれば必ず誘き寄せられる』という確信を貴方に与えた。だから尚のこと、このチャンスを逃すわけにはいかなくなった」

〝…………〟

「貴方が今、部下を俺の前に晒すほど焦《あせ》っている理由が、それだ。坂東をダシに嗚呼夜を誘き寄せるなら、坂東が嗚呼夜と接触する前でないといけないからな。勿論、ロケットのある最上階で事故が起きるのを阻止するためというのもあるだろうが。とにかく今この瞬間が、坂東蛍子が最上階に立ち入る手前の、最後のチャンスなんだ」

しかし俺との会話を済ませた後から追っても、もはや坂東の最上階到達には間に合うまい。それに結城に先んじることもできないだろう。これで手詰まりになったわけだ。

作戦は全て失敗し、作戦の幹であった入夏今朝も敵だった。しかし今俺たちがとっている行動はそれらを覆《くつがえ》す最後の妙手となるはずだ。松任谷理一は自身の推理によって状況を整理し、ようやく本来の落ち着きと勇敢さを取り戻した。事態を好転させるタイミングはまだ三つある。一つ、結城満が到着して坂東を最上階から連れ出す。二つ、鳴呼夜の引き起こす不幸な危機を何らかの方法で封じる。三つ、坂東のことを今も覗《のぞ》き見ているはずの鳴呼夜がその洞察力と善性で坂東を助ける。そのどれか一つでも上手くいけば、事態は好転し、不幸は回避される。俺はそれまで入夏やその部下と拮抗《きっこう》し、動きを抑制する駒となり、坂東蛍子にいつだって訪れてきた勝利を今回も支援すればいい。

「ついでに言うなら、今エレベーターを止めないのも坂東を心の底から止めようとしていない証拠と言えるかもな」

理一が挑発するようにそう言った。

〝……そもそも報知器の警報を受けてエレベーターは止まるはずだったが、止まらなかった。指揮系統がおかしくなっているようで手動での指示を受け付けないようだ〟

何故鳴呼夜の介入を示唆《しさ》しないんだ。ビル所有者としての矜持《きょうじ》だろうか。

〝なぁ、お前の言っている諸々《もろもろ》は全て仮説に過ぎないじゃないか。仮説を信じて足を止めるなんてあまりに愚かとは思わないか。今は些細《ささい》な蟠《わだかま》りで揉《も》めている場合じゃないはずだ。もし私を危険視しているというなら、一緒に来て監視すればいいだけだろう〟

「危険視しているから通さないんだ。そっちこそ動きたいなら誤解を解けばいい」

〝……ならば言わせてもらうが、お前の仮説にはまだ証明出来ていない矛盾があるぞ〟

理一が無言で続く言葉を促す。

〝ナビゲートミスは私がお前たちを遠ざけるための意図的なものだったという話だったが、それはお前たちの指示通り火災報知器を鳴らした私の行動と矛盾するだろう。私からしてみれば、お前たちの「避難訓練作戦」は失敗してくれた方が有り難いはずだ。坂東がお前らの包囲網を突破してくれれば、孤立した彼女を容易く捕まえられるのだから〟

「勿論それは考えたさ。でも、『避難訓練作戦』がお前にとってデメリットだと一概に言えないことに気がついたんだ。作戦はビル内の人間全てを避難の波に巻き込むことに本懐がある。つまり、上層に残っているかもしれない従業員や、俺が何処《どこ》かに潜ませているかもしれない警察関係者をも巻き込めるということだ。そうなれば坂東をより完全に孤立させられる。軽度のリスクを負うことで、重度のリスクの排除をとったんだよ」

〝馬鹿な！　そんな「可能性」の話でお前らの裏をかける機会を逃してたまるか！〟

「そんな可能性も無視出来ない程、お前はこの機会に賭《か》けていたんだろう」

〝坂東がお前らに屈して避難するかもしれないじゃないか！　誰かにまんまと止められ

るかもしれない！　何故そうならないと分かったというんだ！〃

「信じたんだろう」

〃！〃

「あいつならきっと俺たち全員の壁を飛び越えられると、そう信じたんだろう。お前は今日一日、坂東蛍子という存在を見ていく中で彼女に魅了されたんだ。体だけでなく心まで引っ張られてしまった。坂東はそういう奴《やつ》だよ」

深い沈黙があった。入夏はもう声を荒らげることも、反論をひねり出すこともなかった。

〃……………私は坂東を殺したくないから行動しているんだぞ〃

ハッカーははっきりと声のトーンを落として言った。

「殺すとは、些《いささ》か不幸の結末を限定しすぎじゃないか」

〃……もう駄目だ。間に合わない。いいか松任谷、お前のせいで坂東は死ぬんだ〃

「………………」

自己判断に確信のない理一は、入夏の調子に嫌な汗を垂らす。入夏の部下達ももう用は済んだとばかりに理一に背を向け、階下へと引き返していってしまった。

なんだこの熱意のなさは。入夏は嗚呼夜と接触できるこの機会を何が何でも逃したくないはずだろ。それとも俺が何か勘違いをしているというのか。

入夏が敵であるというのは、『グッド・ラック』の最後の連鎖ではないのか。

入夏は敵ではない？　たしかに「殺したくない」と言った今の彼女の言葉は真実味があったが、しかしそんな展開の裏返しが、この局面で考えられるか？

「お前のせいで坂東が死ぬ」と入夏は言った。つまり俺が部下達の足止めをしたことが遠因で坂東が死ぬということだ。それではまるで部下達が坂東の命を助けようとしていたみたいじゃないか。捕獲ではなく、本当に保護しようとしていたみたいだ。

もし入夏が部下の存在を秘匿し、俺達を出し抜いてまで坂東を保護しようとしていたなら、どうなる。そう、坂東を鳴呼夜の『グッド・ラック』から守ることが目的だったら、という話だ。入夏を疑って見た時、行動に真逆の側面が生まれた。しかしその見方の追加によって、入夏を信じて見た時の行動に矛盾が生じたというわけではない。入夏が俺たちと同様に坂東を守ろうとしていた可能性は、全く否定されるものではない。

たとえば彼女の部下達は、俺達とはあえて別の枠組みで別の手段として動かされた、俺達と同じ役を担《にな》う駒だったら、どうなるんだ。

『私自身、鳴呼夜特定に向けて最近はそういうアプローチも模索している』

入夏は巴のような、不確定要素によっての『グッド・ラック』打開を模索していた。

『エレベーターは止まるはずだったが、止まらなかった。指揮系統がおかしくなっているようで……』

つまりビル内のアクセスは今なお入夏が掌握しているわけだ。しかし鳴呼夜も自由に電話し、自由に行動している。二人のパワーバランスが対等だとでも言うのか。

（自由に電話出来る鳴呼夜が、どうして坂東がバベルに着く前に結城や俺にコンタクトをとらなかったのか…………）

それは坂東の現在の行動を把握出来る環境に鳴呼夜がいなかったからではないか。

『枇々木君と連絡をとった辺りでようやくこのビルに到着したんだ』

何故入夏は枇々木巴に鳴呼夜を名乗った？

『もっとハッカー毎《ごと》にキャラ作りしたらどうだろう』

そして何故よりによって鳴呼夜は入夏のビルを舞台に選んだのだ？

商売敵のホームを選び、どうやって爆弾を運び起爆準備を済ませた。

どうやって各所に暗号を配置した。

そもそも蛍子を守れと指示したのは？

不幸から守る提案をしたのは？

殺すという限定的な表現を初めにとったのは？

まさか、つまり、望月鳴呼夜は——

「そういうことか、入夏今朝」

〝こんにちは、雪ちゃん〟

解答を与えるようにスピーカーから声が響く。

〝望月嗚呼夜です〟

◆

「こんにちは、雪ちゃん。望月嗚呼夜です」

入夏今朝はカメラの向こうで坂東蛍子が呼びかけてきたのを合図に、彼女に電話をかけ、暗鬱《あんうつ》とした調子でそう宣言した。

「いいかい。推理小説の憐《あわ》れな被害者のようになりたくなかったら、私の言うことをよくきくんだ」

〝………ごめんなさい〟

何を思ったのか、坂東蛍子は通話を切断した。入夏は箱型の頭を抱え、諦念《ていねん》の溜息《ためいき》をついた。やはりお前は探偵ではなく、被害者の役回りになる運命だったということか。

入夏は背もたれに体重を預けた。『グッド・ラック』が蛍子に悪さをするとすれば、それは彼女が暗号を全て解き終わった時になるだろう。カメラに映る彼女を見るに、まだ解読の済んでいない暗号が残っているようだ。そうは言っても相手は秀才である。秒針が多少の運動を終えれば最後の答えに辿り着くはずだ。つまり残すイベントは、坂東蛍子が暗号を解き終わり不幸にも命を失うか、あるいはその前に結城満が彼女の下に辿り着き最上階から連れ出すか、この二択だけなのだ。もう自分に出来ることは何もない。

自分が身を粉にする必要はないんだ。その思いは入夏の心を楽にさせた。まったく、私は地上を這《は》う人間一人に何を躍起になっていたんだろう。私には地上から脱出するこのロケットさえあれば、もう充分なはずじゃないか。坂東蛍子も望月嗚呼夜も入夏今朝も、宇宙に行ってしまえばもう必要ない名前なんだ。ロケットには既に燃料だって積んでいる。まさに完成まで秒読みの段階なのである。入夏は更なる落ち着きを求めて、ポケットに手を突っ込み中に収まっているはずの発射スイッチを探した。スイッチがポケットに見当たらなかったので、次に引き出しに手を入れた。次に鞄を逆様にして、やがて頭の箱の中に拳を突っ込み、とうとう叫び声を上げた。

「ない！　発射スイッチがない!!」

入夏は体をかきむしりながら、脳内にある一つのアイデアを思い浮かべていた。『グッド・ラック』がもたらす不幸のアイデアだ。

「〝爆弾〟は……」

そう、坂東蛍子が最上階の真ん中で、爆死になり得るような大事故に見舞われるその手段を閃《ひらめ》いてしまったのである。五歳になったあの日と同じように、電撃的に閃いてしまったのだ。

「ロケット、なのか……」

入夏今朝は大事な夢の名を口にした。蛍子の真上に控える夢の名だ。ロケットの噴射は並の手製爆弾では到底及ばないエネルギーだ。爆発物の代替としては充分な力を持つ。この場でロケットを起動させる手段は、入夏の持つスイッチだけだ。しかし肌身離さず持っていたそのスイッチはどういうわけか失われた。もしスイッチが坂東蛍子の手に握られているとしたら。暗号解読を終えた彼女が何かを理由にそれを押すとしたら——入夏は顔を真っ青にした。

（エレベーターで追いかけ回された時に落としたのかもしれないな……）

入夏は奥歯を震わせながら監視カメラや各種センサー、ありとあらゆるシステムを駆使して最上階に佇《たたず》む少女の持ち物を調べた。そして最悪の事態は紙一重で回避されていることを知る。今の坂東は完全に潔白だ。美しすぎる以外、何も問題は無い。スイッチもない。何故か手提げ鞄を持っていないが、もし仮に坂東がスイッチを拾っていたとしても、鞄に入っていて手の届かない所にあるなら一先《ひとま》ず問題は無い。

（大丈夫、まだ大丈夫だ……）

現状の理解を深めるため、ロケットエンジンが噴射すると直下にいる蛍子はどうなるのか、入夏は考えてみることにした。

（まず三つのエンジンのどれかからジェット噴射による燃焼をまともに受ける。この時点で普通の人間は炭化した後に塵《ちり》になる。さらに排気による凄《すさ》まじい風を受け、ビル外へ吹き飛ばされるか、あるいはエレベーター脇の排気ダクトに吸い込まれ落下する。加えて爆音だ。音はロケットすら破壊しかねないほど強大なものだ。普通は放水によって抑える爆音を、この基地ではビルの耐震構造を利用して共振で相殺《そうさい》するようにしているが、しかし全て消せるわけではない。真下にいたら脳震盪《のうしんとう》で死ぬだろう。万が一これらの難題をかい潜《くぐ》ったとしても、燃焼により酸素が消失し呼吸が不可能になるな。その後ロケットを抑える爆破分離ボルトが爆破し、その破片が高速飛散した挙句、噴射でロケットが一瞬傾きフロア中に火がまかれ――）

要するに、何も残らないということだ。坂東蛍子も、彼女の夢の結晶も。

「そんなことが……そんなことが、許されてたまるものか！　ビル内に残っているSEナンバー全員に告げる！　死ぬ気でスイッチを探し出して、何としても取り戻せ！」

何が何でも探し出してやる、と入夏は思った。こんな、ちょっとした不運ぐらいで、私の人生を滅茶苦茶《めちゃくちゃ》にされるわけにはいかない。そんなの、認めないぞ。

◆

枇々木巴は掌《てのひら》に乗せたスイッチについて思いを馳《は》せてみることにした。避難誘導によって人が消えたフロアに一人取り残され、途方に暮れていた彼女には、満に押しつけられた鞄から転げ落ちたその円筒がまるで天からの贈り物のように見えた。胃薬にも見えた。緊張で痛む内臓から目を逸《そ》らすための、暇潰《ひまつぶ》しという名の胃薬だ。

暇を潰すと言っても、何も巴は謎のスイッチを押してみようなどと考えているわけではなかった。スイッチは押す以外にも沢山の用途を持っている。眺めるとか、撫《な》でるとか、秘められた過去を想起して感傷に浸るとか、幾らでも遊びようはあるのだ。

ポケットが振動し、巴は空想上の世界滅亡スイッチを止《や》むなく掻《か》き消した。結城満からの着信であることが分かり急いで応答する。電話の向こうの満は興奮した犬のように呼吸を荒らげていた。走っているのだろうか。

どうやら今、上の階では坂東蛍子が窮地に追い込まれつつあるようだった。切迫した声色から一刻を争うらしいことが伝わってくる。巴は出来うる限りで力を尽くしたい思いはあったが、しかし何もかも後の祭りという雰囲気も同じように感じていた。やはり私は、もっと積極的に干渉していくべきだったのだろうか。

「いたぞ!」

その時である。突如近くの店内からエプロン姿の作業員が飛び出してきた。五人の男達は巴が惚《ほう》けている内に、瞬く間に少女を取り囲んでいく。明らかに敵意のある行為に巴は恐怖し、咄嗟に拳《こぶし》を握り込んで、手の中にある物体を思い出した。

「……もしかして、これが欲しいのかい」

男達の反応を見るに、どうやらそのようである。そういえば坂東さんが家電屋でエプロンがどうとか言っていたけど、この店員達がそれだろうか。ならば今、上の階で起きている彼女の危機や、結城さんの剣幕と何か関係があるのかもしれない――そう思案したことで、素直に譲り渡そうとしていた巴の手がピタリと止まった。

拒絶を見て、右手側にいる男が凄《すご》む。

「良いか、良く聞け。それを押すと望月嗚呼夜を捕まえられなくなってしまうぞ」

巴は男の言葉を聞いてささやかなアイデアを手にした。望月嗚呼夜は坂東蛍子が全ての謎を解いた時に姿を現す。だというのなら、望月嗚呼夜を捕まえられなくなるということは、坂東さんとの接触を避けられるということになるんじゃないか。

押すべきだろうか、と巴は思った。今の男の言葉だけから判断すると、押した方が良いような気がする。押すべきだろうか。

騒ぎ続ける火災警報の音が嫌でも場の空気を引き締めた。巴の弱った胃も引き締まった。平生から不良の後輩や書記の後輩や一年の後輩に痛めつけられている内臓がこの土壇場で限界を訴え始める。眩暈《めまい》がしてきた、ピルケースは何処へやったっけかな。

少女は呼気を荒くしながら必死に集中し、指をかけた謎のスイッチの頭を撫でた。その仕草を見て男達は顔を青くして動きを止めた。

「……貴方たちがこのスイッチを押されたくないということだけは確かみたいですね。道を開けて下さい。本当に押しますよ」

今は押さずに判断を保留すべきだ、と巴は思った。とにかく状況が分からない。自分に敵意を向ける男の言葉を鵜呑《うの》みにして良いのかも分からない。ここは信頼出来る人に判断を仰ぐべきだろう。こいつらを振り切って、見知った人間と合流しなくてはならない。巴は群がる獣たちを松明《たいまつ》で脅すように、スイッチを全方位に振りかざした。

しかし男達は次の一歩を後ろに下げない。それどころか彼女を囲む輪を縮めていく。どうやら引き下がれない理由があるらしい。困ったな、と巴は額の汗を玉にする。

「本気だよ。そんな態度では望月さんを捕まえられなくなってしまうが」

巴の言葉に構わず男が手を伸ばした。巴はその手を咄嗟に弾《はじ》き返したが、弾かれた拍子に男の手が眼鏡に当たり、何処かへ飛んでいってしまった。巴の視力は夜行生物より低い。視界が急激に歪《ゆが》んだことで眩暈が悪化し、姿勢を保っていられなくなる。

視界を奪われ身動きが出来なくなり、巴は愈々身の危険を感じた。坂東蛍子を案じる以前に、自身を案じなければまずい。

（素直に渡して楽になるか。しかしそれで坂東さんの命が脅《おびや》かされたら――）

彼女の中でスイッチの与奪は、蛍子を救うか自分を救うかの二択に様相を変えていた。

(ビタミンが足りない……頭の中がぐるぐるする……)

決断しなければならない。少女の意識は限界に近かった。今にも気絶しそうだ。押すべきか。本当に押して良いのか。嗚呼夜に関係するスイッチと言うなら、押そうが押すまいが嗚呼夜に対し影響が出るだけで、坂東さんたちが危険に晒されることはないはずじゃないか。なら押すだけ押して放り出せば、坂東さんは救われ、自分もスイッチの呪縛《じゅばく》から離れ、誰も苦しまずに済むはずだ。

(……それとももっと複雑な影響が生まれるスイッチなのか。何のスイッチか彼らに尋ねても、真実かどうか判断する方法がない。確かなことは、彼らがスイッチを押されたくないという事実だけ。渡したら押す機会は永遠に失われる――)

立ち眩《くら》んで膝《ひざ》をつく。男たちに襟首と腕を掴《つか》まれる。首筋に鼻息がかかる。眉《まゆ》を顰《ひそ》め、汗の玉が弾けて伝う。

なぜ私がこんな重要な選択を迫られなくてはならないんだ、と巴は顔を歪める。私が話題や、課題や、社会から逃げ続けているのは、こういう決断をしたくないからなのに。

「…………」

坂東蛍子の下に向かわなくてはいけないんだ。人の命がかかっているんだ。巴は遠く意識の中、なけなしの使命感で迷いを強引にねじ伏せると、スイッチを力強く押した。

瞬間、突如大地が裂けたかのような凄まじい音が頭上から降り注ぎ、ビルの中にいた全員が揺れ動く床に倒れ伏した。振動は長いこと収まらず、重低音も六月の雨のように途切れることはない。耳鳴りの中、松任谷理一は窓の外に降り注ぐ赤い炎の光と、散りゆく無数のガラスや鉄の塊を見ていた。

凄まじい爆発が起こっていた。

結城満は耳を劈《つんざ》く轟音《ごうおん》の中で絶句していた。彼女は俊足を活《い》かし、この爆発が弾けるより一呼吸前には既に最上階手前までやって来ていた。それでも彼女が蛍子に辿り着けなかったのは、目の前に立ちふさがる何枚もの防火扉のせいだった。この防火扉は先程侵入者を許したことを反省し、二度と人が踏み入らないよう入夏今朝が部下に閉めさせた扉である。安全を考慮して設置された扉は見事その役割を果たしたことになる。

「なんなの……これ……うそよ……蛍子………」

嵐《あらし》が収まり、扉を閉じる風圧が失われるまで、満は防火扉に力なく額をつけていた。

□

坂東蛍子は最上階にて目当てのものを探し当てた。広い空間に佇む簡易掲示板の前に立ち、うっすら積もる埃《ほこり》を払う。

（私は誰もを見ていて、誰もが私を見ているが、誰も私を見ていないし、私も誰も見えない。私は幾らでもいるけど、本当の私は一人だ）

目の前にある掲示板こそ、彼女が導き出した最後の答えだった。「本当の私」はとても寂しい姿をしていた。何もない空間にひとりぼっちだった。

蛍子は掲示板の表や裏に手を乗せ、隅々まで調べ上げた。何処かパーツが外れて秘密の箱が出てきたり、押すと映像が映し出されるスイッチの存在を見落とすまいとくまなく指を這わせたが、しかしそんな思いに答えてくれるような素材は何処にも見当たらなかった。少女は焦った。もしかして私、何か間違えてるのかな。

蛍子はポケットから暗号一式を取り出した。画像として保存しておいた初めの謎と、コンビニで手に入れた紙切れと、本屋で獲得した本と、それに挟まっていた二つ目の紙切れ。これが彼女の手持ちの全てだ。全部順番に解いて進んだはずだけど、見落としがあったのかな。そういえばコンビニの紙切れはまだ後半が不確かなままね。

（腑《ふ》に落ちないと言えば……）

蛍子は本に視線を移した。「オズの魔法使い」の文庫本だ。この本、暗号の紙切れを挟むために使ったんだと思ってたけど、本当にそれだけなのかな。アーヤは無駄なことをするのが好きじゃないから、こういうのにも何か関連を持たせるんじゃないかしら。

少女はためしに本を中程で開き、その頁《ページ》を速読した。西の悪い魔女の話が書かれている。

　はっと蛍子は息をのみ、急いで本を裏返して装丁を確認する。

（この本、装丁をバラバラに分解された痕《あと》がある）

　蛍子は一頁目から手際《てぎわ》よく捲《めく》り始めた。一章のタイトルは「対自存在」、三章は「対他存在」、それらに挟まれるように西の悪い魔女や東の魔女等、「オズ」で魔女に関わるシーンが抜粋されてまとめられている。坂東蛍子はサルトルの「存在と無」を完読したことがあるため、一章と三章がそこからの抜粋であることを理解していた。つまりこの文庫本は「オズの魔法使い」のパテを「存在と無」のバンズで挟み込んでいるのだ。更に言えば、全ての頁は再構築されたパッチワークであるにもかかわらず、頁数だけは一、二、三……と綺麗《きれい》に修正されていた。注意して見ていくと、「対自存在」章の七十四頁と七十五頁、「対他存在」章の九八、九九、一〇二頁だけが白く塗り潰されていることが分かる。

　全ての頁を繰り終わった蛍子は、最終頁に文字が記されていることに気がついた。

（『私を見つけたなら、そこで私の名前を呼んで』）

「アーヤ」蛍子は呟くように零《こぼ》し、もう一度大きな声で友の名を呼んだ。「アーヤ！」

　その時、蛍子は振動に気づき、急いで携帯を取り出した。非通知の着信だった。

「……もしもし……」

電話を耳にあて、受話口に恐る恐る声を注ぐ。

「アーヤ……？」

〝こんにちは、雪ちゃん〟

声は機械で加工されていた。何処か含みのあるロボ声だ。その声を聞いて蛍子は雷に撃たれたように身を竦《すく》め、息を止めた。

〝望月鳴呼夜です〟

通話相手は何やら話を始めたが、蛍子は放心していて言葉が頭に入ってこなかった。少女は今、大きな罪悪感に駆られていた。自分はまだ全ての謎《なぞ》を解いていないのに、アーヤに辿《たど》り着こうとしてしまった。それは彼女にとってはやってはならない卑怯《ひきょう》な行為だった。蛍子にとってこのゲームは勝てば良いという類《たぐ》いのものではない。儀式のように神聖な時間なのだ。

「…………ごめんなさい」

坂東蛍子は通話を切断した。そして次こそ堂々と彼女に向き合うため、残りの謎を全て解くことを心に決めた。

アップルサイダーでも飲んで一旦《いったん》気を落ち着かせよう、と蛍子は背後の柱にもたれ、提げていた魔法瓶を引き寄せた。まだ脳内で先程のロボット・ボイスが反復している。

「もう一度初めから考えるのよ。こういう時は手持ちの情報の整理と把握が何より大事なんだ。ホームズもそう言ってた気がする」

蛍子はオリエント急行を思い浮かべながらそう言った。豪華な列車には、しかしホームズは乗っていない。おかしいなと首を捻《ひね》りつつ水筒の蓋《ふた》も捻り、中栓を開ける。

「あ、あれ……空っぽだ……」

筒に移し替えておいたはずのアップルサイダーは、まるで初めからそんなものなかったかのように綺麗に失われていた。突然訪れた喪失に少女は鳩《はと》のような顔になり、不思議そうに水筒を掲げ持って底を覗いた。

その時、頭上がぱっと明るくなり、同時に轟音が彼女の身体《からだ》を取り巻くのを感じた。いったい何だろう。魔法瓶越しに頭上を覗き込むと大量に降ってくる白い粉と鉢合わせ、反射的に目を瞑《つむ》った。顔に降り注ぐそれは冷たかった。下を向いて恐る恐る地面を見ると、辺りは既に真っ白だ。どうやら灰のようだ。白い灰が、一切の熱を奪われ雪のようになって頭上から大量に降り注いでいるのだ。蛍子はその怪奇現象について検討しようとしたが、急に息苦しくなって頭が上手に回らなかった。何だか空気が薄い気がする。

（とにかく、原因を確かめよう）

蛍子は僅《わず》かな恐れを好奇心で踏み倒し、目を細めながら再び頭上を見た。そうして事態を目《ま》の当たりにしたのだった。

上空では凄まじい火勢の炎と煙が真《ま》っ直《す》ぐに噴射されており、蛍子の掲げ持った魔法瓶がそれらを全《すべ》て吸い寄せ、細い束にして、筒の中に丸々飲み込んでいた。頭上の爆炎はこの世の終わりのような暴力を隠しもしなかったが、しかしそんな地獄の業火《ごうか》も魔法瓶に到達する道中でなりを潜め、最終的にはするすると穏やかに筒に吸われていく。まるで人間の一生のようだった。逸《はや》り気《ぎ》が落ち着いて、最後は縁側で微笑《ほほえ》む百歳の村長みたいになっている。白く降り注ぐ灰は、村長が召された際に出た天使の羽に違いない。

蛍子は頭上を見て十秒程呆然とした後、辺りを見回し、どうやら魔法瓶が吸い込んでいるのは自分の周囲のものだけだということに気がついた。そこら中では物が飛び交っているのに、自分の周りは無風であることにも気がついた。ねじ曲がり吹き飛んだ掲示板が後ろから飛んできたのには、背後の柱が防いでくれたため気がつかなかった。元素は目には見えないので、魔法瓶が吸い込んだエネルギーから僅かながら酸素を生みだし少女に供給していることにも気がつけなかった。音を吸い込んでいることにも気がつかない。人間が一生の内に気づけることなど殆《ほとん》どない。

「な、なにこれ！」

ようやく蛍子は声を出す。

「すご!!」

魔法瓶はまるで意思を持って少女を守っているかのようだった。オズの魔法使いの連れ人のように不可思議で頼もしい気配を蛍子は確かに感じた。きっと思い込みじゃないわ。この子は私を守っているのよ。間違いない。

「ふ、ふ……」

蛍子は興奮のあまり、頬をぐにぐにと変形させながら笑ったり驚いたりし、時間をかけて今の思いを一言にした。

「不思議、来たぁーッ!!」

坂東蛍子は感動していた。状況は一切理解出来なかったが、ただ単純に嬉《うれ》しかった。水筒を掲げ持った今の体勢はガッツポーズの代わりだった。魔法瓶は尚《なお》もその口腔《こうこう》に万物を飲み続け、主《あるじ》である蛍子を喜ばせている。その姿を見て少女は更に嬉しくなる。

「う、うおー！　よくわかんないけど、いけーっ！　もっと吸えーっ！」

二十秒ほど経《た》っただろうか。体感時間が拗《ねじ》れたため正確には分からなかったが、とにかく炎は全て吹き飛び吸い込まれて場は収まりつつあった。風は依然凄まじいが一番の危険は去ったようだ。いつの間にか火を噴いていた天蓋《てんがい》は消失し、夏の空が頭上に広がっている。蛍子は陽光の中で一息吐《つ》き、掲げ持った友を改めて労《ねぎら》った。

「！」

視線を上から前へ戻した彼女は自分に向かって瓦礫《がれき》が飛んできていることに気がついた。こぶし大はあるコンクリートの塊が銃弾さながらの速度で空を裂いている。

「!!」

爆発の時点から、突風はずっと色々な物を巻き込んで吹き荒《すさ》んでいたのだ。爆炎の中で蛍子がそれらに当たらなかったのは魔法瓶が飲み込んでいたからではない。ただの奇跡だった。魔法瓶はエネルギーしか吸い込まない。

コンクリ片は蛍子の顔面目掛けて一瞬で距離を詰めると、彼女の美しい額を打ち砕こうと迫る。しかし蛍子はその事態に関心を持たなかった。閃きに全身を震わせていたからだ。突如飛んできた恐怖と混乱により一時的に空っぽになった脳内で走馬燈《そうまとう》の如《ごと》く今日一日の出来事が駆け回り、集約し、一つの答えを形作る。

（そっか！　やっぱりそうだったんだ！）

少女は望月鳴呼夜の難題を、ようやく全て解き終えた。

（アーヤ！　貴方《あなた》が……）

命を奪う狂気の刃先を額に感じながら、蛍子は感激で破顔した。

記憶はそこで途切れる。

幕間　トドロキ・パニック

病院という場所から連想するものは人によって様々だろう。望月嗚呼夜《もちづきああや》なら過去の記憶が呼び覚まされるだろうし、今の川内和馬《せんだいかずま》に尋ねたら坂東蛍子と答えるかもしれない。考えることはそれぞれ違えど、傾向というものは必ず生まれる。例えば病院のイメージとして外せないのが、霊の出る場所というものだ。事実、病院には幽霊が多く集まる。これは死に近い場所が彼らに安息を与えるが故《ゆえ》の現象である。霊にとっての病院は、生者にとっての温泉地のような憩《いこ》いの場なのだ。彼らは休日を利用して病院に立ち寄ると、透明の細胞で死の匂《にお》いをいっぱいに感じ取り、夜明け前には各々《おのおの》の仕事場へと帰って行く。無論これは全《すべ》て霊の都合であり、実際に病院を使う側からしたら良いことは一つもない。霊が過剰に溜《た》まると、機械という機械が霊素というサイエンス・フィクショナルなエネルギーに反発して壊れてしまうからだ。霊は機械に染《し》みる、性質《たち》の悪いウイルスのようなものなのである。人間界とのより良い関係を保つためにも、霊界の各組織は霊達のバカンスを推奨していない。これに対し今日も病院周辺で地縛霊労働組合のデモが行われたりと、今あの世は少しややこしいことになっている。

話を戻そう。鈴《すず》という少女も、憩いを求めてやって来た幽霊の一人である。最近彼女が住み着いている学校が昼も夜も騒がしいものだから、鈴はお化け友達の「上履き探し」の案内で、事が収まるまでこの病院に避難することにしていた。地縛霊出の鈴としては新天地に赴くのは些《いささ》かの不安があったが、そこは評判通りの過ごしやすさで、暗い物置に無事腰を据え、巨大なクマのぬいぐるみを枕《まくら》代わりに快適な日々を送っている。

先述した通り、学校周辺が過ごし辛《づら》くなっている関係で、この病院には地域一帯の霊が集っており、現在ちょっとしたお祭り状態である。病室を覗《のぞ》くと死人が居酒屋をオープンしていたりする。

そんな彼岸此岸《しがん》入り乱れる院内施設の中でも彼女が一番気に入ったのは、医師達が休憩に使う部屋の隅に間借りされた「懺悔《ざんげ》室」だった。そこは防音室をアレンジして作られた一室で、「部長」と呼ばれる偉い地位の生者が趣味で作った場所だ。となると、即《すなわ》ち聞き役を担当するのも制作者の部長なのであったが、しかし医師達が部長相手に愚痴をこぼせるわけもなく、結果として改造防音室はすぐに放置された。

ところが、三日前からその暗室に女性の聞き役が現れ、何処《どこ》か間の抜けた受け答えが良い息抜きになると看護師の話題に昇り始めたのだ。鈴である。室内では会話相手の顔は窺《うかが》えないようになっている。即ち、相手が幽霊でも語《かた》り部《べ》は気がつかないわけである。

鈴は百年を彷徨《さまよ》った霊だが、人並みにお話しするのが好きな女の子でもあった。そんな彼女にとって、生者と忌憚《きたん》のない交流が出来るこの物件は最良の空間だったのだ。

もちろん得体の知れない女相手に話されるものはどれも軽い雑談程度で、現状は懺悔室というよりちょっとしたお悩み相談室といった趣きである。しかしながらそんな中、ただ一人だけ毎度のように真面目《まじめ》な話を持ってくる例外がいた。部長その人だ。彼は根が真面目で、よく罪を感じてはこの場に持ち込み、雇った覚えのないシスターに全力で懺悔をしていた。雑談がしたい鈴としては良い迷惑であった。

「なあシスター、私はどうすればいい」

そんな部長が、今日も鈴の部屋にやって来た。

「じゅ、順番に話してください」

「とんでもないことになってしまったんだよ。まさかあんなことが……」

またいつもの勘違いじゃないのかな、と鈴が胡乱《うろん》げな目を向けた。彼は真面目と早ちりが悪い方向にかっちり嚙《か》み合った男で、よく勘違いをする人物だった。つい昨日も「ゴッホが売れなかったのは私のせいだ」と不思議なことを言い始め、鈴は困らされたばかりなのだ。そもそも鈴は「ごっほ」などという人間のことはこれっぽちも知らない。そんな咳払《せきばら》いみたいな名前の日本人、昭和初期の幽霊が知るわけもない。

「人の名前とか言われても、私分かんないですからね」と鈴が念を押した。

「ああ、そうだな。いやしかし、これは人というより、猫の話なんだ」

「猫ちゃん！」

鈴が手を打った。鈴は猫が好きだった。化け猫以外ならどんな猫でも大歓迎だ。

「院内で見つかったあの猫、原因はアイツで間違いないんだ」

部長は深刻な面持ちで語った。なるほど、と鈴が相槌《あいづち》を打つ。今この先生は猫の可愛《かわい》さに目覚めたきっかけを話しているのね。

「どんな猫ちゃんなんですか」

「えぇっと、三毛猫で、ちょっと太ってたな」

デブ猫の膨れた丸パンみたいな顔は愛嬌《あいきょう》があって、私も好き。

「しかし接触感染だとしても、爪《つめ》や牙《きば》で傷つけられた痕《あと》などなかったんだ」

「目ですよ」と鈴が言った。「愛情は目から感染するんです」

「目……なるほど、粘膜か……」

星隈《ほしくま》は顎《あご》に手を当てて唸《うな》った。

「確かに未確認の細菌である以上はヘモバルトネラを基準に考えず、柔軟に対応せねば」

ヘモバルとねら、と幽霊は首を傾《かし》げる。猫の品種か何かかな。

「待てよ、ということは空気感染の危険もあるじゃないか……！」

あり得る、と鈴は同意した。その場に可愛い猫ちゃんがいる。それだけで目を合わせずとも心を奪われる可能性は、大いにあり得る。

「とにかく、感染者に齎《もたら》す症状が問題なんだ」

「たとえば？」

「……片腕を伸ばし、もう片方の腕でピースしている生物の姿を想像出来るかい」

自撮り写真だ、と鈴は思った。幽霊はフラッシュに慣れるために夜な夜な自分を撮影して写真ドッキリの練習をするため、星隈が何を言っているかすぐに分かった。

（そっか、先生は猫ちゃんと写真を撮りたいんだ。先生は猫大好き病になって、デブ猫ちゃんと写真を撮りたいんだけど、上手《うま》く撮れないから悩んでるんだ）

「やはり腹を開いて、確かめるべきなんだろうか」

（開いて……腹を割って話す、みたいな意味かな）

「そうですね。全てさらけ出すべきでしょう」

「しかしそんなことをすれば消えない傷が残ってしまうぞ。私も無事で済む保証は――」

「駄目ですよ！　保身ばかり考えていては！　真摯《しんし》に向き合わないと！」

動物と仲良くなるには、まず自分から歩み寄らねばならない。鈴も動物の前では出し惜しみせずに冷気を噴き出している。冬は避けられ続けていたが、夏になって努力が報われ、最近は猫が足下にすり寄ってくるようになった。ひんやりして気持ちいいからだ。

「しかし、念のためもう一度検査をすれば――」

「事は一刻を争うんですよ！　猫ちゃん病は待ってはくれません！」

「……開くべきか」

「開くべきです！　絶対に！」

「そうか……そうだよな……それが医者としての務めだ」

迷える羊は蟠《わだかま》りを振り切ったようだった。瞳《ひとみ》に強い信念の光が宿っている。それは猫と写真撮影するためとは思えないような、決意に溢《あふ》れた重みのある光だった。

「ありがとう。勇気をもらったよ。シスターには助けられてばかりだ」

えへへ、と鈴が照れて俯《うつむ》いた。男が懺悔室を去ってから充分な時間を置いて、鈴も部屋を後にした。そのまま一直線に壁をすり抜け、ＣＴの検査台の上に寝そべる少女の顔が目に入り思わず急停止する。

「蛍子ちゃん」

鈴は破顔した。検査衣姿のその少女は、彼女の一番の友達、坂東蛍子であった。

◇

天才とは努力で磨く宝石である。さもなくば病気の一種である。

その身に宿った原石は、生涯をかけて背負わざるを得ない不治のウィルスでもある。望月鳴呼夜はその好例と言える典型的な天才だった。比喩《ひゆ》としてでなく実際に病を抱えていたからだ。

彼女の症状は、端的に言えば「常軌を逸した集中力と並行処理能力」だ。複数のことを同時に遜色《そんしょく》なく行えるだけの演算能力を彼女の脳は有している。肉の焼き加減と株価の機微を確かめながらチェスを三つ同時にプレイ出来るのである。その常識外の集中力はまさに天賦《てんぷ》の才と呼ばれるに相応《ふさわ》しいものだった。

しかし何事も行き過ぎは健康に良くないものである。

集中力があまりにも強大過ぎて、彼女は集中の宛《あ》てを一つに絞ることが出来なかった。何をやっても必ず視点が分割されてしまうのだ。かつそれを途切れさせることが出来ず、脳に少しでも余裕が出来ると、その隙《すき》を埋めるために別の何かについて検討し始めてしまう。眠れぬ夜に、心臓の鼓動や、呼吸のペースが気になってしまうという経験に覚えがある人は多いだろう。それが年がら年中休みなく、脳内に勝手に浮かび上がって消えてくれないという状態が、すなわち鳴呼夜の日常なのである。彼女は夜、薬に頼らないとまったく眠ることが出来ない。

（鳴呼、夜だ。また夜が来てしまった）

天才はウィルスの宿る原石から磨かれていく。幼少期、自宅にパーソナル・コンピュータがやって来たことで、望月鳴呼夜という原石もまた己が天才と呼ばれる所以《ゆえん》を引き出すに至った。彼女の病は厖大《ぼうだい》なタスクの管理と非常に相性が良かった。あらゆる情報を的確に記憶し、分割し、無数のプログラムを並行して組み立てていくことが出来た。情報集中を分散させるために昼夜行われる健全な情報戦略が、世界的にも特別な技術と呼べる代物《しろもの》へ昇華されるまでにさして時間はかからなかった。

こうして鳴呼夜は伝説のハッカーになった。

他人より秀《ひい》でた部分を潑剌《はつらつ》と活《い》かしつつ、膿《うみ》のように溜まる集中力を解放出来る爽快《そうかい》感《かん》は、彼女の精神を安定させた。解放感が行き過ぎてちょっとした悪戯心《いたずらごころ》を働かせてしまうこともあったが、しかしそれもスプレーで落書きする程度の悪戯である。あくまで自身の生存戦略として用いるに留め、鳴呼夜はハッキングを悪行に用いることはなかった。にもかかわらずどういうわけか、彼女の行うハッキングは巻き込んだ周囲に悉《ことごと》く良くない結果をもたらした。一度や二度ならまだしも常に何かがこんがらがり、ついには不幸の代名詞として語られるようになってしまう。不幸は不幸を呼び、噂《うわさ》は噂を呼ぶ。ありもしない経歴や身分を偽った依頼が積み重なる内、次第に鳴呼夜はハッキングと、そこから生まれるコミュニケーションにストレスを感じるようになり、やがてキーボードを打つ手を止め、ネットの世界から暫《しば》く姿を消すことになる。

伝説のハッカーにも日常はあった。どんな天才であろうとも、学生なら毎朝学校に登校しなければならない。嗚呼夜は自分が幾つもの犯罪行為に意図せずとも荷担してきたことで、「人前に姿を見せたら正体を暴《あば》かれはしまいか」と臆病《おくびょう》になっていたが、両親に本心を伝えるわけにもいかず、仕方なく義務教育を全うし、高校生活を送り始めた。

学校生活で彼女が最も心配だったのは、コミュニケーションが不得手という、病故に治しようのない欠点についてだった。それが原因で級友に注目されたりしたらまずいのだ。望月嗚呼夜だと勘付かれるきっかけは、どんな些細《ささい》なものでも排除しなければならない。彼女は身を守るため、違和感なく教室に溶け込む技術を必死で磨いていった。研鑽《けんさん》は功を奏し、嗚呼夜は学校では角の立たない地味な学生として馴染《なじ》むことに成功した。彼女はクラスメイトとの間に密《ひそ》かに線を引いて距離をとり、安心して孱越しに会話出来る友人関係を構築した。そして自らどんどん独りぼっちになっていった。しかしたとえどんなに独りになろうとも、それが苦しかろうとも、立場的にも精神的にも個を持てない彼女には、自分を詳《つまび》らかに出来る相手など望むべくもないのだった。

そんな折に現れたのが坂東蛍子だった。固執出来ない故に「特別」を知らない嗚呼夜だったが、蛍子のことだけは何故《なぜ》か本当に、特別なもののような気がしていた。

（……ふふ、なんだか遺書みたいかな）

雪ちゃんもそう思うのかな。望月嗚呼夜は放課後の理科教室で滑らかな机の上に手を置いた。指の間には鉛筆が挟まっている。一つ黙禱《もくとう》するように間を置いた後で、彼女は机に最後の落書きを綴《つづ》った。

『雪ちゃんへ。大アルカナ十六番に来られたし。次の陽、途切れることのない光の裏、光率の悪いその影、私だけが手を伸ばせる罅《ひび》の間にて息を潜めている。嗚呼夜』

◆

川内和馬、検査入院終了の日である。夏は今日も元気に日差しを輝かせ、目下の人間達の好感度を下げ続けている（アイスクリーム屋の好感度だけは例外だ）。

和馬は自分の出てきた病院を見上げた。コンビニのシュークリームのように印象に残りづらい、典型的な大学病院だ。細菌やウイルスを研究する国内最大の病院だそうで、大量の検査装置や保管施設に加えバイオハザード時の対策までされているらしかったが、実際に目にしたことがない少年には何のことかさっぱりであった。国道と病院の間には庭園の代わりに駐車場が広がっており、往復するだけでちょっとした運動になる。

「あ、坂東さん」

駐車場の陽炎《かげろう》を越えてやって来たのは、彼の学校の有名人、坂東蛍子だった。今や校外でも有名人だが、いずれにせよ和馬の中では特別な地位にいる人間である。学校もない日に坂東さんと会えるなんて、と和馬は多幸感に包まれ、嫌なことを八つも忘れた。

「ん……ああ、甘栗《あまぐり》か」と蛍子が気のない返事をする。

「あま、何？」

「〝甘ちゃん栗毛〟の略」

少年は新しいあだ名の理解に努めた。「腐れミント」よりは愛がある気もするな。ふと和馬は蛍子のおでこの違和感に気づき、視線を向けた。坂東蛍子のおでこには大きな四角いガーゼが、テープでばってんに貼《は》り付けられている。蛍子は気の抜けた顔で呆《ほう》けていたが、和馬の視線の理由に思い至ると、急ぎ両手でガーゼを覆《おお》い隠し、すぐ諦《あきら》め、力なく手を下げた。どうやら本人としては極めて恥ずかしい装着物らしかった。アニメのキャラクターのように顔を赤くして膨れている。

「笑ったら心肺機能を破壊するわよ」

蛍子が和馬を睨《にら》む。君の前にいるだけで心拍なんてすっかり壊れてしまってるよ、と和馬は気障《きざ》な返しを思いついて照れ笑いし、胸に強烈な手刀を受けて地面に崩れた。

「げほ、ごほ……そ、それにしても、無事で良かったよ、ほんと」

「ああ、知ってるんだ、バベルの話」

「流石《さすが》に中で何があったのかは伝わってこないけどさ。誰も現場にいなかったし」

つい先日バベルで起きたロケット事故は、発生後すぐにネット上に拡散され皆の知るところとなった。和馬も身近で起こったこの大事故には深い関心を示し、マスメディアで流れないような情報もネットを探し回り一通りさらっている。中でも目を引いたトピックスは、「屋上少女」の一人が事故現場にいた可能性があるという情報と、コアな人気を持つアイドルハッカー・入夏今朝《いりかけさ》が、かの望月鳴呼夜と同一人物だったことが露呈したという情報だ。この二つの情報は真偽が分からぬままに認知度だけが広がっていったが、少なくとも前者はこれで事実の程が証明されたようだ。

リークによると、どうやら鳴呼夜としての側面を暴かれるのを危惧《きぐ》した入夏が形式的に鳴呼夜を死んだことにさせようと画策したところ、今回の大事故に繋《つな》がったらしい。ネットアイドル・入夏と、ダークヒーロー・鳴呼夜双方のファンだった和馬は、こんな形で二人が結びつき伝説に幕を下ろすことになったことを少なからず残念に思っていた。

体を起こし、和馬は蛍子と再び向き合う。少年は少女の不機嫌そうな顔を予期していたが、けれども蛍子の表情は柔和で、頬は依然赤いままだった。照れるように肩を竦《すく》め、両の掌《てのひら》を組み、俯き気味に体を揺らしている。それは思春期の少年にとってはとても意義深い動きに見えた。勝利した時にのみ見つけられる宝箱のような煌《きら》めきを感じた。

「教えてあげよっか」

唇に指をあてて記憶を探る蛍子の仕草に和馬はどきっとした。何だこれは、と和馬は思った。坂東さんのリアクションが明らかにおかしい。会話が長引きすぎているし、対応が好意的過ぎる。そう、好意的過ぎるのだ。まるで恋する乙女のようだ。火照《ほて》る体を扇《あお》ぎながら此方《こちら》をチラチラ見る彼女に、和馬は動揺しきりであった。

「こう、ばぁーって、火がね、ファイヤーってなって、風が、ばぁっさあって……」

少女は特殊な擬音で埋め尽くされた暗号文を読み上げながら可愛く飛び跳ねていたが、瓦礫《がれき》が飛んできた話に至ると唐突に「やっぱいい」と顔を伏せた。どうせ笑われるから、と言う。和馬は食い気味に「笑わないよ」と言った。少年は鼻息が荒かった。

「……記憶が正しければね、魔法瓶が私を守るようにひゅんって顔の前に降りてきて、飛んできた瓦礫を弾《はじ》いてくれて、でも反動を殺しきれずに代わりに筒とおでこがぶつかって……それで私クラっと来て、続けざまに後頭部を柱にぶつけて、気絶したんだと思うんだけど。皆に夢見たんだって言われるの」

夢を見たんだろうな、と和馬も思ったが、それを口には出さなかった。しおらしい蛍子の濡《ぬ》れた瞳を乾かしたくなかった。

「信じるよ。だからもっと詳しく教えて欲しいな」

少年は攻めの姿勢を見せた。彼女の特別になれるチャンスだとしたたかに勘案しての発言であった。俺の人生にとって、ここが勝負所かもしれないぞ。

「……そういやあんたテロの日に銃で撃たれたんじゃなかったっけ」

しかし蛍子は話を切り替えてしまう。先程まで顔にのっていた笑みや紅や親しみが消え失《う》せ、普段の和馬に接する態度に戻っていた。一体何だったんだろう。もしかして、今の受け答えで俺は何か間違ったことを言ってしまったんだろうか。彼女との間に芽生えた大切な、そしてほんのり赤く色づいた繋がりの糸を切ってしまったんじゃないか。

「……そ、そうなんだよ。今日はその検査だったんだ」

和馬は戸惑いと落胆を隠せなかったが、一先《ひとま》ず蛍子の言葉に返答する。

「いいなあ。私も銃で撃たれてみたいよ」

「な、何言ってんのさ！　あれめちゃくちゃ痛いんだからね！」

川内和馬はどこにでもいる普通の男子高校生である。ちょっと銃で撃たれたことはあるが、それ以外はこれといって特筆すべきところのない、一人の少女に恋をするただの純情少年だ。

（防弾チョッキを着てたから何とかなったけど……あんな経験は二度とゴメンだよ）

誠に遺憾ながら、彼は十年後にはイタリア南部の海峡都市レッジョ・ディ・カラブリアにて毎日銃弾を受ける生活を送ることになる。ロシアン・マフィアと船舶を巡る抗争が起きた際は二丁拳銃《けんじゅう》ロシアン・ルーレットで頭蓋《ずがい》を二回打ち抜くことにもなる。左腕に縦一列に並んだ貫通銃創は馬の尾に見立てられ、ちょっとしたシンボル扱いされて、ストリート・アートとして街の至る所に腕を描かれる未来が少年を待っている。

無論、今はあくまで普通の高校生だ。蛍子とは反対に閉じた日常を愛する少年である。

「あ、そういえば」

和馬は病室に件《くだん》の銃弾を置き忘れてきたことに気がついた。今日は検査入院の最終日であったため、チョッキに刺さった銃弾を世話になった担当医にプレゼントしようと、家から持ってきたのだった。

「忘れ物しちゃったよ」

「あんたも検査だったなら、使う待合室は同じかもね。一応、部屋に入ったら探してあげるわ」

和馬は蛍子の優しさに頭を下げた。少年は先程までのしおらしい彼女も好きだったが、こういう素の部分の美しさもとても好きだった。

「あ、そうだ、轟《とどろき》見なかった？　さっき駐車場に入ってくの見かけたんだけど」

聞き覚えのない単語に和馬は首を傾げ、すぐ閃《ひらめ》いた。轟とは蛍子の贔屓《ひいき》にしている猫の名前だ。見ていないと告げると、少女は残念そうに肩を落とす。

「あー、じゃあ、行くよ。理一《りいち》と待ち合わせがあってさ」

「へ⁉　へ、へえ、私もついていこっかなあ……」

「いや、坂東さんはこれから検査でしょ。駄目だよ」

もう一度少年の肋骨《ろっこつ》の隙間を突き、蛍子は肩を怒らせ去っていった。

◆

星隈翔伴《しょうばん》はいつものように扇風機を回し、サボテンに水をやり、牛乳にコーンフレークを浸し、新聞の地方欄を切り抜いた。彼は均一的な毎日を送ることを是としてきた。規則正しい生活こそが、病を遠ざける一番の活力となることを医者として学んでいたからだ。この後、病室へ向かうためにコーンフレークを食べ忘れ、風に飛ばされた新聞がサボテンに突き刺さるまで、全てが彼の規則正しい生活の一部である。

だからであろうか、星隈は変化に弱いところがある。待合用の病室の扉を開けた時、少女が猫を抱きしめている光景を目撃したりなどしたら、瞬目《しゅんぼく》の内にはどうしたらいいか判断出来なくなってしまうのだ。扉の前で固まりながら、彼は目の前のルネッサンス絵画的風景が当たり前の日常であることを自分に言い聞かせた。感染病に精通した病院の一室で少女が汚れた野良猫《のらねこ》を抱き、額と額を摺《す》り合わせる。そんなこと、ちくわに穴が開いているとか、穴は食べられないとかと同じぐらい当たり前のことに違いない。星隈は十秒ほど使った後で違和感をねじ伏せ、「こんにちは、坂東さん」と笑顔で言った。

「こんにちは、先生」と少女が笑顔を返す。

「助かったよ。その猫、最近うちの病院に出入りしているみたいでね。私の部屋にも入られた形跡があって困っていたんだ。しっかり捕まえておいてくれ」

星隈は病室に踏入り、床に座り込んだ蛍子に歩み寄っていく。

「そうなの？　轟」

蛍子が顔を寄せて猫に話しかけた。三毛猫は表情で遺憾の意を表していた。

「まったく、人間の病院に猫が入ってきちゃダメじゃない。バイ菌とか、色々うるさいんだから……って言っても、猫には分かんないか」

蛍子がクスリと笑い、猫はピクリと耳を動かした。

「ここが何処とか以前に、自分が何をしたいのか、なあんにも分かってなさそうな顔してるもんね、轟は」

少女がそう言うと、轟と呼ばれたその猫は踏み潰《つぶ》したティラミスのように顔を歪《ゆが》め、突然彼女の腕の中で暴れ出した。思わず緩んだ抱擁の隙間を縫って飛び出し、星隈の股《また》の下を抜けて、開けっ放しの扉から走り去っていく。星隈は猫の尻《しり》を唖然《あぜん》と見送りながら、またやってしまった、と自分の迂闊《うかつ》さに肩を落とした。

「……さて、じゃあ気を取り直して、検査を始めていこうか」

星隈は蛍子をベッドに座らせ、自らも椅子《いす》を傍に持ってきて腰を下ろした。

「手ぶらで良いということだったんで、そうしちゃいましたけど、大丈夫でしたか」

蛍子はポケットすらない衣服をひらひらさせてそう確認した。彼女は本当に手ぶらだった。入れる場所もないので、財布すら持ってきていない。

「オーケーオーケー。実は息子が同じ学校に通っていてね。だからそこの生徒さんはサービスってことで」

病院はラーメン屋とは違うので、他の医者は絶対に真似《まね》してはならない。

「保険証やら何やらも、昨日持ってきてもらってるしね」

星隈翔件は一連の被害者の検査入院を一手に請け負っている。一連というのは、つまり「テロリスト学校襲撃占拠事件」と「バベルロケット誤作動事故」のことだ。両事件とも世界史に名を刻みかねない大事件であり、本来医者が一人で事後の対応など出来るはずもない。しかし実際に被害者が負った傷はせいぜい転倒で出来た擦過傷ぐらいで、直接的な暴力の被害にあったり、爆破の余波で身体機能に影響が出たりなどということはなく、結果として数日間で全ての患者の検査入院が終了する運びとなった。今日はその最終日であり、坂東蛍子は最後の患者だった。

「ここは検査棟でね、その手の施設が密集してるから移動にも大した負担はかけずに済むと思うよ。ちゃっちゃと終わらせようじゃないか」

ちなみに最後の患者は偶然彼女になったわけではない。星隈は意図して少女を選んだ。

「よし、じゃあ、今日はとりあえず血液検査からするから、採血させてもらうね」

少女の考察しがいのある奇妙な形相から察するに、どうやら注射が苦手のようだ。

◇

望月鳴呼夜は病院を訪れていた。十年前、季節は十月のことだ。三ヶ月ごとに訪れるこの日が彼女は嫌いだった。行く度に手術の提案をされる場所など、好きになれるはずがない。天才という病にかかった彼女は医学にとっては創造性の塊であり、未来に救える命を増やすアイデアの宝庫だったのだ。無論、手術など鳴呼夜の両親が許すわけもなかったが、しかし万が一という可能性を消し去ることが出来ず、少女は通院の度に暗い表情で押し黙ることとなった。

鳴呼夜は一度だけ手術に対し反抗の意思を示したことがあった。持ち前のハッキング技術で手術室に置かれたあらゆる電子機器に侵入し、特製のウィルスを打ち込んだのだ。それは鳴呼夜と同等の荷重（猫二匹分ぐらいの荷重）が機器に加わった時に発動し、感染している機器を連鎖的に悉く破壊するという痛快なものだったが、結局使われることはないまま機器は何処かに払い下げられていった。医師達が手術を諦め、投薬による「病」の治療と症状の改善に専念したため、必要なくなったのだ。鳴呼夜は一先ず安堵《あんど》したが、すぐに薬漬けという新たな負の予感に戦《おのの》いた。

結論から言うと、投薬は一定の効果を齎した。しかし力の統御には至らなかった。思考は緩慢になったが、それとは関係なく五感はお構いなしに情報を引き入れてきてしまい、彼女の頭の中は余計に雑然としていった。けれども周囲は、処理能力が落ちて行動が鈍重になった嗚呼夜を見て薬の効果を過大に評価した。大人達が喜び合うすぐ横で、嗚呼夜は深海のようなゆったりとした世界を彷徨い、頭上の光に向けてあぶくを吐いていた。彼らの反応を見て、嗚呼夜はふと「諦める」という新しい自己防衛手段を発見した。頭に流れ込んでくるものや、体が抱える問題を無理に処理し、制御出来るようになる必要はないと悟ったのだ。諦めよう、と少女は思った。もう全て諦めよう。良いも悪いも、もうナシだ。そう考えた途端、彼女の心にすうっと安らぎが流れ込んできた。それは静かで波のない、廃墟《はいきょ》に捨てられたペットボトルのような安らぎだった。

病院は嫌いだったが、逃走も反抗も諦めた。折り合いをつけたのだ。けれど、これは自分に限ったことではないはずだ、と嗚呼夜は思った。誰だって夢や理想を諦め、折り合いをつけて生きていくのだ。人は誰しもいつか病院に入る。そしてわけの分からぬまに奥へ奥へと引き摺られていき、最後には誰もが取り返しのつかない心の安寧を手に入れてしまう。遅いか早いかの違いなのだ。それが人より早かった私は、せいぜい他の人の分まで他人の心を気遣い慈《いつく》しんで余生を過ごそう。

皆が元気なら、私はもうそれで充分だ。

こうして嗚呼夜は自分を諦めた。十年前のその日から投薬は変わらず続けられている。

◆

星限翔伴が最後の患者に血液検査を行ったのにはきちんとした理由がある。

先述した通り、この夏国内を騒がせた二つの事件の被害者が受けた傷は、奇跡に近い確率の幸運によって最小限に留まった。メンタル面のケアは継続して必要だが、殆《ほとん》どの人間は外傷一つ負わなかったのである。

そんな中、両事件において共に例外を示した存在が一人だけいる。坂東蛍子である。テロ事件の方はあくまで級友との諍《いさか》いで出来た傷に過ぎない。此方はよしとしよう。しかしことバベル事故に関してはそうはいかない。当人の証言や現場状況から考えるに、彼女はなんと、事故の際ロケットの直下にて噴煙や爆炎を浴びたことになるのだ。にもかかわらず、彼女の負った傷は額の打撲だけなのである。もちろん警察はそんな非科学的な証言を信じなかった。どうやら彼らは、「何者かに額を殴られ昏倒《こんとう》させられた後でロケット発射後の最上階に放置された」と仮定し、事件として捜査することにしたらしい。警察はそれで良いのかもしれない、と星限は思案する。しかし医者はそうはいかないのだ。患者の命を預かる以上、あらゆる可能性を見落としてはならない。それこそが医者の心得だと星限は信じていた。だから坂東蛍子の検査においても、現実的な仮説だけでなく、当人の証言も考慮した多角的な検査が必要だと感じていた。

感じてはいたものの、星隈はロケット噴射を受けた人間の身体検査など、何をして良いものかさっぱり分からなかった。そこで仕方なく、この病院内で行えるあらゆる検査を一通りしてみることに決めたのだった。昨日の時点では、レントゲンとMRI検査、更に幾つかの知能テストによって、脳に異常がないか重点的に記録を取った。今日は逆に、脳以外の部分に関してアプローチをする予定である。昨日の時点で打撲の診断を受けていた蛍子は、検査も今日で終わるだろうと楽観的に考えていたが、星隈からしてみれば冗談ではない超異常事態であり、今日の検査結果によっては彼女は必ずしも林間学校に行けるとは限らない状況にあった。

血液検査という、打撲と無関係な検査を行ったのにはこのような理由がある。蛍子を待機室に残し、現在星隈は彼女の血に異常がないか幾つかの簡単な実験を行っていた。

「……そんな、馬鹿《ばか》な」

検査の結果、蛍子の血液からは見つかるはずのない細菌が見つかった。マイコプラズマと呼ばれる真正細菌のようにも見えるが、すぐに参照できる資料の中には載っていないタイプだ。星隈は血液に関する論文を専門に書いており、近年は動物も含め包括的な研究をしていたために、それがヘモバルトネラに酷似していることを察知した。だからこそ余計に焦《あせ》っているのだった。

何故なら、ヘモバルトネラは主に猫に感染する病原体だからだ。ダニなどの寄生虫から感染し、深刻な貧血を引き起こす病である。しかしあくまで猫の病だ。いったいこれは何だ、と星隈は頭を抱える。人に感染する突然変異種が出たとでもいうのだろうか。

「……いや、何かの間違いだ。そうに違いない」

もう一度血液を取り直すべく、星隈は蛍子の待つ病室へ急ぎ戻った。そして頑《かたく》なに嫌がる少女に頭を下げて拝み倒し、必死で説得を試みる。

「頼む！　あと一回！　一回刺すだけだから！　ちょっとぷすっとするだけ！」

「目が怖いです！」

少女が話し合いに応じる気がないことを確信し、どうしたものかと頭を掻《か》く。

「……とりあえず置いておいて、血圧を測ろうか」

本来採血をする際は、採血者の健康状態を確かめるため事前に血圧を測る。先程星隈翔伴は自由を尊重しその手間を省いたわけだが、危険なので絶対に真似してはならない。

病室に備え付けられていた血圧計に腕を通してもらい、測定結果が出るのを待つ。

「……な、なんだこれは！」

坂東蛍子の最高血圧は三だった。脈拍は四である。心音が停止する直前でももう少しあるぞ、と星隈が頭を掻き、もう一度別の血圧計で蛍子の生命を測り直す。結果は最高血圧二、脈拍三。坂東蛍子は混乱している様子だったが、医者はそれ以上に混乱していた。直接指先で脈を確認しようと彼女の手首を引き寄せたが、思わず力が入りすぎてしまい、痛みを感じた少女に腕を振りほどかれてしまう。患者との信頼関係を損なわないように、一先ず彼女に触れることは諦めて医者が立ち上がる。

「ちょ、ちょっと来たまえ」

坂東蛍子が本当に未知の細菌に感染しているとしよう、と星隈は頭を回転させた。そして先程の血圧計の異常もその影響によるものだとする。ならば体内を撮影すれば、細菌による何かしらの変化を明確に見ることが出来るはずだ。そこから細菌の見当もつけられるかもしれない。医者は機器の異常としか思えない奇怪な症状を前に混乱しながらも、出来る限り冷静であろうと努め、呼吸を整えた。

彼が蛍子を引き連れてやって来たのは、待機室の隣にあったレントゲン室だった。少女に中に入ってもらい、部屋にいた担当技師の間木野《まきの》悟里《さとり》に全身撮影をお願いする。昨日検査した時は全く異常はなかったレントゲン検査だが、星隈の表情は曇っていた。

一分経《た》ち、二分経った。随分長いこと撮影している。星隈は廊下を落ち着きなく行ったり来たりしていた。五分経って、間木野が室内から飛び出してきた。星隈を見つけると手に持ったレントゲン写真を慌《あわ》ただしく広げる。その写真は、彼女の腹部から腕のようなものが生えていることを鮮明に捉《とら》えていた。左の腕は何かを掲げるようなポーズをとっており、右の腕はカメラに向けてピースをしている。端的に言うと、彼女は何らかのほ乳類を受胎していた。しかも、かなり陽気なほ乳類を受胎している。

間木野悟里は悟っていた。星隈翔伴も悟っていた。今、彼女の体には何かただ事ではないことが起きている。脳の異常とか、事故の後遺症とか、そういった次元ではない何かが、従来の感染病の域を超えた、人類の種の存続に関わる何かが、急速に進行しつつある。いや、もしかしたらもう彼女に限った症状ではなくなってしまっているかもしれない、と星隈は唇を噛んだ。未知の症状を前に時間だけが刻一刻と過ぎていく。

（落ち着け、落ち着け……）

間木野に写真を返すと一言耳打ちをする。小走りで去って行く間木野を背に、星隈は病室で待機していた蛍子を再び呼び、今度はＣＴの検査室に通した。少女は医者の鬼気迫る様子を見て何か言いたげであったが、しかし何も言うことはなく、大人しく指示に従っていた。装置に乗った蛍子を見送りながら、頭部の断面図が撮影されるのを待つ。星隈は焦燥からすっかり呼吸が荒くなっていた。そして恐怖から妙な嗚咽《おえつ》が漏れそうになるのを何度か咳払いで誤魔化した。

（症状を加味して少女の状態を一言で無理矢理まとめるなら、「生きているはずはないのに生きている」……まるでゾンビのように……寄生虫ならまだしも、細菌に人を動かす力はないはず……そんなこの世の終わりのようなことが……）

ＣＴの撮影結果が視界に飛び込んできた。

（この世の…………）

坂東蛍子の脳の断面には、居酒屋のお品書きが映り込んでいた。焼き鳥は八百円だった。星隈は無言で部屋を出ると、向かいにあった懺悔室に入り、暫くして再び蛍子の前に姿を現す。そして近くのケーブルを拾い上げ、まだ検査台の上で仰向《あおむ》けになっている蛍子の体にそれをグルグルと巻き付けた。突然の蛮行に反応が遅れた蛍子は、まともに抵抗することも出来ず為《な》すがままに簀巻《すま》きにされてしまう。

「部長！　皆さんを連れてきました！」

間木野技師が仲間の看護師や医師を引き連れて入ってくる。写真を見たようで皆状況を正しく把握した締まった顔をしていた。良いチームに恵まれた、と男は神に感謝した。

「緊急手術だ‼」と星隈が宣言した。

◇

『９１３沈黙は肯定６、９７８その目は犯人を映す４。10顔に乳首のある魔女が１１２３１５貴方《あなた》の名を知れば８、更なる道標《みちしるべ》の木を示す。木は全部で三つ。貴方の木、魔女の木、そして私の木』

鳴呼夜は紙切れにそう記し終わると、それを二つ折りにした。一つ目の暗号が言葉遊びに傾いていたので、二つ目は暗号然としたものになるよう意識して作った。数字を多用し、文学や歴史から引用や雑学を交える。解読のとっかかりは特に気を遣った。こういう複雑なものはピンと来てもらわねばすぐに手詰まりになってしまう。嗚呼夜は蛍子との机文通を重ねる中で、彼女に暗号の知識がないことを知っていた。魔女裁判の知識はあるのに相変わらず偏《かたよ》った少女だ、と嗚呼夜は当時を思い出しながら肩を竦める。

嗚呼夜は蛍子と沢山のコミュニケーションをした。嗚呼夜が蛍子の知識の穴に気づいたように、蛍子もコミュニケーションの中で嗚呼夜の個性を一つ発見していた。それは嗚呼夜が極めて〝日本かぶれ〟であるということだ。暗号も日本式のものばかりだったし、食べ物やアクセサリーの話題も日本のことばかり話している。嗚呼夜は蛍子に指摘されるまで自分のその嗜好《しこう》に気がつかなかった。そして同時に、自分の知らない自分を教えてくれるのが友人という視点なんだなと、その時はたと気がついたのだった。

そうではないな、と嗚呼夜が首を振る。自分の知らない自分、ではない。自分そのものを教えてくれるのだ。人は誰かに見られて初めて一切の形を持つ。それまでは透明なんだ。風船のようなものだ。空に混じっている空気の一部であるものを、誰かがゴムで囲ったものが自分だ。自分だけでは自分は成立しない。名前ですら親から授かるのだ。

普通は自分なんていないのだ。だから人は不安になるし、相手に自分にない何かについて教えられると、自分を保つために相手を排斥したり嫉《ねた》んだり、あるいは逆に依存したり、愛し慈しんだりするのである。

鳴呼夜は蛍子と沢山のコミュニケーションをした。鳴呼夜は蛍子に自分というものを教えてもらった。同じように蛍子という人間のことを沢山見せつけられた。坂東蛍子は初め氷のように凍《い》てついていたが、夏になると熱に促されるようにゆっくりと雪解け、秋になると寂しい乙女心を目覚めさせ、冬になると温かい心で鳴呼夜の気持ちを慰めた。再びの春に孤独になり、今は最も輝いている。本当に四季のように豊かな顔を持つ少女だった。凄《すさ》まじい勢いで変化していくその力強い命に、鳴呼夜はいつだって感動をもらった。それこそ、執着出来ず、全てを諦めた彼女が、それでもなお特別だと感じてしまう程には愛していた。蛍子は鳴呼夜とは正反対に、何一つ諦めようとしなかった。自分の欲しいものは何だって手に入れようとしたし、実際にその能力で何だって手に入れていた。世の中には諦めないでも良い人間がいるのだということが、鳴呼夜が彼女から学んだ最も重大な真理だった。夢は叶《かな》う。それは希望だった。

しかしそれだけコミュニケーションを重ね、心を揺さぶられても、鳴呼夜は自分の感情の精度を信用することが出来なかった。好きにも嫌いにも、鳴呼夜はすっかり疎《うと》くなっていたのだ。何でもかんでも諦めていたからというのもあるだろう。病気のせいもあったに違いない。しかしそこには「望月鳴呼夜である」という原因も、少なからずあることを少女は感じていた。自分は鳴呼夜という虚像を被《かぶ》りすぎたのだ……。

今や嗚呼夜という被り物をして人の形を保つ気体こそが彼女の本質であった。自分を守るために誂《あつら》えた借り物の手なものだから、突然繋がれた手のその温かさが、快か不快か判然としないのも当然なのである。

（だから私は、嗚呼夜を捨てるんだ）

嗚呼夜は月の夜空を見上げた。たとえ雪ちゃんが私を見つけられなくても、私は林間学校で望月嗚呼夜を諦める。そしてまた一人になって、十年前に失った自分という器について改めて考え直してみようと思う。

◆

二十五分前。坂東蛍子、川内和馬と遭遇。背後に佇《たたず》む松任谷《まつとうや》理一に視線を送ったところ、自分を背景に写真撮影を始めたため、思わずピース。

二十二分前。病室に潜む猫の轟を発見。後ろから不意打ちし、二分間撫《な》で回す。

十八分前。坂東蛍子、血液採られたくない宣言。

十分前。もう一度採血されそうになり、怒る。

五分前。レントゲンを撮られる。

三十秒前。ＣＴ検査室にて簀巻きにされる。

坂東蛍子は本日の出来事をダイジェストで振り返り、終盤に連続性を感じないことを確認した。やっぱ私がおかしいわけじゃないわね、これ。なんで簀巻きにされてるのよ。

「よいな皆！　何としてもこの子を救うぞ！」

部屋に入ってきた病院関係者は男を止めるどころか協力的で、CT装置の台に縛り付けられた蛍子の体をそのまま移送出来るように、改めて二本の紐《ひも》で蛍子の胴体と足を簀巻きにし直し、身動きできない彼女を搬送用の台に移し替えた。

「ちょっと、こら、ほどけー！」

「君は馬鹿か！　死にたいのかね！」

「はあ!?」

喚《わめ》く蛍子に、医者も負けじと一喝した。澄んだ良い目をしている。少女には状況がまるで見えてこなかったが、このままじっとしていたら大変なことになるということだけは直感出来た。しかし何かしようにも体を縛られていてはどうしようもない。関節を曲げられないとここまで力が入らないものなのか、と蛍子は焦りに焦った。

「わ、こら、あんた！　足の方行かないでよ！」

坂東蛍子は検査衣一枚であったため、心許《こころもと》ない格好であった。穿《は》くべきものを穿いていないので、医者たちの様子を抜きにしても身の危険を常に感じていた。

「君は外見ではなく体の内側のことを気にしていなさい！」

「何言いくるめようとしてるのよ！　訴えるわよ！」

術衣を着た医師達は連日の蛍子の身体測定データを一通り回し見しながら「一日でこまで変化したとなると、もはや一刻の猶予《ゆうよ》も」だの「やはり噴射を浴びたというのは本当だったんだ」だの「ではこのお品書きはその時に何らかの作用で混入したと」だの「今後の医学のために記録を」だの「命を救うことが第一だ」だの、よく分からない専門的な会話をしている。皆一様に真剣で、悪い汗を垂らしては唾《つば》を飲み込んでいた。どうでも良いからこっちを見ろ、と蛍子は思った。

「準備が出来ました！」

星隈と呼ばれた担当医が頷《うなず》いたのを合図に、蛍子の搬送台を皆が囲んだ。ＣＴ検査室のドアが勢いよく開け放たれ、廊下に躍り出る。医者達は物凄《ものすご》い威勢で廊下を切り裂いていった。蛍子はまるで自分が神輿《みこし》にでもなったような気分になった。彼らはそのまま廊下の突き当たりまでやって来ると、奥の部屋の扉を開け、中に入っていこうとする。扉には「手術室」と記されていた。少女は「冗談よね」と謙虚な笑みを浮かべ医師達の顔を窺い、全員から無視されて目を剝《む》いた。

「わぁー！　ストップ！　ストップ!!」

坂東蛍子は力の限り暴れ、じたばたしたが、せいぜい体を弓なりにして台を叩《たた》くぐらいしか出来ず、一矢《いっし》報いる隙もなく部屋の中に連れ込まれてしまった。やばい、と蛍子は思った。本当にやばい。なんでか分からないけど、私、手術されそうになってる。注射で開けられるどころじゃない穴を開けられそうになってる。

少女は医師達の腕に支えられ、無事手術台に移し替えられた。頭上の白い光が眩暈《めまい》するほど厳しい。蛍子は叫ぶのを止《や》め、紐を引きちぎるべく「ふぬぬ」と全身に力を込め続けた。紐はびくともせぬままに、術衣に着替えた星隈が入室してくる。

「しかし先生、何から手をつければいいか……」

助手の一人が困惑を目元で表した。

「先ずは腹を突き破って今にも出てこようとしているものに対し、目視で検査をしたいが、暴れられてはな……麻酔は用意出来ているな」

「ふぬぬ……！」

私のお腹《なか》には何もいないわよ、と蛍子は腹の虫を騒がせた。

「しかしやはり、突然変異の原因は脳にあると考えられる。先ずは頭を切開――」

「ふぬぬぬ……！」

歯を食いしばりながら、蛍子は驚愕《きょうがく》して星隈を二度見した。今この医者は何と言ったのだ。頭を、何だって。

「麻酔投与開始します」

メスが入ることで、自慢の体に一生消えることのない傷が出来ることを少女は危惧《きぐ》していた。しかし事態はそれどころではなくなっていた。体どころか、自慢の顔に、いやさらに自慢の脳までも、この男達は蹂躙《じゅうりん》しようというのか。大事な部分まで踏み入って、取り返しのつかない傷を私の人生に植え付けようとしているのか。

彼らの愚行はもはや蛍子の理解の範疇《はんちゅう》を超えていた。彼女の中では、恐怖も混乱も何処《どこ》かに行ってしまって、ただ形容しがたい感情の嵐《あらし》が吹き荒れていた。

「ふぬぬぬぬ……！」

「それでは、これより、緊急手術を開始する。メス」

看護師が星限にメスを渡す。星限は蛍子の美しい額に手を伸ばすと茶色い消毒液を塗りたくり、貼り付けられたガーゼを取り去ろうとテープをぺりりと剝《は》がし始めた。

「ふぬぬ、ぬぉおおお――」

「にゃあ」

奇妙な音を聞いて少女は目を開けた。ガーゼを摘まむ医者の手も止まっている。自分を囲む医者たちは、されど患者のことなど放り出し、皆が一所に視線を集めている。蛍子もそちらに目を向けた。診察台の脇《わき》の、高そうな医療器具の操作盤の上に猫が座っている。轟だ。三毛猫は蛍子が自分のことを確認したことを認識すると、笑うように口元を歪め、そして隣に放置された本を尻尾《しっぽ》で叩いた。

愚かな人間たちはまだ誰も気がついていないが、この轟と呼ばれる猫には自我がある。

それも、ちょっと石ころにペイントしただけの自我などとは違う、並外れた哲学の素養を宿す自我だ。彼は自身の高度な知能に誇りを持っていたし、先程病室でそれを馬鹿にした坂東蛍子にとても腹を立てていた。そこで猫は「何も考えていない」のはいったいどちらかということを証明してやろうと思い、当初の予定通り院内から哲学書を盗み出してきたわけである。

幸い院内では霊達が労働改善を訴えるデモを起こしている影響で、一部電子機器に問題が起きており、デジタルロックなどに手間取ることなく本を回収することが出来た。この手術室にも女幽霊が一人ライトに怯《ひる》んで固まっているが、この仕事を無事に終えたら礼の一つでも言ってやろう。轟はそんなことを思いながら大判本を近くへ引き寄せると、最後に蛍子を一瞥《いちべつ》し、目一杯口を開いて本を咥《くわ》えた。堂々たる風格の猫は操作盤で誇らしげに背筋を伸ばし、その恰幅《かっぷく》の良い体と大きな本の重みを盤上に委《ゆだ》ねる。猫の知性が人のそれを上回った歓喜の瞬間に轟はぶるりと震えた。

その時である。スイッチが押されたような「カチッ」という音がしめやかに響くと、突如辺りの医療器具や電子機器が一斉に火を噴き、帯電し、爆発を起こした。蛍子の脈を測っていた装置がぽんぽんとリズミカルにネジを飛ばし、最終的にバラバラになって飛散していく。リアルタイムでレントゲンを撮影し映し出していた画面に「Ah Yeah!」と表示されたかと思うと、ガシャリと爆散し、液晶がスパンコールのように舞った。頭上に控えていた機械のアームも意思を持ったように暴れている。

爆発に気をとられた星隈が、摑《つか》んでいた蛍子の額のガーゼを剝がした。するとガーゼに挟まれていたひしゃげた銃弾が――坂東蛍子が病室で見つけ、大事に保管しておいた川内和馬の忘れ物が――こぼれ落ち、星隈の靴の下に転がって、彼をひっくり返した。星隈は何とか体勢を保とうと手をばたつかせ、頭上の照明の首を外向きに折り、メスを入れていた受け皿を倒し、結局尻から床に落ちた。

問題なのは宙に放られた沢山のメスである。刃物は上空で一瞬静止すると刃《やいば》を上から下にし、やがて真下にいる蛍子の五体目掛けて降り注いでいく。あと一秒もすれば音もなく少女の肉を掻き分け、戦場の墓標のように体の上を刃が埋め尽くすことになるだろう。蛍子は目を見開き、身動き出来ない自分を省みて、死を覚悟した。

彼女はぎゅっと眼を瞑《つむ》った。すると全身が冷気に包まれたような感覚を覚えた。眩《まぶ》しい照明が退いて、体が冷えたのかな――そんなアイデアを閃き終わっても体を刃が貫通する感覚は一向に訪れず、蛍子は恐る恐る目を開けた。メスは一瞬自分の手前で停止しているように見えたが、再び落下を始め、その全《すべ》てが彼女の体を縛る二本の紐に降り注ぎ切り裂いた。蛍子は状況を飲み込めず、自由になった手足を摩《さす》りながらポカンとしたが、すぐ我に返り紐を振りほどく。上体を起こし、診察台から飛び上がり、打擲《ちょうちゃく》すべく振り下ろされたアームを跨《また》いで一回転し、美しい放物線を描いて床に着地。喧噪《けんそう》に倒れ伏し、あるいは逃げ惑っている医師団を残して手術室の外へと駆け出した。

「ふぁーっはっは！　やーいっ！　ざまぁみなさい、このっ、ばーかっ！」

思いつく限りの罵詈《ばり》雑言《ぞうごん》を吐きながら少女は廊下に飛び出す。

「患者が脱走した、感染の危険がある！　院内の扉を閉じろ！　シャッターも下ろせ！」

背後で響く声を無視し、蛍子は風神も目を剝く速度で一本道を走り抜ける。廊下に並ぶ窓は、蛍子の走る側から順に雨戸のような固いガラスが手前に降り始め、開《ひら》けなくなっていく。彼女が病院から脱出するには、音速を超えてシャッターの降下を追い越すしかない。人の足でプログラムの指令速度を越えるというのは、愛を持って見積もっても、少々絶望的な試算である。

一本道を曲がると前方を走る三毛猫を発見し、蛍子は急いで後を追った。全てを忘れて現実逃避し、猫と戯《たわむ》れて余生を過ごそうとしているわけではない。少女は状況を打開する妙案を思いついたのだ。

（轟が入り込んだ場所は、シャッターが降りるような場所じゃないかもしれない）

この猫がどうやって病院に侵入したかが分かれば、そこから脱出出来るかもしれない。

蛍子はにやりと笑うと轟に背後から強烈なプレッシャーを与えた。それは実に不思議な光景であった。左右の扉や窓が目の前で順に閉まっていく細い廊下を、自分は猫を追いかけ全力疾走している。御伽噺《おとぎばなし》に迷い込んだような、実に不思議な光景だ。

◆

申し上げた通り、轟は野良の三毛猫である。三毛猫であるが、雄の猫である。三毛猫は染色体の関係で、原則としてオスが生まれることはない。そのため極稀《まれ》に生まれるXXY染色体のオス猫は珍重され、高値で取引されることもある。畢竟《ひっきょう》するに、轟はその存在自体が異常であり異端と言えるのである。

その影響かは定かではないが、彼はある日突然自我に目覚め、自分というものを探求し解き明かさねばならない義務感に駆られた。残飯を漁《あさ》り、虫をいたぶる生活を送っていた小さな脳が、ふと人並みの思想を宿したのである。それは哲学への萌芽《ほうが》であり、生物学の革命であったが、しかし轟はその自我によって青い使命感を――例えば猫世界を啓蒙《けいもう》し人類に反旗を翻《ひるがえ》そうとか、動物界のヒエラルキーを覆《くつがえ》し全てのメスを侍《はべ》らそうとか、そういった考えを――抱くことは一切なく、自分のすべきは自己探求に他ならぬと固く信じて、来る日も来る日もただ一心に哲学を学び、知識の吸収に明け暮れていた。

それに、自我に目覚めた彼は俗世がすっかり嫌いになっていた。何も考えずに食って跳ねている凡庸な猫共に時間を割く余裕も温情も、持ち合わせてはいないのである。そうでなくとも、世の中煩《わずら》わしいものが多すぎる。人間たちは俺を面白がって、おちおち哲学書を読む時間すら与えてくれないのだ。特にあの女、あの悪魔――

「轟！　待てーっ！」

この悪魔だ。彼を見つけるところ構わず追ってきて、弄《いじ》り倒し、安息の時間を根こそぎ奪い去っていく邪悪な人間である。轟は猫背を震わせ、更に駆け足を速めた。背後の怨敵《おんてき》は少しずつ距離を詰め、悪魔的な笑みで顔を三日月に割き、今にも轟に飛びかからんとしている。女の名は坂東蛍子という。人間離れした凄まじい俊足を持つ十七歳だ。俺の足で奴《やつ》を振り切るには、侵入経路を引き返して最短ルートで撒《ま》くしか方法はない、と轟は顔を歪めた。

「ちくしょうがっ」

轟は持てる力を振り絞って廊下を駆け、一度右折し、角にある備品室の半開きのドアに飛び込んだ。運動不足が祟《たた》って息は既に絶え絶えであるが、それでも咥えた本を落とさぬように歯を食いしばり、部屋の奥へ向かう。この部屋には一ヶ所だけ人間共の仕掛けた防犯装置が作動していない大窓がある。外から見たら一目瞭然《りょうぜん》だったが、倉庫のような奥まった空間だ、内側から故障を確認するには至らなかったのだろう。

坂東蛍子はすぐに室内に入ってきた。あれだけ全速力で走ったのに距離が開いていない。振り返る時間も惜しい、と猫は前だけを見据え、大柄のぬいぐるみに飛び移り、目的の窓の縁によじ登って、そこから迷わず外に飛び降りた。備品室は三階である。猫でも厳しい高さだが、轟は過去にもっと高いところから落ちた経験があり、今回の着地には成功する自信があった。足を広げ空気抵抗を増やしながら落下し、接地の直前で回転を交えて受け身を取ると、難なくアスファルトの駐車場に着地する。毎年十一月に猫世界の聖地で開かれる自由落下大会で入賞できるほどの見事なハイ・キャット・ハーフ・ジャンプである。流石の女もここまでは追って来られまい、と猫は歯を見せた。人間の身体能力で果たせる芸当ではない。勝利の余韻を感じながら轟がアスファルトを歩き出すと、すぐ横にごろんと何かが落下し、転がっていくのを目撃する。坂東蛍子であった。

「ギニャァ!?」

受け身で何度か回転しながら華麗に着地を決めた蛍子は轟の姿を確認してにっこりと笑った。無傷だ。クッションに利用したのだろうか、近くにはぺしゃんこになった熊《くま》のぬいぐるみが綿を吹いている。なんて恐ろしい女だ。やはりコイツは人間ではなく、悪魔に違いない。俺はこれからコイツに食われちまうんだろうか。

「轟、行くよ！」

金縛りにあったように身動きが取れなくなっている轟を蛍子はひょいと持ち上げ抱きかかえて、病院を背にアスファルトの上を全力で疾駆した。

（さっきまでの物腰柔らかな坂東さんはどこに……）

川内和馬は胸に一撃を入れられた苦しみで足下をふらつかせながら、何とか病院を後にした。横断歩道を渡り、街路樹の間を歩く。線路下のトンネルに差し掛かり、そこで少年は壁にもたれた友人の姿を見つけた。松任谷理一であった。

「なんでここに？　現地集合じゃなかったっけ？」

「お前が退院する場にいてやろうと思って病院に立ち寄ったんだよ。話し込んでいたから声はかけずに先に出てきたが」

どうやら気を遣われたらしい。憎い友人である。理一はトンネル壁面に蠟石《ろうせき》で「携帯画面　菓子折　待ち合わせ」と書いている。こいつはやるべきことを文字にアウトプットする癖があるんだったな、と和馬は肩を竦めた。やがて二人は連れだって歩き出す。

和馬は理一という友人について考えを巡らせた。理一という友人の変化についてだ。

川内和馬にも劇的な未来や知られぬ過去があるのと同じように、誰もが独自の歴史を持っている。誰にも教えない過去があるし、誰からも教えられない未来がある。理一もそうだ。自分では口にしないが、彼は自らの理想に近づくため、つまり皆のヒーローになるために、その人格から個性を捨てて生きてきた。不思議なことに、万人に受けるような人間の理想像というのは突き詰めるほどに無個性なのだ。誰にも角が立たないということは、誰の心にも引っかからないということでもあるのである。平和のため、皆のために理想を追求した結果、松任谷理一は青春を賭《と》して身を削り、鉄が錆《さ》びるようにゆっくりと表情を失っていった。

そんな彼だったが、最近はまた表情が戻り始めたように和馬には感じられていた。冗談も言うようになった。きっと破天荒な友人たちに感化されたのだろう。それが誰の影響かは分からなかったが、心を動かしたその人物に和馬は密《ひそ》かに感謝していた。

「あ、お前また自撮り写真をざらめちゃんに送ったのか」

住宅街を進みながら和馬がツイッターを操作する。

「さっき病院の前で撮った。毎日これをやらないと友人を殺すと脅されている」

ほら、冗談を言った、と和馬が笑った。

ツイッターのタイムラインの大半は友人である大城川原《だいじょうがわら》クマのツイートで埋まっていた。普段から大量の投稿をするクマだったが、昨日から輪をかけて増えており、和馬は少し辟易《へきえき》としていた。クマは世代の混交した奇妙な現代語を使うため、何を言いたいのか読解不能なのが読んでいて面白くもあり、またストレスでもあるのだ。

〝管制応答せぅ。リアルにやばたんまっくすでござる。国士無双で詰みもいいとこ〟

やっぱり分からない、と和馬は頭を掻いた。「今どこ？」とリプライを送ると「宇宙。いやギリ地球」と返事がくる。ディズニーランドにでも行って遊んでいるんだろうか。『サマータイム』という名のアカウントが会話に混ざり、w（「貴方は面白いことを言いますね」を表すネットスラングである）を連投し、『メロンパン』という名のアカウントが「お前ら朝から元気だな」と更に返事をつけた。

「なあ理一、お前に言われてフォローしたけど、この『メロンパン』って誰？」

「今から会う相手だよ……着いたぞ」

二人は目的地に到着した。一軒家の表札には桐《きり》ケ谷《や》と書かれていた。

■

線路下の歩行者用トンネルに腰を下ろし、坂東蛍子はようやく一息ついた。腕に抱えた轟を撫でる。その仕草は自らを落ち着かせようとしているようでもあった。

「まったく、今回は本当に命の危機ってやつを感じたわ。さすがに……怖かった」

蛍子の独り言を轟は黙って聴いていた。逃げようにも、しっかり抱きしめられていて身動きが出来ない。

「一一〇番しないと……いや、その前に服着ないと……」

その前に早く解放しろ、と轟が一鳴きし、蛍子がにこにこと猫の頭を撫でた。携帯を操作している少女を横目に轟は嘆きの鼻息を吹き出し、ふと目の前の壁に書かれた日本語に気づいて目を留めた。「携帯　画面」とまで読んだところで蛍子の画面に目を落とす。彼女の待受画面は箱を被った奇妙な女とのツーショット写真だった。坂東蛍子よりここまで背が高い女がいるとは、と猫は箱女に少し興味を示した。

「何だか眠くなってきたわね……あれ、轟、なんかついてるよ」

蛍子は轟の頭部についていたその生物をむしり取り、投げ捨て、小石で潰した。その虫が人に感染する一歩手前の新種の猫へモバルトネラを宿したマダニであることや、あと一時間放置していたら細菌が完成し、町中に感染が始まり、パンデミックで千代田区が壊滅しただろうことを、彼女が知ることはこの先も永遠にない。

轟は頭部の違和感がすっきりしたことで、寄生生物を暴力的に引っこ抜くという今の少女の蛮行は不問に付すことにした。

「あはは、痛かった？　ごめんね……そういえば、この本は何？　何で咥えてたのよ」

猫が地面に落としていたその本を拾い上げ、蛍子が表紙を確認する。それはサルトルの精神分析を研究した古書だった。轟は本日、未《ま》だ見ぬ哲学書を求めて病院の本棚を漁りにきた。しかしめぼしい本は見つからず、仕方なく一番哲学に近そうなものを拝借したのだった。本当はヤスパースあたりがあるのを期待したんだがな、と猫は鼻を鳴らす。

「サルトル……」

坂東蛍子は難しい顔をしていた。

「…………アーヤ」

そんな名前の哲学者は知らんな、と轟は顔に皺《しわ》を寄せた。サルトルの身内にもいなかったはずだ。坂東蛍子は暫《しばら》く何かを考えていた後、眉《まゆ》をハの字に曲げて言った。

「……って誰だっけ？」

二章　サマータイム・デトネーション

坂東蛍子、友達になる

生きていれば誰にでも緊張の瞬間が訪れる。受験当日、開戦当日、それは人によって様々であるが、朝が来るぐらい平等に必ずいつかは姿を現す。流律子《ながれりつこ》にとっては今がまさにその時だった。少女は物陰に隠れ、廊下の先を窺《うかが》っていた。

そこには入夏今朝《いりかけさ》の姿があった。

律子は生徒会の上司である枇々木巴《ひびきともえ》から、バベル事故の顛末《てんまつ》を独自に仕入れていた。その後松任谷理一《まっとうやりいち》の首を絞めたので、入夏今朝という人間の風貌《ふうぼう》も、立場も、犯した悪行も一通り把握していた。望月嗚呼夜《もちづきああや》というテロ事件の関係者と同一人物だという話も知っている。更に言えば、〝入夏嗚呼夜〟に彼女の友人がどんな目に遭わされたかも知っているのだ。律子は当然、怒りに燃えていた。

坂東蛍子誘拐未遂犯である入夏は、バベル事故当日以降行方を晦《くら》ましており、未《いま》だ逮捕されてはいない。それどころかまともな捜査すら行われていなかった。証拠がないため、というのが第一の理由だったが、入夏が警察と繋《つな》がりがあったことも少なからず関係しているようだ。組織全体が国民からの非難を恐れたわけである。理一によると、警察側は一先《ひとま》ずバベル事故を安全管理の問題として処理し、その責任者に当たる入夏を〝責任者名義〟で逮捕し、問い詰めるつもりのようだ。あくまで警察組織とは関係無い人間としての捜査である。この話を聞かされた律子はもう一度理一の首を絞めた。

律子は責任感が人の形をとった生徒会書記である。証拠がないと警察が動けないことを知って、自分が動くしかないという考えに至るのも道理なのである。何としてでも証拠を見つけ出してやる、と律子は一念発起した。

チャンスは思いの外すぐにやって来た。入夏が本日早朝、林間学校行きのバスに桐《きり》ケ谷《や》茉莉花《まりか》を名乗って堂々と乗り込んできたのだ。入夏は偽名で、素顔の記録もないため、本人と断定することは本来不可能なのであるが、律子は「常に被《かぶ》り物をしている」という彼女の奇抜な嗜好《しこう》を知っていたため、馬の頭を装着したその女の中身を一人看破していた。しかし他の生徒達は、茉莉花のおかしなファッションへの意欲を見ても、奇異に思いはすれどそれを不審に感じたりすることはなかったようだ。桐ケ谷茉莉花という人間は元々変人に属する立ち位置を学内で確立していたため、疑われにくいのだ。バス業者や教師が茉莉花の被り物を指摘しないのは、警察側から「捜査の一環なのでスルーしろ」と厳命を受けているからだそうである。

（そんなの、ハッカーである入夏が違法に指示を送ったに決まってるじゃない）

バス移動の時は乗り込んだ車両が違ったために接触の機会が無く、宿泊先の山荘に到着してからも怒濤《どとう》の勉強スケジュールに忙殺され、入夏との接触を図りたくても図れずにいた律子だったが、授業が一段落した今ようやく好機を摑《つか》んだ。彼女はプリント提出を終えるとすぐに入夏扮《ふん》する偽《にせ》茉莉花を探した。彼女は程なくして見つかった。

見つかったのは良いものの、次に何をして良いか律子は分からなくなっていた。何せ相手はハッカーなどというわけの分からない犯罪者なのだ。一生徒会書記に過ぎない自分が正面から向かったりしたら、変なウイルスをバラ撒《ま》かれて歯が溶けたりするかもしれない。馬の被り物を装着していることも律子の二の足を助けていた。草食動物の視界は広いので迂闊《うかつ》に近づいたらすぐに気づかれてしまうのではないか、と律子はその優れた脳をフル稼働《かどう》させてしまっていた。

しかしいつかは立ち向かわねばならないのだ。自分以外に彼女を捕まえられる人間はいないのだ——そんな問答を繰り返し、汗を滲《にじ》ませること既に十分である。

「二年A組、出欠確認終わりました」

「ひゃん！」

背後からの呼びかけに律子は小気味良いファルセットを響かせた。目を泳がせながら、生徒から出欠簿を受け取る。旅行先での出欠簿回収は生徒会で割り当てられた彼女の業務である。流律子はどんな状況でも仕事はきちんとこなすタイプの女子高生であった。

「欠席、一、と」

同調意識の強いA組で欠席者とは珍しい、と律子は少し驚いた。対応を終えると、再び入夏の監視に戻る。依然此方《こちら》に背を向ける入夏のその両肩には、ぬいぐるみが二体くっついていた。さっきまであんなのついてたかしら、と律子は不思議そうに目を細め、余計なことは考えるな、と首を振る。やはり突っ込もう、と少女は思った。考えて立ち止まるのは悪い癖だって蛍子にもよく指摘されてたじゃない。

「二年B組」

「へひ！」

律子が駆け出そうとした足をもつれさせ、床に転がった。無言で起き上がり、早足で物陰に戻ると、出欠簿を手に固まる生徒に無表情で一つ咳払《せきばら》いする。

「今のは『はい』と返事をしたんですよ」

受け取った出欠簿を確かめる。B組の欠席は二人。坂東蛍子と大城川原《だいじょうがわら》クマだ。蛍子は後から来るとの連絡があったらしいが、本当かは定かではない。律子は蛍子の電話番号を知らない。訊《き》こうとは思うのだが、つい機会を逃してしまうのだ。

（今の転倒で流石《さすが》に入夏に気づかれたんじゃ……）

恐る恐る前方を覗《のぞ》き込むと、入夏の被り物が窓から落ちていくのを目撃する。意図的にというよりは偶然に落ちてしまったようで、被り物を失った少女はすっかり動揺していた。中から出てきたのはやはり桐ヶ谷茉莉花とは別人であった。茉莉花同様、明るめの髪の色だが、瞳《ひとみ》の鋭さがあまりにも違う。そもそも体躯《たいく》が比較にならないほど華奢《きやしや》なのだ。これで気づかれないと思う方がおかしい。

（それにしても、あんな子ウチにいたかしら）

枇々木書記長曰《いわ》く、望月鳴呼夜はウチの生徒だって話だったけど。律子は見覚えのない入夏の容姿を見て、話しかける口実を閃《ひらめ》いた。そうだ、生徒会の出欠担当として、不審人物の身分証明を求めに来た体にすればいいじゃない。いける、と律子は思い、物陰から今度こそ勇気ある一歩を踏み出した。

その瞬間、館内放送を示すチャイムが鳴り響く。廊下をマイクチェックの咳払いが駆け巡り、次に機械的に加工された声がスピーカーから漏れてきた。

〝よし、感度良好みたいだな。どうも被害者の皆さん。私は入夏今朝。ハッカーだ〟

流律子は急いで偽茉莉花の方に視線を向けた。偽茉莉花も館内放送のスピーカーを見上げている。その目には戸惑いがはっきりと見えた。

〝ハッカーだが、悪いハッカーだ。望月鳴呼夜と言った方がお前たちには伝わり易《やす》いかな……コホン、今からお前らには人質になってもらう。この前もやったばかりだし、人質は慣れているだろう。大人しく言うことを聞けば悪いようにはしないよ。ゲーム感覚で楽しんでくれ。さて、肝心のゲーム内容だが…………〟

何言ってるの、と律子は眉《まゆ》を顰《ひそ》める。脈絡のない放送に廊下の誰もが首を傾《かし》げていた。

〃この山荘に爆弾を仕掛けた〃

律子は絶句した。

◆

坂東蛍子は靴を引っかけ、玄関を飛び出した。林間学校はもうとっくに始まっている。先日の病院での騒動のせいで、蛍子は余計な手続きに追われる羽目になっていた。幸い、医療機器の故障が判明したことで医師側の誤解はすぐに解けたのだが、肝心の検査環境が破壊されたため、別の病院で一から準備を整え直さなければならなくなり、結局旅行当日まで長引いてしまったのである。早く行かなきゃ、と蛍子はオレンジピールの乗ったハニートーストを咥《くわ》えながら、閑静な住宅街を西へ走っていた。無論彼女は長野までマラソンしようとしているわけではない。学校側が検査遅延の詫《わ》びに山荘行きの車を手配してくれたというので、指定された乗車場所に向かっているのである。手提げ鞄《かばん》以外の荷物は先に送ってあるため、後は自分が現地に到着するだけだ。

公園の前に辿《たど》り着くと、黒塗りの高級車が不自然に止まっているのを発見した。ロールスロイスだ。運転手が降りてきて蛍子に頭を下げている。蛍子はその顔に見覚えがあった。たしか、たまに学校で見かける用務員さんだ。

「坂東様、お待ちしておりました。どうぞ」

自分一人のために高級車なんて、と蛍子はたじろぎつつ「ど、どうも」とぎこちないお辞儀を返した。こんな好待遇をされるなんて。たまにならいいかも。

蛍子は口元のパン屑《くず》をそっと拭《ぬぐ》い、運転手がドアを開けるのを上機嫌で見ていた。そして鞄を抱えて車内に入り、シートにもたれた先客の顔を見てぎょっとした。

「な、ななな、なんであんたがここに居んのよ！」

蛍子の隣の席には桐ヶ谷茉莉花が座っていた。金髪柳眉《りゅうび》の桐ヶ谷茉莉花だ。坂東蛍子の仇敵《きゅうてき》、桐ヶ谷茉莉花である。不良少女は蛍子の顔を確認すると、やはり面倒くさそうな顔をしてそっぽを向いた。

「居たくて居るんじゃねぇよ」

「じゃあ降りなさいよ！　そのまま転校しなさいよ！」

「休み挟んでも相変わらず変わってねぇなお前は」

蛍子は言葉を返そうとして、車の発進に姿勢を崩し舌を噛《か》みそうになった。いつの間にか扉は閉められている。助手席に座っている黒髪の小さな女の子が「黙って座っていろ」と棘《とげ》のある口調で言った。

坂東蛍子は拳《こぶし》を握りしめ、感情を必死に殺して着席し、シートベルトをした。落ち着け、私。今は我慢の時だ。目的地に着くまでの僅《わず》かな時間だ。到着さえしてしまえば、あとは楽しい楽しい林間学校が私を待ってるんだ。

◆

和馬《かずま》は再度背後を確認した。生真面目《きまじめ》で有名な生徒会書記・流律子は相変わらず後をついてきている。

川内《せんだい》和馬は気づかぬフリが得意な男子高校生である。まだ小さな弟や妹と、毎日家でかくれんぼをやっているからだ。そんな家族思いの平凡な学生が、いったい何故《なぜ》馬の頭を被り、女子の制服を着て、女子棟を闊歩《かっぽ》しているのか。ことの起こりは、先日友人である松任谷理一に連れられて同級生の桐ヶ谷茉莉花の家を訪問したことにある。

初めて踏み入る女子の家で悪友が語ったのはバベル事故当日の顚末だった。彼は和馬と茉莉花に、入夏今朝というハッカーの裏切りについて話した。そして裏切りのユダが今度は林間学校に乗り込もうとしているという極秘情報も明かした。どうやら入夏は学校側から欠席が許されている茉莉花の代わりに、茉莉花に扮してバスに乗り込むつもりのようだ。蛍子誘拐未遂、もしくは犯罪者鳴呼夜と入夏当人を結ぶ証拠がない以上、入夏の危険性を知りつつも警察は手が出せないらしい。下手に悪者扱いしようものなら、彼女自身が広報活動で培《つちか》った善良なハッカーとしての知名度を利用され、世論を味方につけられる可能性がある。

事前に情報を手に入れた理一は、警察外部の力で入夏今朝の計画を何とか出し抜こうと考えた。そのために二人の力を貸して欲しいというのが彼の用件であった。

川内和馬が手を挙げる。

「俺は何で呼ばれたの？　桐ヶ谷さんに話を通すのは分かるけど、俺関係ないだろ」

つうかお前誰だよ、と茉莉花が寝起きの頭を掻《か》いた。

「いや、大いに関係ある。それどころか、この作戦の要《かなめ》と言っても過言ではない」

理一の真剣な表情に、和馬はとりあえず黙った。

「和馬の質問に答える前に、先に今回の出し抜き計画の概要を説明しようと思う」

要約すると、バスで入夏が乗り込むことになる茉莉花の席に先客を配置し、乗り込めなくしてしまおうという計画だった。入夏という人物は顔を隠す習性があるらしく、当日も被り物をしてくることは間違いないから、入れ替わりは容易《たやす》いというのだ。

「いや、周りの奴《やつ》らに怪しまれんだろ」と茉莉花。

「格好については、学校やバス関係者には事前に入夏から連絡が行くはずだ。級友達の桐ヶ谷に対する印象は多少歪《ゆが》むかもしれないが……まぁ、入れ替わりに勘付かれなければ作戦上特に問題はないというわけだ」

「私は大いに問題にしてぇんだけどな」

文句を言いながらも茉莉花は断るつもりはないようだった。この頃には和馬は自分の与えられる役割を薄々理解していた。

「というわけで桐ヶ谷、制服を貸してくれ」

「あァん？　……別に良いけど、お前が着るとか言うなよ。なんかヤだ」

「安心しろ、俺じゃない。この男だ」

女に間違われ痴漢にあったという俺のトラウマを知っていてこの男はこういうことを言うんだ。まったく、普段の超然とした正義漢は何処《どこ》に行ったんだろう。

その日から川内和馬は女装については諦《あきら》めていた。馬の被り物をして他クラスのバスにいの一番に乗り込み、気不味《きまず》い中三時間やり過ごすことも承諾した。しかし片道切符とは聞いていないぞ、と脳内の理一を睨《にら》んだ。

話を現在に戻そう。この山荘はコの字型になっており、中央棟をデジタルロックの扉で半分に仕切られ、東が女子棟、西が男子棟と区分けされている。つまり勇敢な協力者は現在、極めて客観的に判断すれば、女子棟に性別を詐称《さしょう》して紛れ込んだ軽犯罪者に成り下がっていた。

中央扉は誰でも開くことが出来るが、今回の旅行に限っては男女の行来は規則として禁止されている。たとえ禁止されていなくても校内のスキャンダルの的であるため、常に噂《うわさ》好きの生徒が扉の前で目を光らせている。すなわち、軽犯罪者である和馬は簡単には通過出来ない状況にあるのだ。声をかけられでもしたらお終《しま》いだ。こっそり通り抜けることも難しい。何故なら馬の頭をした人間はとても目立つからだ。

先程から彼が廊下を当《あ》て所《ど》なく彷徨《さまよ》っているのには、このような事情がある。

（とりあえず、女装だけはもう二度としないからな。スースーするんだよ、下が）

川内和馬は馬の鼻から息を吹き出した。この女装が一度目に過ぎないということを、まだ普通の男子高校生である彼は知る由《よし》もない。

着信が入り、スマートフォンを取り出した。大城川原クマからであった。

〝あれ、なんで坊ちゃんには繋がらんのにカズマックスには繋がるん、近いから？〟

「んん？　よく分かんないけど、確かに理一はここにはいないよ」

理一は今、バベルから飛び立ったロケットに対応するために種子島《たねがしま》に駆り出されているらしい。和馬がクマにそのことを伝えると彼女は何か返事をしようとしたが、ノイズが重なり通話が途切れてしまった。山奥だから電波の飛びが悪いんだろうか。

「動くな」

ポケットに手を突っ込むと同時に両肩に何か負荷が掛かり、首筋に金属の突起物を突きつけられる。和馬はそのままの体勢で固まった。彼は先日銃で命を脅《おびや》かされたばかりであったので、首にあてられたソレが何なのか容易に想像出来た。

「貴様が入夏今朝か」

女の声が響く。和馬は今月二度目の神への祈りを捧《ささ》げた。

「マ、マリー、落ち着くのだ」

今度は男の声だ。どうやら二人いるらしい。男に宥《なだ》められ、僅かに銃口が浮き上がったのを感じ、和馬も好機と見て必死に説得を試みた。

「お、俺、ワタシは入夏ではないです！　警察に言われ潜入捜査をしてる者です！」

「警察？　リーチのいる機関か」

「理一!?　そう、アイツに言われてここにいるんだ！　疑うなら本人に訊いてみてくれ！」

和馬の言葉を聞いて、背後の暗殺者は何やら検討を始めた。どうやら悪い人間ではないようだ。男が「後先考えずに突っ込んで、これからどうするのだ」と慌《あわ》てた調子で声を潜めている。慌てるのも当然だ、と和馬は思った。何せここは女子棟なのだから。男がいたら大問題になる。俺ぐらい万全の変装で臨まないとな。

「些《いささ》か攻めすぎたようです。ではこのマスクを借りて退避しましょうか」

そう言うと、首筋を何かモフモフしたものが駆け上がっていった。上質な生地のようでもあるが、和馬は駆け上がったもののサイズから巨大な蜘蛛《くも》を連想して身を竦《すく》めた。

(隠蔽《いんぺい》のため俺は毒殺されるのか？)

立て続けに馬の被り物の中に侵入した二つの塊は、和馬の後頭部をよじ登り、つむじ辺りで力を込めると、上方に飛び上がった。勢いで馬の被り物ごと飛んでいき、窓の外へと落ちていく。少年は何が何だか分からず窓から階下を眺めていたが、事態を正しく認識してサッと青ざめた。マスクを剝《は》がされてしまった。ということは、と和馬が辺りを見回す。今俺は、女子たちに顔を見られていることになる。化粧とカツラをしているとはいえ、晒《さら》し首状態なのだ。


〝よし、感度良好みたいだな。どうも被害者の皆さん。私は入夏今朝。ハッカーだ〟

動揺を抑える間もなく、今度は館内放送から機械音声が響いた。放送主は事もあろうに入夏今朝を名乗っている。少年達が策を巡らせ、バスへの乗車を防いだはずの入夏今朝だ。どういうことだ、と和馬はたじろぐ。俺たちの作戦は失敗していたのか。

〝この山荘に爆弾を仕掛けた〟

和馬は理一に連絡をとるべく携帯を取り出した姿勢で停止した。

〝爆弾の数は先のバベル当日に行われたオリエンテーリングの暗号の数と同じだ。それを今から順に爆発させていく。復讐《ふくしゅう》を兼ねた見立て爆破だよ〟

（復讐？　見立て爆破？　坂東さん絡《がら》みか？）

〝まぁ、人質には何のことか分からないだろう。お前らはそれでいい。お前らが把握しておかなければならないのはゲームのルールだけだ〟

廊下にいた生徒は各々《おのおの》自由に放送内容を解釈しているように見えたが、本当にちょっとしたゲームイベントだと捉《とら》えている者が大半のようだった。

〝爆破を回避する方法が一つだけある。坂東蛍子を私の前に連れてこい。そうすればその時点でお前らは自由の身だ。たとえ私が死のうが、お前らには生きる道が開ける。そもそも私はあくまで坂東と対決したいだけだからお前らに興味などない。もちろん信じるか否《いな》かは自由だが、この場合縋《すが》ってみるしかあるまい〟

無理だ、と和馬は歯嚙みした。だって坂東さんは今日ここにいないじゃないか。

〝逃げようとしても無駄だぞ。山荘の外に一歩でも足を踏み出せば全《すべ》ての爆弾を起爆させる。それと、外部と連絡を取れないようにジャミングも張らせてもらった。……いや、元々山奥だから電波はほぼ届かないんだが〟

放送に傾聴していた和馬は誰かに飛びかかられて、僅かに体勢をよろめかせた。胸元には流律子の姿があった。臆病《おくびょう》に震える体で和馬の胸を必死にポカポカと叩《たた》いている。少年は思わず一時の安息を得ていた。彼の周りの女子はどういうわけか異常に戦闘能力の高い人間ばかりであるため、律子を見て安心感を覚えたのだ。

「今すぐ放送を、止めなさい、入夏今朝！」

和馬は律子の言っていることがよく分からなかったが、直にそれを理解して眉を上げた。そうか、そういえば俺は入夏今朝なんだった。件《くだん》のハッカーの格好を知っている人間がいれば、俺のことは桐ヶ谷茉莉花ではなく入夏今朝と判断してもおかしくないわけだ。でも、何故流さんが入夏を知ってるんだ?

「ちょ、ストップ、ストップ! 俺、ワタシは入夏じゃないよ! それ以上叩かないで!」

胸に詰めたクッションがズレる、と和馬は焦《あせ》った。

「貴方《あなた》以外に、入夏がいるもんですか! この、この!」

「今放送してるじゃん! ワタシ喋《しゃべ》ってないでしょ!」

「そんなのハッキングでどうとでもなるって、テレビで言ってたわ!」

滅《め》茶《ちゃく》苦《ち》茶《ゃ》だ、と和馬は思った。確かにテレビが滅茶苦茶なのは事実だ。しかしどうとでもなるというのもまた事実だった。一流のハッカーならば指一本でハッキング出来る。機械音声に抑揚をつけ人間らしく喋らせることだって出来る。

どうしたらいいかな、と和馬は困った顔で夏空を見上げた。避暑地だけあって暑さに嫌味がなく、窓は開かれており、階下の騒がしい声が聞こえる。和馬の立っている二階客室の真下は、休憩室や娯楽室になっている。地獄の勉強の片鱗《へんりん》を味わった生徒達は、己を労《ねぎら》うべく多くが階下のレストスペースに集まっていた。和馬もこんな状況でなかったら真っ先に下に向かいたいところだった。

〝さて、これで一通り説明し終わったわけだが……どうせお前ら愚鈍な大衆は状況を理解していないことだろう。だから証拠を見せてやる。一つ目の爆発だ〟

入夏が言い終わり、五秒ほどの静寂が流れ、山荘が轟音《ごうおん》と振動で包まれた。味わったことのない揺れに、和馬は倒れそうになりながら律子を支えた。瞬間的に上昇した温度は、振動の収まりと共に徐々に放熱されていくが、代わりに室内を黒い煙が包み始める。

和馬は窓から恐る恐る首を出し、下を見た。爆発は彼の真下で起きていた。

◆

館内放送が流れている。

「姿は隠せたが、これからどうするのだ、マリー」

「変わりません。やるべきことをやるのです」

やるべきこと、とロレーヌは考えた。それはつまり、入夏今朝の無力化である。

ロレーヌ・ケルアイユ・ヴィスコンティ・ジュニアは意思を持った黒兎《くろうさぎ》のぬいぐるみである。フランス革命前夜に人間界に降り立った彼は、度重なる戦火に糸をほつれさせながらも何とか今日まで生き延びてきた。日本を訪れるのは明治・昭和と今回で三度目だったが、比べるべくもなく今が最も幸福であった。主人から強い愛情を感じるからだ。ぬいぐるみは人に愛されることが本分なのである。

逆に言えば、今彼が行っている行為は本分からかけ離れた能動的行為である。坂東蛍子という名の彼の主人は常に危険に晒される不思議な運命を背負わされた少女だった。先日も巨大な人工塔にてロケット噴射に巻き込まれた主人の、その手提げのビニール袋に入っていた黒兎は、事故の凄絶《せいぜつ》さと、それがもたらした後遺症を目《ま》の当たりにしていた。強く頭を打ったことで蛍子が直前まで考えていたアーヤという大切な友人の記憶の一切を忘失してしまっていることを知っているのだ。

だから、もしそんな悪逆が人為的に起こされたものであるというのならば、何としてでも犯人めを捕まえて懲《こ》らしめてやりたいと考えていた。幸い彼には探偵業を営む白兎のぬいぐるみの友人がおり、彼女と協力して警視庁の文机《ふづくえ》や職員室の棚にこっそり紛れ込みながら事態の調査をしたところ、入夏今朝という人間に辿り着いたわけである。そして林間学校当日、バスを見張っていた二体は、草食動物を模したマスク女が現れたのを見て、急いで荷物に紛れ相乗りを果たした。生憎《あいにく》マスク少女はハズレだったようだが、問題が解決したわけではないらしい、とロレーヌは館内放送に耳を傾ける。

「だが今は入夏の無力化より爆弾の無力化を優先せねばなるまい」とロレーヌが言った。

彼らは馬の頭にくるまって二階の窓から飛び出した後、パイプを利用した遠心力で一階の窓に飛び込んだ。今は女子棟一階廊下、娯楽室前にいる。

「入夏の言う暗号とは蛍子ちゃんの解いていたものでしょう。満《みちる》から二つ目までは聞かされています。一つ目の暗号が爆弾の場所を示すというなら……光の届かない罅《ひび》の間」

「今その馬喋らなかった……？」

周囲に女学生たちが集まりだしたのを見て、ようやくロレーヌは己《おの》が過《あやま》ちを察した。そうか、人間の世界では、馬の頭は喋らないものなのか。ということは、廊下に馬の頭が飛び込んできてその場にじっとしたまま喋っていては、凄《すご》く目立ってしまうではないか。ロレーヌは顔布をくしゃっとさせ、白兎に判断を仰いだ。

「いえ、ちょうど良いです。この状況を利用しましょう」

マリーはそう言うと黒兎の上に乗り、そこから馬の口の中に飛び移った。

「視界は確保しました。ロレーヌ、発進して下さい」

「え!?」

ロレーヌはマリーの僅かに覗いた白い尻尾《しっぽ》を丸い目で見上げた。「横が見えにくいわね」と手に持った万年筆で馬の目玉を内側から突き刺し、穴を開けている。黒兎はそれを見て、彼女が何を要求しているのか理解した。マリーは馬の頭を身につけたまま爆弾を捜索しようと提案しているのだ。ぬいぐるみは《国際ぬいぐるみ条例》によって人に動いている様を見られることを禁じられているが、馬の頭が動く分には問題ないだろうというのがマリー国際ぬいぐるみ裁判検事長殿の判断のようだった。

「まったく……君は時折本当に大胆になるな」

「あら、お嫌い？」とマリーが言った。

「愛して止《や》まないよ」とロレーヌが言った。「いいだろう。やってやろうじゃないか」

ロレーヌは馬の喉仏《のどぼとけ》に内側から手を添えると、全力で押し始めた。体でバランスを保ちながら廊下を駆ける。

「十歩進んだら右折です！」

マリーが馬の口内で腹ばいになり、覗き穴から周囲を窺って、ロレーヌに指示を送った。ロレーヌには前が見えていないので、彼女の言葉を信じ、その控えめな長さの脚をひたすら動かす以外術《すべ》はない。

「六歩進んで左折！　皆さん勝手に避《よ》けて行きますので構わず直進してください！」

全方位から女子の悲鳴が聞こえる。何だか自分が極めて紳士的ではない行動をしているように思えてきて、爵位《しゃくい》を持つ黒兎としては複雑な気分になった。対してマリーは上機嫌のようである。

「バッキンガム宮殿に居た頃を思い出します。皆が道を開ける」

「私はカウボーイ時代を思い出しているよ。追いかけられる牛もこんな感じだった」

マリーは娯楽室に入ったことをロレーヌに報告し、爆弾のありそうな所を見定めるべく部屋を一周させた。生徒達は馬の頭が走り回り、日本語でブツブツ会話しているその様を見て、恐怖から逃げ惑い、我先にと部屋を飛び出して、娯楽室にはすぐに誰もいなくなった。二体はロッカーを開いたりビリヤードの穴を覗き込んだりしながら探索し、隣の休憩室や、自動販売機の並んだ給湯室も順番に巡っていった。最早《もはや》生徒は何処にもいなくなっていた。

「ここではないようですね。もっと人気のないところを探しに行きましょう」

ロレーヌは同意し、給湯室を出て無人の廊下を歩き出した。すると自分の足が地面から離れた感覚を覚え、足下を確認する。彼の足は錯覚ではなく浮き上がっていた。直後爆発音が背後から轟《とどろ》き、間髪入れずに爆風が娯楽室から噴き出す。ロレーヌとマリーは馬の頭にくるまれたまま空中で一瞬静止すると、風に乗って一気に加速し、ピンボールが弾《はじ》かれるように廊下の奥へと吹き飛ばされていった。兎のぬいぐるみが空を飛んだ歴史的瞬間だった。これで一羽という数えに人類は文句を言わなくなることだろう。

「ぬおわぁーっ!!」

◆

ロールスロイスは内装も真っ黒だった。何故かゴシックテイストにまとめられている。蛍子は後部座席で背筋を伸ばし、ロレーヌを忘れたことに気づいて更に機嫌を悪くした。

「ところで、あー、桐ケ谷だったたか」

助手席で大人しくしていた黒髪の女の子が身を乗り出し、茉莉花に声をかけた。ゴスロリ衣装を身に纏《まと》った童女で、褐色の瞳から気の強さが窺える。何処かで見覚えがあるな、と思った蛍子だったが、上手《うま》く記憶を辿ることが出来なかった。事故の後遺症かもしれない。蛍子は便宜上、彼女をゴスミと呼ぶことにした。

「貴様は、な、その、松任谷さんちの理一さんとは、どういう関係なんだ」

突然理一の名前が出てきて、蛍子はびくりとした。少女同様、固唾《かたず》を飲んで茉莉花の返事を待つ。

「ああ？　どうって……トモダチ？」

「し、質問しているのは私だ！」

そうだそうだ、と蛍子が心中で援護する。しかし茉莉花は煮え切らない言葉を口にするばかりだった。

「……もういい！　次は貴様だ、坂東蛍子。貴様はどうなんだ」

「え!?　私!?」

飛び火に狼狽《うろた》える蛍子は、頬を染め目を泳がせた後、肩を落として言った。

「…………友達です」

「そうか。なら良い。いや友達でも問題なんだが、まぁ一先ずはよしとしよう」

ゴスミは用が済んだとばかりに助手席に座り直した。彼女の手元から刀を鞘《さや》に収めるような音が聞こえた気がしたが、恐らく蛍子の気のせいだろう。

「そういや気になってたんだけどよ、それ何だ」

茉莉花が蛍子の腰を指差して言った。

「何って……魔法瓶よ」

「いや、そうじゃなくてだな……まぁいいや」

蛍子は茉莉花が何を訊きたいのかちゃんと理解していた。彼女の魔法瓶は横腹に風穴が開いている。少女が気絶する直前に開いたものだ。買ったばかりだったのに、と蛍子は穴を思う度に悔しさでいっぱいになった。あまりに悔しかったので、穴が開いていようがファッションとして押し通す心づもりで林間学校に持ってきたのであった。

それに、この穴は瓦礫《がれき》を弾いた時に出来たはずの穴だ。これこそが魔法瓶が活躍した夢が現実だったと証明する唯一《ゆいいつ》の手がかりだと蛍子は気がついていた。だから、たとえ水筒として使い物にならなくても、もはや手放す気にはなれないのだった。

「……私、あれ、終わったと思ってないから」

次に話題を出したのは蛍子だった。あれとは勿論《もちろん》、屋上での一件のことである。

「私としては終わりでも良いんだけどな。まぁ、付き合ってやってもいいけど、今度は時と場所を考えてくれよ」

「あれはあんたがっ、教えてくれなかったから……もう！　やっぱり許さん！」

「あとラブレターもナシな」

誰の何がラブレターだ、と蛍子は声を荒らげた。蛍子はテロ事件の後、級友に尋ねられたラブレター騒動を思い出して悔しさで顔を赤くした。茉莉花は騒がしい隣人を無視し、紙切れに鉛筆で走り書きをしている。

「ほら、携帯の番号。喧嘩《けんか》なんぞでリスク背負《せお》ってないで、これで呼び出せ」

蛍子は何やら言いたげだったが、結局黙ってそれを受け取った。それきり会話は途切れ、しばらく奇妙な沈黙の時間が訪れた。車内の誰もが別の方向を見ていたが、特に険悪というわけでもない、まっさらな沈黙だった。

「桐ケ谷様、到着致しました」

高速道路を走っていた車は、もうすぐ料金所というところで一旦《いったん》パーキングエリアに入った。そこでレストスペースに乗り付けると、茉莉花の座る側のドアを開く。

「何、あんた林間学校に行くんじゃなかったの」

「誰が好き好んで勉強なんてやるかよ。まぁ最後は向かわにゃならんらしいが」

蛍子は彼女が何を言っているのかよく分からなかった。

「じゃあさっさとどっか行っちゃえ、ばか。不真面目馬鹿力《ばばかぢから》。あんたと二人きりで会話なんて、これで最初で最後にしたいわ」

既に最初じゃねぇんだけどな、という茉莉花の捨て台詞《ぜりふ》だけが車内に残り、扉は閉められた。歩き去って行く不良少女を小さくしながら、車は再び高速道路に戻っていく。
もうすぐだ、と蛍子が久しぶりに笑みを見せた。もうすぐ楽しいお泊まり合宿だ。

◆

男子棟には室内運動場があった。学校の体育館ぐらいの大きさで、バレーコートやバスケットコートのラインが引かれており、一通りの室内スポーツがこなせるようになっている。そこに男子生徒が全員集められ、体育座りをさせられていた。入夏が館内放送直前に行事の一環と偽って一同を誘導したのだ。

そんなむさ苦しい集団の中に、枇々木巴の姿があった。

〝聴いただろう。爆発音を。これで証明になったんじゃないか〟

男子棟では館内放送で入夏の演説が続けられていた。爆発音と思われるものの残響が耳に残る中、巴は緊張の汗を垂らし胸元を押さえた。ビタミン補給を検討しながら、相変わらず最悪のタイミングを引く自分を呪《のろ》う。

枇々木巴は常備薬を切らしていることに気づき、中央扉を特に躊躇《ちゅうちょ》なく越えて堂々と男子棟にやって来た。この学校の男子学生の中には、彼女の掛かりつけの医師である星《ほし》隈翔伴《くましょうばん》の息子、星隈翔太《しょうた》が在籍している。翔太は以前から具合の悪くなった巴に薬の処方をせがまれることがあったため、彼女の処方薬を常に一定数持ち歩くようにしていた。林間学校もその例外ではなかったわけである。

入夏に気づかれまいかとドキドキした巴だったが、ボーイッシュな風貌によってか、入夏からも周囲の男子からも今のところ反応はもらえていない。複雑な心境である。

「それにしても、坂東さんときたか」

隣に座っていた翔太が口を開いた。翔太は蛍子と同じクラスである。

彼の言葉に巴も頷《うなず》いた。少女は不思議な心持ちになっていた。つい三日前、バベルでの坂東蛍子は関係者全員から退場を望まれていたのに、今は到着を待望されている。おかしな話だ。

「でも俺、坂東さんは欠席だと思ってたけど、出席してたんだな」

「いや、たぶんいないと思うよ」と巴が苦笑いした。星限一族は親子揃《そろ》って勘違いや思い込みが激しかった。巴も以前薬の処方で散々な目に遭ったことがある。

恐らく入夏は坂東さんがこの場にいないことを知らないのだ、と巴は思った。どうやって山荘まで来て、場を掌握したのか分からないが、少なくとも施設内全ての動向を確認することは出来ていないようだ。入夏自身が電波不良を口にしていたが、田舎の山奥という立地はハッカーにはこの上なく相性の悪い場所なのだろう。これも都心のバベルタワーとは対照的である。

〝さあ、理解出来たらゲームを始めようじゃないか。まずは廊下に出てみろ〟

柔軟だな、と巴は思った。廊下にはカメラがないから出られるのは嫌だろうに。

一斉に立ち上がる生徒に混ざり、巴も廊下に出て窓の外を確認する。女子棟の一階は中央辺りが無残に黒焦《くろこ》げており、大量の煙を吐き出していた。それは容易に死を連想させる光景だった。テロ事件を経てタフになっていた男子達もたまらず静まる。

〝分かっただろう。爆弾は本当に仕掛けてある。先程も言ったが、助けに行こうだなどと考えて外に出るなよ。死ぬぞ。それと中央扉を行き来するのも禁止だ。あの扉は骨格で性別を判断する特殊なデジタルロックだからな、これ以降異性の棟へ踏み入った人間はカウントを行い、此方で記録をとる。もし違反が見られた場合は、異性側の棟を爆破する。互いが人質になるわけだ。無駄なことはせず、私の指示通りに動け〟

恐らくハッタリだな、と巴は思った。爆弾は暗号と同数だと入夏が指定している。限りがある以上、自由に爆破する余裕はないはずだ。また口ぶりからするに、彼女は扉を直接目視出来る状況にいない。ログでしか状況を確認出来ないなら、同性が通過する分には気づかないはずだ。

〝さて、次の暗号を読み上げよう。君たちの誠意如何《いかん》で、この暗号の示す場所が爆発することになるぞ……〟

「なぁ、翔太君」

巴がアイアイのような丸い目で硬直している翔太に声をかけた。

「一つ、考えがあるんだ」

「じゃあ、行ってくるよ」

巴は中央扉までこっそりと抜け出してきた。廊下に監視カメラが仕掛けられていることも考慮し、安全に到達するため男子棟の案内役として翔太も連れている。

「本当に大丈夫なんすよね」

少女が頷いた。巴は運動場での考察をまとめ、自身が中央扉を越えても問題ないだろうと結論づけた。そこで現在の男子棟の状況を女子棟に持ち帰るべく、入夏の目を盗んで扉を渡ろうと決心したのだった。持ち帰れる情報は限られているが、しかし今を逃して通行が出来なくなってしまうことこそ彼女は避けたかった。

認証ボタンを押すと扉の機構からX線が照射され、彼女のレントゲン写真を作成した。恐ろしく長い数秒間の後、「通行許可」の文字が液晶板に表示され、ロックが解除される。

「そういえば、次の爆弾が女子棟にあるって言ってたけど、なんで分かったんすか?」

「ああ、何せ本の暗号だからね」

急がねば、と巴は思った。現場にいた自分は、第二の暗号の答えを理一と共有している。しかしその知識を持っている松任谷理一も結城《ゆうき》満もこの場にはいないのだ。この局面で入夏に先行出来る人間は、私しかいない。私がやるしかないんだ。

◆

藤谷《ふじたに》ましろは図書室で本を閉じた。彼女は少し不機嫌そうに眉を曲げていた。それもそのはずだ。先程から館内放送が騒がしくて、読書に集中出来ないのだ。いったい何の放送だろう、とましろは耳を澄ませたが、防音処理がされた図書室の中に居てはくぐもった音しか聞こえず、内容はやはり判然としなかった。

ましろのいる図書室は、元は書斎であった部屋を改築したものだった。そもそもこの山荘自体、成見《なるみ》という富豪政治家の別荘を政府が買い取ったものだったため、一から造り直された客室以外は、どことなく当時の財力を感じられる高級感が残っていた。他にもワインセラーやカラオケルーム、養蜂場《ようほうじょう》などもあるらしかったが、本の虫であるましろはそれらに大して興味を抱かなかった。

「やな感じだな。今日は国語も漢文だったし、坂東さんもいないし」

本は後で読むことにしよう。ましろは心なしかいつもより足音を強めながら、本を抱いて出口に向かう。いま読んでいたのは芥川龍之介《あくたがわりゅうのすけ》の『馬の脚』という、少し怖い物語であった。藤谷ましろは怖いものが苦手だった。

扉の前のカウンターで本の貸し出し処理をしていると、背後で軋《きし》む音がし、少女は慌てて振り向いた。先程まで閉まっていた扉が半開きになっている。ましろは書架の向こうで何かが動いた気がして目を見開いた。それが新たな図書室利用者なら問題はなかったが、馬の頭のような形状に見えたのだ。

「だ、誰かいるんですか……」

疑念を晴らして恐怖と和解すべく、ましろは書架の端っこから影の動いた向こう側に呼びかけた。棚を一つずつ見て回り、体を隠しながらひそひそと細い声をかけ続けたが、特に返事はない。なんだ、とましろは胸を撫《な》で下ろした。やっぱり気のせいか。きっと読んでた本に影響されちゃったんだ。

次の書架を越え向こうを覗くと、遠くの床に馬の頭があった。ましろは目をこすって何度か幻覚を振り払おうとしたが、馬の頭は消えずに彼女の方を見て止まっていた。少女は徐々に状況を理解し、脊髄《せきずい》の中を冷たいものが登っていくのを感じて身震いした。馬の頭は煤《すす》けて所々焦げていた。まるで廃棄場から逃げ出してきたような風貌で、人間への怨嗟《えんさ》を感じる。虚《うつ》ろな目は横側についていて、何処を見ているのか分からない。そこがまた恐ろしかった。逃げた方がいいな、とましろは思った。

彼女が一歩後退したその時、じっと動かなかった馬の頭が突然床を滑り、ましろの方に向かって突進し始めた。頭だけとは思えない、物凄い勢いだ。たまに僅かに浮き上がり、頭の中身と思われる黒色の秘密が見え隠れしている。

「ひ、ひぃぃ！」

少女は逃走した。足を一歩動かした直後だったので恐怖の金縛りにあわずに済んだようだった。出口に向かって真っ直《ます》ぐ駆けていき、そのまま半開きの扉を出る。背後の音は変わらずついてきている。

「あ、君は確か図書委員の！」

廊下の前には男装をした少女が一人いた。ちょうど今図書室に入ろうと考えていたみたいだ。この人は確か、生徒会の人だ、とましろは回想した。書記の人たちには何度か委員会の仕事でお世話になったことがある。その時流さんと一緒にいた枇々木先輩だ。

「緊急事態なんだ！　中に人は！」

巴は珍しく感情的だった。誰もいないことを告げるましろはもっと感情的だった。

「でも人じゃないものが、居ま、あります！　こっちも緊急事態なんです！」

「そ、そうか！　とにかく逃げよう！」

ましろは巴に手首を捕まれると、廊下を再び駆け出した。すぐに両者を繋ぐ腕がピンと伸びるほど距離が開いてしまい、巴はやむを得ずましろを両腕に抱きかかえて走った。

ましろの恐怖は緊張に変わっていた。

「きゃあ！」

背後で爆発音が響く。すぐ後で爆風が彼女たちに追いつき、二人も吹き飛ばされた。藤谷ましろは王子様を下敷きにして着地したが、その後受け身を上手く取れずにゴロゴロと転がり、廊下の角に頭をぶつけて無事気絶した。

◆

「あ、繋《つな》がった。もっしー、ヒーローマン、ウチっす。クマちゃんっす」

大城川原クマは赤く照らされた部屋で一人笑顔を作った。騒がしく明滅を繰り返す非常灯も、慣れてしまえば良き友になれることを彼女は三日かけて学んでいた。

〝どうしてお前と繋がるんだ〟

電話の向こうで理一が言った。もう少し声を張ってくれとクマが要求する。

〝いや、詳しくはいい。どうせロクなことではないだろう〟

「酷《ひど》くね？　水着審査の話とか男子悶絶《もんぜつ》だと思うっちゃよ？」

大城川原クマは宇宙人である。伴銀河大マゼラン雲に属する第四惑星からやって来た地球外生命体だ（名前含め、地球上の概念に則《のっと》った表記である。彼女の本名は地球人の顎《あご》の構造では発音出来ない）。地球へはとある任務で訪れたが、今は長期休暇中である。

クマの母星ではバイオテクノロジーが発達しており、彼女が地球人として擬態を成功させているのも、種族の能力というよりはその科学技術によるところが大きい。変身を解いた彼女は直視した知的生命体の理性を崩壊させてしまう可能性があるため、家に居る時以外は常に三つ編みおさげに黒縁の伊達《だて》眼鏡という地味な少女の格好をしている。本当の年齢は秘密だ。

〝そこには他に誰かいるか〟

「あーどうなんすかね。手が離せないんで確認出来ないっす」

クマはコックピットにて七十時間タイピングをし続け、リアルタイムで崩壊していくプログラムを修正していた。もし彼女の種族に人間の五十倍の再生能力がなければ指の皮がずる剝《む》け、骨が関節一つ分削れているところだ。

「ずっと操作してないともうヒャッパー墜落するんすよ、この子」

〝……そういうことか。それは感謝しないといけないな〟

先日、彼女は都内で秘密裏に開かれた宇宙人オンリーイベント「スペース・ビキニ・コンテスト」に参加し、決勝戦まで勝ち進んだ。しかし思わぬアクシデントが起こり、彼女は本来の姿を会場に晒してしまうことになる。結果、対戦相手の冥王星人《めいおうせいじん》がクマに文字通り悩殺されて発狂し、見事なアッパーパンチで彼女を上空に吹き飛ばしてしまう。クマは未確認生命体の姿のまま地球を見渡せる超高層まで吹き飛んだが、その後自然の理《ことわり》にならって自由落下を始め、成層圏で全身に火がついた。死を覚悟したその時、目下から見たこともないロケットが飛んできてその鼻先で彼女を受け止めた。黒焦げになりながらも何とかロケットの中に乗り込み、事なきを得たクマだったが、安堵《あんど》も束《つか》の間《ま》、ロケットが崩壊寸前であることが判明し、焦げたビキニ姿のまま対応に追われる羽目になったのである。

ロケットの名前はサマータイム。夏の訪れを象徴するかのような良い名前だった。

〝落下は防げそうなのか〟

「いやー、それは無理っすね」

クマはロケットが落ちないように必死に修正を図っていた。しかしそれもそろそろ限界のようだった。何せ燃料の問題がある。クマの惑星のロケットはバイオ燃料で自給ができたが、地球のロケットはそうはいかないようだ。母星ではとうの昔に失われた前時代燃料が用いられており、対応にも容量にも限界があった。そのことを理一に伝えると、少年は電話の向こうで困ったような間を作った。

〝……じゃあ、せめて落下位置を海上にしてくれ〟

「それも無理っすね」

〝どうしてだ〟

「なんか、落下位置をプログラムで指定されてるんすよ。ガッチガチのプロウイルス仕様でこっちが介入出来ないから、お手上げっす。このままだとジャパンの真ん中あたりに落ちるんじゃないかな」

理一の心の乱れを耳で受けながら、クマはロケットのリカバリを続け、片手間にツイッターを開き船内自撮り写真を投稿した。

◆

坂東蛍子は山荘を見上げた。到着である。サマータイムは長い。まだ巻き返しはきく。

「……なんか焦げ臭くない？」

運転席の方では前列にいた二人が何やら揉《も》めていた。

「若。また瑪瑙《めのう》様から呼び出しが」

「うるさい！　無視しろ！　私は兄さんとお泊まり会なのだ！」

そう言ってゴスミは走り出し、高笑いを響かせながら山荘の入口の鍵《かぎ》を開け、中に入っていった。徐々に遠のいていく笑い声を蛍子は呆然《ぼうぜん》と見送る。物音がしなくなって二秒後、今度は「ぎゃー！」という悲鳴が微《かす》かに聞こえ、再び声の音量を増していく。目を凝らすと、入口の向こう側から何かがこちらにやって来るのが見えた。ゴスミだった。

長身痩軀《そうく》でスーツを着た女性に米俵のように抱えられている。

「待ち伏せとは卑怯《ひきょう》だぞ瑪瑙ぉ！　放せぇ！」

「いけません！　あれほど邪魔はしないよう申し上げたでしょう！」

瑪瑙と呼ばれた女性は小脇《こわき》で暴れるゴスミをものともせず、勢いよく入口から出て、蛍子のいるロールスロイスの前まで戻ってきた。

「坊ちゃんたちはパーティ中みたいですし、若が混ざってはぶち壊しになります」

女は開きっぱなしの後部座席にゴスミを放り込むと扉を閉め、助手席の前で蛍子に一礼し、車に乗って道を引き返していく。車内で騒ぐ少女の声が遠くに消えるまで、蛍子は終始ぽかんとしていた。


「お邪魔しまーす……」

蛍子は入口の扉を開いて、山荘の中に踏み入った。全校生徒が収まっているはずの山荘は妙に人気がなく、ひっそり静まっている。蛍子は何だか自分が泥棒にでもなったような錯覚を覚えた。気持ちは動きに表れるもので、彼女の足音は次第に大人しくなっていく。廊下に入ったが、やはり誰もいない。蛍子は一先《ひとま》ず『旅行の栞《しおり》』を開き、自分の泊まる予定の部屋に向かった。二〇八号室。間違いない。ここだ。

踏み込んだ部屋は生徒の私物で既に乱されていた。足の踏み場もない程に露呈された怠惰な思春期の本性に、少女は何となく違和感を覚えた。この部屋、他の宿泊者はフジヤマちゃんのはずだけど、それにしては荷物が多い気がする。

蛍子は近くの鞄《かばん》を無造作に引き寄せると、鞄の口を開けた。中から出てきたのは男物のパンツだった。トランクスというヤツだ。少女はしばらくパンツをつまんだままの姿勢でフリーズしていた。彼女の名誉のために言っておくが、別に感動していたわけではない。それはちょっとだけだ。

もしやここは女子棟ではないのでは、と蛍子は冷や汗混じりに推理した。正解である。

◆

枇々木巴の推測通り、この山荘に仕掛けられた監視カメラには限りがある。入夏今朝は天才的なハッカーではあるが、中身はあくまで女子高生に過ぎない。坂東蛍子ならまだしも、一人の女の子が僅かな期間でこなせる運動量などたかが知れているのである。ではいったい入夏は何処に仕掛けを施したのか。主要な所を確認していこうと思う。

入夏が何よりも仕掛けに凝ったのは、男子棟の室内運動場だ。作戦計画段階から男子を集めると決めていたため、ここには念入りにカメラやマイクや、その他のちょっとしたエッセンスをセットした。試しにマイクの音を拾ってみよう。

「さあ、二つ目の爆弾がはじけた！　お前らが決断しなくとも時は経《た》っていくぞ！　さっさと坂東蛍子を探して、私に差し出せ！」

〝い……嫌だ！〟

マイクからは入夏と男子達が未《いま》だ押し問答を続ける声がしっかり聴き取れる。マイクはステージ上の時計に仕込まれていた。入夏はそこにセットするために九百キロカロリーを消費している。これは女子高生が一日に消費すべき半分のカロリー量に相当する。

「何故《なぜ》だ！　何故そうまでして拒む！」

〝何故って、そりゃ……俺は……〟

〝俺は、坂東さんが好きだからだ！〟

〝お、俺もだ！〟

〝俺が一番、大好きじゃーい！〟

「うるさーい！　盛り上がるんじゃなーい！」

次はカメラだ。運動場全体を見渡せるよう設置されたカメラは、低解像度ながら入夏に野次を飛ばす男子高生たちの姿をしっかり捉えている。振る舞いを見るに、どうやら彼らは同年代の友人達と比べて随分タフになっているようだ。良い意味でも悪い意味でも命の危険に晒される恐怖が麻痺《まひ》しているようである。二つ目の爆発を目視した時も、彼らは各々苦しそうにしてはいたが、しかし過去の経験から、不思議と惨事に犠牲者がいない確信も持っているようだった。そういった情報もカメラは全て映し出す。写真と同じで、はみ出した心がちゃんと映り込む。

「いいかお前ら！　冷静に考えてみろ！　ここで私と押し問答をしていてもいずれ爆弾は爆発する！　お前らは身動きも出来ないまま、坂東も巻き込まれて死ぬ！　だったら一先ず要求をのんで、坂東蛍子を捜索して、見つけ出した奴が差し出したくないと思ったなら、今度はお前らで私の手から守ればいいだろ！　このまま膠着《こうちゃく》している状況が一番損なんだよ！　頭を使え馬鹿共！」

入夏の捲《まく》し立てた言葉を聴いて、男子達は騒ぐのを止《や》め「なるほど」と頷いた。一人の号令に促され一斉に立ち上がり、蜘蛛の子を散らすように運動場を後にしていく。見るものもなくなりそうなので、別の仕掛けに視点を移すことにする。

カメラは無論女子棟にも設置されている。例えば出入口には一式が揃えられているし、名前のついた部屋の前や、屋上前にも仕掛けられている。これだけ仕掛けられていて動き回るぬいぐるみの姿が映り込まなかったのは、ロレーヌたちにとってはこの上ない僥倖《ぎょう》だったに違いない。尻尾の影だって映り込めば裁判沙汰《ざた》は免れなかったはずだ。

男子たちとは違い、女子たちは既に捜索に精を出していた。間近で爆破を連発されている彼女たちの心情は極限まで逼迫《ひっぱく》していた。

入夏が仕込んだものは概《おおむ》ね監視カメラか盗聴用マイクであったが、その他にも幾つか仕掛けたものがある。例えば電波妨害用のアンテナがそれだ。彼女は屋敷に忍び込んだその日、妙に長く隠しにくいそれを何処に設置するか悩んだが、最終的に観葉植物に混ぜることにした。これが意外に鉢の中に溶け込むのである。自然と人工の調和だ。もしかしたらハッキングも現代アートの一つの形と言えるのかもしれない。

〝悪夢を覚ますんだ……〟

肝心なものを紹介し忘れていた。入夏自身が身につけている小型のマイクだ。

〝私が私であるためにも……坂東蛍子〟

衣擦《きぬず》れと共に音声が入力される。

〝夢を破壊したお前を……私は許すわけにはいかない……！〟

◆

坂東蛍子は押し入れの中で息を潜めていた。近くで足音が響く度に身を竦め、怯《おび》えたように体を小さくする。彼女が男子棟の一室にいることを自覚した時、見計らったかのように山荘が騒がしくなり、外を男子達が駆け回り始めた。そのため蛍子は脱出の機会を逃してしまっていた。耳を澄ませるに、どうやら彼らは誰か人捜しをしているようだ。それが自分ではないことを蛍子は心から祈った。

普通の女子ならば、素直に廊下に出て男子に事情を説明するかもしれない。騒ぎの理由を尋ねながら、サワークリーム味のプリングルスを分け合って談笑し、中央扉の前で手を振って別れるかもしれない。その後自室でジンジャーエールを開け、「アイツ良い奴《やつ》だったな」なんて回想に浸るのも一興だろう。しかしこと坂東蛍子に限ってはそれが出来なかった。彼女はいつだって完璧《かんぺき》な人間として振る舞い、事実そう認識され持て囃《はや》されてきた。才色兼備の美少女という肩書きは彼女の心を豊かに支えたし、崩れることを恐怖させた。畢竟《ひっきょう》、その立場を保つためには、彼女が男子棟の一室から出てくるなどということはあってはならないのである。彼女にとってそれはただのミスで済まされないのだ。新聞の一面を飾るほどの大事件なのである。だって男子の部屋から出てくるなんて、それって才女のすることじゃない。痴女じゃん。

（痴女じゃん……！）

痴女にはなりたくない、と蛍子は思った。そんな評判が立ったら私はもう生きていけなくなる。頭に張られたばってん印のガーゼを皆に見られて笑われる方が、千倍マシだ。蛍子は携帯電話を取りだし、友人の藤谷ましろ宛《あて》に助けを求めるメールを打った。そして送信してから弱みを見せてしまったことに気づき、顔を赤くした。動揺しすぎて友人にも完璧であろうとする自分のポリシーを失念していた。

「お、開いてるぞ」

ドアが開く音がして蛍子は首を引っ込めた。室内に数人の足音が響く。あの坊主頭《ぼうず》は野球部員だ、と蛍子は思った。野球部員とは、小型で轍《わだち》がついた球を怪しい手つきで握り、放っては棒に当てて楽しむ連中の総称である。そんな怪しげな集団に見つかったらどうなるか、少女は想像することも恐ろしかった。彼らは一先ず部屋を見回しているようだったが、特に変化がないと分かると、今度は手近な戸棚を開き始めた。どうしよう、と蛍子は梅干しを食べた時のような顔をした。痴女は嫌だ。

足音が押し入れに接近し、扉を躊躇なく開いた。少年の首が入ってくる。

「…………いるわけないか。よし、次に行こうぜ」

押し入れの扉が閉められ、足音が全て消えたのを確信してから、蛍子は上空からバタリと落下した。少女は四肢を広げ、押し入れの天井に張り付いていた。見上げられていたらお終《しま》いだった、と蛍子は深い安堵の溜息《ためいき》をつく。

「……ここにいても、いずれ見つかるわよね」

しかし外への脱出も難しそうだ。男子達は見張るように館内を巡回している。見落としのないよう尽力するつもりらしい。中央扉や山荘の出入り口には常時人数が割かれていることだろう。だったら窓から飛び降りようか、と蛍子は思案したが、それでは意味がないことに気がつき首を振った。蛍子の場合、捕まらなければ良いわけではない。見つかったらその時点で人生がお終いなのだ。階下に待ち伏せがあったらと思うと、窓から脱出などリスクが高すぎる。やはりここは正攻法で、常に周囲を確認出来る方法で

――つまり順当に廊下を進んで出口を目指すしかない。

蛍子は悲壮な決意を胸に秘め、己を鼓舞すべく肩から提げた魔法瓶を撫でた。奇跡をもたらした魔法瓶は、触れているだけで彼女に勇気を与えてくれる。

ドアノブを慎重に回す。隙間《すきま》から様子を窺《うかが》い、人がいないことを確認すると、蛍子はそっと廊下に踏み出した。少女は極めて不自然な姿勢で恐る恐る廊下を進んだ。妖怪《ようかい》図鑑に掲載されてもおかしくない姿だ。山荘は構造上、一本道が多い。もし角から男子が曲がって来たら逃げようがない。彼女は大博打《おおばくち》に早くも後悔を始めた。

「中央廊下に変なマスク姿の奴がいたらしいぞ！」

「悪い、屋上に来いって言われてんだ！　なんかやばいんだって！」

遠くで男子の会話が聞こえる。どうも人の気配がないと思ったら、別の場所に大半が向かっていたからのようだ。今の内、と蛍子は歩みを速めた。もうすぐで客室から区画が変わり、エントランスホールや厨房《ちゅうぼう》がある比較的隠れやすいゾーンに入るはずだ。蛍子は助けを求めるように勇み足を動かす。それがいけなかったのかもしれない。あと一歩で廊下を曲がるというところで、曲がり角の向こうから突如足音が響いた。付近の階段も騒がしくなる。それとほぼ同時に背後の客室もガタガタと物音がした。全方位に男子の気配だ。蛍子は涙目になりながら必死で辺りを見回し、逃げ込める場所を探した。

また天井に張り付こうか、それとも一か八か窓から飛び降りるか――。

（イヤ……痴女はイヤ……！）

「坂東さん、こっち」

蛍子は背後から腕を摑《つか》まれ、引き摺《ず》られるように後ろの客室に連れ込まれた。思わず開きそうになった口を手で塞《ふさ》がれる。彼女を連れ込んだ相手は、指を一本立てて静かにするように要求すると、扉の内鍵をカチャリと閉めた。

「大丈夫かい」

蛍子を助けたのは見たこともない美少女だった。目立つ生徒の顔は一通り覚えている蛍子だったが、その少女の顔には見覚えがなかった。長い睫毛《まつげ》に柔らかい髪、背はそれ程高くなく、脚は細い。上履きを見るに、どうやら蛍子と同学年のようである。

「あ、ありがとう、助けてくれて」

蛍子は何が何だか分からなかったが、とりあえず少女に礼を言った。本当に綺麗《きれい》な子だ、と彼女は思った。蛍子がそう思うことが美少女である何よりの証《あかし》だった。

この子は誰なんだろう。それ以前に、どうして男子棟にいるんだろう。

「あの……お名前は？」

少女は考えるように首を傾《かし》げた後、「秘密」と言って笑った。

「そうですか、男子棟はそんなことに……」

◆

川内和馬は流律子と和解すると、二つ目の爆発の現場に急いだ。幸い爆心地である図書室は電気も点《つ》けられていないような奥まった道の先にあり、生徒もましろを除いては訪れていなかったようだ。彼は現場に辿《たど》り着くと、枇々木巴・藤谷ましろペアと合流し、そこで巴から、彼女がそこに居る理由と男子棟の状況を聞かされ、今に至る。

「しかし、女子棟は暑いな。男子棟は冷房が効き過ぎなぐらいだったけど」

「そうなんですか。こっちはずっと窓を開けてたと思うけど。まぁ、どっちにしろ爆発でクーラーなんてかけられなくなりましたが……」

和馬は廊下の奥を見た。今は消火器を持った女生徒と、何人かの野次馬が火の残る図書室の周囲をうろついている。

「それで、えっと、その人は……」

流律子は、四肢を脱力させ壁にもたれて動かない人物を指差した。何故か馬の頭を被《かぶ》っている。

「藤谷ましろです」と馬はハキハキと答えた。「坂東蛍子の友人をしています」

「それは、存じておりますが」と律子がたじろぐ。藤谷さん、頭でも打ったのかしら。

川内和馬は出来ることなら馬の被り物を返してもらいたかったが、それを言い出せる空気をましろが纏っていなかったので、言葉に出来ずにいた。藤谷ましろの様子は端的に言って怖かった。体は動かないのに、馬の頭だけが生き生きと収縮し、話者の方を追うように顔の向きを曲げているのだ。

「それにしても、私以外にも入夏今朝を知っている人間が三人もいるなんてね」

それぞれ自分だけが入夏に対抗出来ると思っていた彼女たちは、今まさにコミュニケーションの偉大さを思い知っていた。「話せば分かる」が長野県中部で実践されていた。

「入夏鳴呼夜……ああ、同一人物ってことだから私は便宜的にそう呼んでるんだけど」

流律子が議題を示すべく口を開く。

「鳴呼夜は学校関係者なんでしょ？　だったら出欠簿を確かめれば正体が分かるんじゃない？　だって彼女、そこの……えっと……」

「あ、カズ……ハ。カズハです」と和馬が口ごもり気味に言った。

「カズハさんの作戦でバス乗車に失敗したわけじゃない。にもかかわらずこの山荘にいるってことは、関係者として実名で出席してきたってことになるわよね。当日欠席から出席扱いに変わった生徒がいれば――」

「そこは疑問だな」と巴が言った。「伝説のハッカーがそんな愚かな尻尾の出し方をす

ると は思えないよ。たぶん別の手段で忍び込んだんじゃないかな」

律子が唸《うな》る。

「本格的な議論をする前に、一つ訊《き》いても良いですか」

「何だい、カズハさん」

「枇々木先輩って、ロケット発射のスイッチを押した張本人なんですよね」

ああ、と巴が頷く。

「つまりあの事故を引き起こした張本人」

「ちょっと、そんな言い方ないでしょ」と律子が怒った。しかし和馬は言葉を続ける。

「正直な話、ワタシは貴方《あなた》のことも疑っています。あの現場にいて、坂東さんと関わった数少ない人間で、学生である貴方だって、入夏候補であることに変わりないはずだ」

流律子が和馬の肩を三度殴る。

「それはどうでしょう」

死んだように微動だにしなかったましろが、微動だにしないまま喋《しゃべ》った。

「感情論に感情論で返して申し訳ないのですが、枇々木さんは私を二つ目の爆弾から守って下さいました。彼女が入夏ならそんなことはしないのではないですか」

「まぁ、そう言われると……そうかもね」

「ついでに言わせて頂きますと、入夏がいったい何処《どこ》の誰かという話は、今すべきことではないように思います。入夏の正体など、捕まえてマスクを剝《は》がしてしまえば分かることではないですか。優先すべきは潜伏先の特定並びに当人の確保であって、正体を推理することではないのでは」

「藤谷さん、何だか探偵みたいね」と律子が呆気《あっけ》にとられて呟《つぶや》いた。

「じゃ、じゃあ、その方向で行きましょう。問題は、入夏が今どこに居て、どこから放送しているか、ですが……」

「あー、悪いんだけど、私は抜けても良いかな」

枇々木巴以外の一同が目を丸くする。

「え？　どうしてですか、書記長」

「私が一人で動こうと思ったのは、私一人しか動ける人間がいないと思ったからだ。これだけいるなら私は必要ないだろう」

「いやいや、待って下さいよ」

和馬は腹が立ち始めていた。なんて無責任な人なんだ。そういえば理一の話によれば、この人はバベルでもこんな風に問題から逃げてやり過ごそうとしたらしい。そのような淡泊な振る舞いが和馬はとても嫌いだった。

「先輩、貴方、責任感って言葉を知らんのですか」

「知っているさ！」

巴は声を大きくした。再び一同が静まる。馬も心なしか驚いているような顔をした。

「知っているから提案しているんだ。カズハさんの言った通り、私はあの場で坂東さんを殺すスイッチを押した人間なんだぞ。土壇場で、選択肢をしっかり間違えて、人の命を奪いそうになったんだ。君たちは自分の手で取り返しがつかなくなってしまう経験を、味わったことがないだろう」

巴は言葉を切った。拳《こぶし》を握り込んでいる。

「恐ろしいんだよ。それはとても恐ろしいことなんだ。私はまた同じ事を繰り返す恐怖に、もう耐えられる気がしない。だから放っておいてくれないか。ほとほと自分には失望したん…………な、流さん？」

律子が涙を頬に伝わせているのを見て、巴は一転、慌《あわ》てふためいた。どうしたのかとぎこちなく問いかけると、律子がもう片方の目からも涙をこぼす。

「わたしっ、私だって、自分に失望したんです！　気を張って生きてるつもりなのに近くにいる人の悩みにも気づかない！　今回だって蛍子のためにって思ってるのに、私だけ役立たずで、緊張してるだけで、視野も狭いし、書記長の気持ちにも気づかないし、私は……私が一番駄目人間なんだ！」

流律子は努力の人だった。自分に足りないものを日々の研鑽《けんさん》で補って、人一倍の努力をして、人から認められようと苦しんできた。しかし自分を認めてくれた人々はそんな堅い側面からではなく、もっと単純な一面から自分を好いてくれた。

私がしてきた努力は果たして正しかったのか。彼女は最近そんなことをよく考える。

「……貴方が全《すべ》ての選択を誤ったわけではないことは証明されています」

ましろが穏やかな口調で巴に言った。

「だって私を助けてくれたではないですか。失敗で自分を責める前に、成功で自分を愛してあげてください」

枇々木巴は目を伏せた。和馬も目を伏せていた。彼は自分の考えの甘さを恥じていた。

俺はなんて馬鹿なんだ。悩みのない人間なんているはずないじゃないか。枇々木さんが淡泊だからって、心までそうとは限らないんだ。皆何かに苦しんで生きているんだ。一番何も見えてないのは俺だ。自分の考えも見えない奴が、他人の考えなんて分かるわけない。少年の心にあったやり場のない気分は、誠意に置き換わった。普通の男子高校生である彼には他人の心は見えない。だったらせめて自分の心を見せよう、と決心して口を開く。

「責任は全て俺がとります」

川内和馬は真っ直ぐな目でそう言った。俺は松任谷理一の代理人だ。彼なら間違いなくこう言う。だったら俺も同じ事をする。それが代わりを任された友の使命だ、と和馬は思った。そして男の義務で、ヒーローの定義だ。

将来どう歩もうと、今この場にいる少年は、昔見たヒーローに淡い夢を重ね成長を続ける男子であった。

「重荷も危険も俺が引き受けます。だから先輩、協力してくれませんか。流さんも、藤谷さんも。坂東さんを助けるために、俺に力を貸して下さい」

◆

蛍子は謎《なぞ》の少女に手を引かれながら出口を目指した。時に厨房の流しの下に隠れ、時にロッカールームのドアの裏に潜み、男子の追っ手をやり過ごしながら着実に進んでいく。どうも屋敷の設計者はシンメトリーに拘《こだわ》りがあったようで、新しく備え付けられた箇所を排除すると内装は悉《ことごと》く左右対称になっている。階段が一向に現れないのも美観を考えてのことだろうか。そのことを先導者に指摘されてからは、蛍子も山荘の内部構造をだいぶ予測出来るようになっていった。キューブリックが好きだったのかも、と先導者が考えるような仕草をして笑ったが、蛍子はそれに愛想笑いを返すに留めた。何故なら彼女にはもっと考えるべきことがあったからだ。この可愛《かわい》い女の子はいったい何者なのか、ということだ。どうして同学年なのに私はこの子を知らないんだろう。何より、どうして男子棟の情報にここまで詳しいの。まるでリアルタイムで地図を参照しているような正確なナビゲートに、蛍子は沸き上がる疑問を抑えることが出来なかった。

「アーヤ」

エントランスホールの植込みに体を隠しながら、蛍子がそう零《こぼ》した。少女が振り返る。

「……って何のことだか分かる？」

「さあ」と少女はあっけらかんと言った。「何だい、それは」

「私にとって大切な言葉のはずなんだけど、バベルで事故に遭った日からどうしても思い出せないの。忘れちゃいけないはずなのに」

「……思い出せないなら、思い出さないでも良いってことなんじゃないかな。きっと無理に探すようなものじゃないから忘れたんだと思うよ」

「そんなこと」と蛍子は声を大きくして、慌てて口を押さえた。「……ないわ、絶対」

「どうしてそれを私に尋ねたの？」と美少女が言った。

「わからない」と蛍子が言った。

「でも、何だか貴方なら知ってる気がしたの」

「そう……信頼は嬉《うれ》しいけど……おっと、また人が来たみたいだ」

少女の指し示した先を見ると、まさに四人組の男子が扉を開けてエントランスに入ってくるところだった。男子達は役割を決め、小隊を組むなどして練度を徐々に上げ始めていた。蛍子は植え込みの裏で、少女と身を寄せ合って息を殺す。目と鼻の先に近づいた少女の顔を、蛍子は思わず観察した。肌が白く綺麗だ。あまり外には出ない子なのかもしれない。蛍子はそっと相手の顔に手を伸ばし、頰を撫でた。少女は驚いて身を竦《すく》めた後、先程まで先導していた人物とは思えない程弱々しい素振りでしおらしく蛍子を見返した。どうやら私の可愛さに参ってしまったようだ、と蛍子は満足げに思った。良かった。あんまり綺麗な子だからちょっとびっくりしたけど、やっぱり私の美貌《びぼう》が随一なのには変わりないんだ。

男子達が去り、二人は腰を上げる。エントランスを抜け、一階の廊下へとやって来る。そこには山荘全体のフロアマップが掲示されていた。

「何度も言うけど、男子から隠れることには私も賛成だよ。彼らは、あぁっと、脅迫を受けてるからね。脅迫者の名前？　んー、この高校の生徒ってぐらいしか分からないんだよ。定時に記す出欠簿でも確認出来たら、アタリはつけられるかもしれないけど」

蛍子は道中、少女に「外に出るのは危険だ」と執拗《しつよう》に説得された。「巻き込みたくないから詳しく話せないけど、とにかく今は出ちゃダメ」らしい。ならば中央扉を通ろうと考えたが、あそこは今、被り物の目撃談で人が集まっており通過は難しいことを思い出す。それでも蛍子はどうしても脱出したかった。痴女になることと天秤《てんびん》にかけ、何とか少女を言いくるめ、外に出る打開策を捻《ひね》りだそうと粘ったのだが、先導者の真剣な眼《まな》差《ざ》しの可憐《かれん》さが眩《まぶ》しすぎてとうとう目を逸《そ》らしてしまい、結局脱出は保留することにした。可愛さには勝てなかった形である。

脱出しないにしても、隠れる場所は必要だ。しかし何処に行くにしろ、進行上廊下はどうしても避けられない。山荘の廊下はひたすら一本道で、逃げ場がない。少女と蛍子は隠れ場所を決めると、なるべく室内を通り抜けるルートを選択して進行していったが、けれどもここに来て再びの廊下ルートを余儀なくされていた。

「そもそも、女子棟に行っても安全とは限らないんだよ、坂東さん。あっちは既に二ヶ所が……被害にあってる。娯楽室裏の別棟と、図書室がね」

図書室と聞いて蛍子は思わず力が入り、何気なく手に握っていた木の枝をポキリと折った。よく見るとそれは観葉植物に混ざっていた何かのアンテナだった。

（フジヤマちゃん、何かに巻き込まれてたりしないかしら……）

「坂東さん」と少女が言った。廊下を歩く足は止めない。

「やっぱり私は、君のことを特別に思っているみたいだ」

何だか芝居がかった口調だった。言い慣れない言葉に緊張しているのか、それともこれが素の口調なのか、と蛍子は少し考えつつ、「ありがとう」と微笑《ほほえ》んだ。

「だから何が何でも、君をここから逃がしてみせるよ」

そう言うと彼女は廊下の先にあるT字路へ向けて突如走り始めた。耳を澄ましてみると、廊下の前後から微かに足音が響いているのが分かる。挟み撃ちだ。逃げ場がない。

蛍子は改めて美少女の背を見た。そうか、あの子は囮《おとり》になろうとしてるんだ。T字路で男達を自分に向かわせて、私に活路を作ろうとしてくれてる。

坂東蛍子は思わず大きな声で彼女を呼び止めた。焦《あせ》った様子で彼女も振り返る。

「さっき何か言おうとしてたでしょ！」

呼び止めたは良いものの、特に何も考えていなかった蛍子は、とにかく言葉をひねり出した。彼女はエントランスホールでの言葉を思い出していた。

「信頼は嬉しいけどって」

「ああ……信頼してくれても、私たちはもう二度と会うことはない」

「な、なんで！」

「そういう運命だったんだ！」と少女が笑った。再び走り出すべく背を向ける。

「お別れだ！　私の道はこっちだ！　君の道は向こう！　それぞれの道を走ろう！」

「そ、そんなの、イヤよ！」

先導者はもう振り返らなかった。初めて現れた時と同じように頼もしく蛍子を牽引《けんいん》し、そして唐突に角の向こうへ消えていった。前方の男子集団は曲がり角に目をくれることもなく、現れた美少女を追いかけて走り去っていった。蛍子は後方の足音が近づく前にT字路に達し、彼女とは逆方向の道を走り出す。走りながら少女は心に誓いを立てた。

(私、どんなに遠回りしたって絶対貴方を探し出して、今日のお礼を言いに行くわ！)

◆

「坂東のやつ、マジで男子棟行ってたらどうすっか」

茉莉花は蛍子が車に乗ってくるより以前、助手席の少女が男子棟に乗り付けるよう強く指示していたことを思い出していた。恐らくあの車は予定通り男子棟に向かったのだろう。もう着いている頃かも知れない。

「まぁ、流石《さすが》にそこまで馬鹿《ばか》じゃねぇか」

桐ケ谷茉莉花は佐久平《さくだいら》パーキングエリアでの一服を終え、重い腰を上げた。そば粉を使ったおやきを片手に、駐車場を突っ切っていく。大抵の高速道路はそうであるが、佐久平も例に漏れず山に囲まれた立地であり、見渡す限り健康的な緑色である。ただ、少し登った所には建物が散見しており、山中に孤立した休憩所とは多少趣が違っていた。

暫《しばら》く歩くと場に似つかわしくないエスカレーターが、ドーム状の雨よけに囲まれて山肌に伸びていた。金属の大蛇の向かう先には幟《のぼり》がはためいている。どうやら上にテーマパークか何かがあるらしい。茉莉花は指示にあった通り、そのエスカレーターに乗り込んだ。

端までのぼり終えると、目の前に現れる建造物に目もくれず、左手の駐車場を再び横断して、人の踏み入らない森の中へと入っていく。木々は繁《しげ》っており何処までも続いていそうな魔力を感じたが、しかし意外にもすぐに森は終わり、開けた平原になった。遠くの方にロープウェイが見える。

「よお、不良少女！　久しぶりだな！」

平原の先に一人の男が立っていた。茉莉花はその男に見覚えがあった。

「剣藏《けんぞう》じゃねぇか。そういや最近見かけなかったな」

「ひでぇ！　蛍子ちゃんは心配してくれてたぞ！」

汚らしい格好をしたこの中年は名を剣藏と言い、普段は近所の公園のベンチに居座っている職業不明の男だ。平日の昼間から酒を持ち込み、公園にやって来た蛍子や近所の子供と鬼ごっこをしたりして過ごしている。茉莉花とはゲーム仲間であり、たまにスルメをつまみながら「ゲームボーイ」と呼ばれる古代の携帯ゲーム機で対戦ゲームなどをしている。茉莉花が古いゲームに妙に精通しているのは彼の影響による。

「ホームレスがどうやってここまで来たんだよ。徒歩か」

剣藏はあくまで職業不明であるが、茉莉花は彼を無職と断定して接しており、剣藏もその言動を否定することはなかった。

「あ？　ああ、そうだなー、バイトだよ、うん。国が募集広告出しててよ」

国家がバイト募集の広告を出すものなのだろうか、と茉莉花が怪訝《けげん》な目をする。

「貧者救済のため公共事業の一端をとか、なんかそんなんだろ」

「なんだその適当な感じは……まぁでも、私も国家公務とかで呼び出されたわけだし、同じようなもんなのか」

茉莉花が彼女の愛すべき睡眠時間を削ってまで外出するなどということはそうそうない。今回は、国家権力が絡《から》んでいるため渋々この場にやってきたのだ。

『いつも息子がお世話になっています』

昨日、茉莉花の家を訪ね、彼女に「林間学校に行く前に佐久平パーキングの先で男に会え」という不可解な依頼を出したのは、級友・松任谷理一の父親だった。理一の父はただの中年ではない。警視正という要職に就いている偉い中年である。

『実は君に学友たちを、いや、この国を救う手助けをして欲しくてね』

警視正の物言いは、軽くこなせそうにない依頼内容の難度を感じさせた。茉莉花はどうして自分に声をかけたのかを尋ねた。

『体育祭で君の身体能力を目の当《ま》たりにしてね。君しかいないと確信したんだよ。もしこの依頼を受けてくれるというなら、署の方に残っている君の非行の記録を全て消すことを約束しようと思うのだが、どうだろう』

少女は男の取引を却下した。

「見くびんなよ、おっさん。理由なんて誰かのためってだけで充分だろうが。下衆《げす》なこと言ってねぇで、やることだけ言え」

『……これは私の独断で、息子は関わっていないことは断っておくよ。アイツは絶対こんな判断は許さない』

茉莉花は肩を竦めた。理一に頼ってもらえないことは腹が立ったが、女扱いされていることに悪い気はしなかった。

そういうわけで、桐ヶ谷茉莉花はせっかく出来た休日を返上して、みすぼらしい中年男性と山間《やまあい》の平原でピクニックをしているのである。こんなことなら枇々木先輩に買いだめてもらった菓子を持ってくるんだった、と茉莉花は後悔した。

「つうか剣臓が待ち合わせの相手かよ」

「俺も嬢ちゃんが来るとは思わなかったぜ。でも確かに、タクミの代わりやれるような人類はそうはいないな」

そういやタクミはどうした、と茉莉花が眉《まゆ》を上げた。タクミとはいつも剣臓と共にいる長身の青年である。黒髪に青い瞳《ひとみ》で、常に世界の裏側を見るような遠い目をしている。

「ああ、アイツは今ぶっ壊れて修理中っつうか、充電中？　充電期間に入った的な」

「偉い漫画家かよ」

「んなこたぁどうでもいいんだ。今から嬢ちゃんがやることを説明するぞ」

剣臓はそう言って、自分がもたれていた機械を指差した。部品を切り取ったプラモデルのゴミのような、チョコレートの型のような金属のフレームで、人型をしているように見える。茉莉花は露骨に怪しいものを見るように目を細めた。

「これはな、宇宙での姿勢制御と船外活動を支援するために作った試作品の一つで、TKモデルの現行の外骨格とほぼ同規格のプロテクターだ。緊急離脱出来るようにサマータイムと同じエンジンをバックパックに積んでてな、発想元はマッサージ機シリーズと一緒で、パラケルススの、何だったかな、ドイツの魔法瓶作った秘密結社……」

「わかったわかった。それ以上続けたら殴るぞ」

剣臓は時折わけの分からない話をして少女の胃を刺激する。そういう時は殴ると静かになることを彼女も剣臓も知っていた。

「もっと興味示せよなあ。この前横浜でジジイから必死に技術漏洩《ろうえい》防いだんだぞ……。あーとにかく嬢ちゃんには、これに乗って林間学校の宿泊先へ向かってもらうから」

それが仕事、と剣臓が肩を竦める。茉莉花が中年の緩んだネクタイから眉間《みけん》にかけてを鋭い眼光で何度も射抜き、説明不足を訴えた。

「まぁまぁ。乗れば分かるから」

「乗るって、これ、乗り物なのかよ」

「アトラクションみたいなもんだから」

剣臓に手招きされ、促されるままに茉莉花は機械の前に立ち、それに背を向けた。すると剣臓が茉莉花の体に纏《まと》わせるように機械を装着していく。四肢を中心に簡易の鎧《よろい》のような金属の装着が終わると、背中に四角い金属の箱を背負わされた。かなりの重量があり、茉莉花の背筋をもってしても支えるのに一苦労だ。

「これ、背中の布は耐熱だから、大丈夫だから」

少女はその言葉に眉を顰《ひそ》めた。耐熱？　何故耐熱の布が必要なんだ。私はこれから何をすることになるんだ。

「おいオッサン、この首のコルセットみたいなのはなんだ」

「ああ、首折れるかもしれねぇから。一応補助な。あ、酸素マスクいるか？　いらんよな」

「いや、はあ!?　ちょ、てめえ、それ私に改めて尋ねさせろ！　酸素マスク!?」

「うし、オーケー。じゃあ始めるぞお」

「おい！　林間学校に行く乗り物なんだよな！　おい!!」

◆

望月嗚呼夜曰《いわ》く、「人間は探偵にはなれない」。その言葉が本当ならば、これから挟まれる描写には何の意味もないのかもしれない。しかし入夏今朝は「努力に終わりはないが、意味はある」と言っている。ならばたとえ彼らが入夏の居場所を解き明かせなくとも、彼らの推理に敬意を払うことは必要なはずだ。ここで彼らに時間を割くことは決して愚かなことではないのである。

ちなみに坂東蛍子はもっと良い言葉を残している。「さっさと話を進めなさい」だ。

「それでは、入夏鳴呼夜の居場所について考えていきたいと思います」

流律子が三人に向かって言った。生徒会役員であり学級委員でもある律子はこういった議事進行に慣れていた。本格的に坂東蛍子捜索を始めた女子が周囲を駆け回る横で、四人は引き続き廊下で輪を作り、各々《おのおの》自由に体勢を崩して会話している。藤谷ましろに至っては体勢を崩すどころか、相変わらず崩れ落ちたまま微動だにしなかった。

「手持ちの情報に取っかかりを探すことから始めてみましょう」

仕方なしにといった様子で枇々木巴が挙手し、先鋒《せんぽう》を買って出た。

「爆弾の位置が分かれば、相対的に入夏の位置も分かるんじゃないかな。入夏は暗号になぞらえて爆弾を設置し、それを順に爆破させることでバベル事故と関連づけようとしている。だったら次の爆弾は『最上階』を示す場所にあるはずだ。あるいはロケットを模した何かがある場所か」

次に続いたのは和馬だった。

「バベルの模倣爆破ってことなら、次が最後ってことになりますよね。じゃあ、次も女子棟が爆発するんじゃないかな」

どうしてですか、と律子が尋ねる。

「ワタシ、今までの爆破が連続して女子棟だったことが疑問だったんですが、もしかしたらそれは入夏が女子棟に潜伏していないからじゃないですかね。逆に言えば、彼女は男子棟にいるんじゃないでしょうか」

それは考え方として支持したいけど、と巴が口を挟む。

「私は男子棟の様子を知っているけど、あちらでも入夏は坂東捜索を強く要求していたんだ。もし入夏が男子棟にいるなら、そんな、自分が見つかるようなリスクは負わないんじゃないかな」

「そもそも入夏が山荘にいることが前提になっていますが、そこから考えるべきでは」

藤谷ましろが項垂《うなだ》れたまま声を出す。

「ああ、いえ、それでは話し合いに意義がなくなりますし、山荘内あるいはその付近にいると仮定しましょう。しかし私はたとえその範囲であっても、男子・女子棟を除いた空間にいる説を主張したいです。入夏が山荘の外に出ることを禁じた理由は自らが周辺に潜んでいるからではないでしょうか」

律子が肩を竦めた。

「周辺に潜めそうな場所というと女子棟側では昔使用人が寝泊まりした別棟ですが、そこは一つ目の爆破で木《こ》っ端微塵《ぱみじん》になりました。娯楽室周辺の惨事は、裏手で起きた別棟の爆破の余波に過ぎなかったみたいですね。どうやら『光の届かない罅《ひび》の間』は別棟地下のワインセラーを指していたようです。ちなみに男子棟側の別棟は浴場。ここにも隠れられるとは思えないわ」

地下で爆発してあの火力とは、と巴が腕を組む。

「……というか、この建物内部で入夏が安全でいられる場所などないんじゃないか。何処に行っても人が動き回っているんだからさ」

「生徒の一人として混じっている……って話は、さっき違うってことになったんでしたよね。じゃあ変装して……」

そこまで言うと和馬は自分の格好を顧みて言葉を止めた。動揺を誤魔化すため携帯を取りだし、ツイッターを開く。クマが赤い部屋で真顔で立っている写真を投稿している。

「恐らく入夏今朝は一所に留まっていると思います」とましろ。

「入夏は蛍子ちゃんの合宿不参加を知らなかった。現在の屋内の状況を把握出来ない環境にいる、ということは、やはり何処か遠くに立てこもっていると考えるのが妥当かと」

それじゃ会議が終わっちゃうじゃない、と律子が不機嫌な顔をする。

「……いや、必ずこの付近にいる」

枇々木巴は少し思案するように顎《あご》に手を当てていたが、やがてそう結論した。

「入夏は坂東さんと対決すると言っていた。対決というからには、必ず向こうにも敗北条件が設定されているはずなんだ」

あ、と和馬が息をのむ。「なるほど。それが『居場所の特定』というわけですね」

「バベルの暗号も『嗚呼夜探し』で使われたんだから、今回も『嗚呼夜探し』が勝敗の条件というのは、まさに合ってそうです……！」

ましろも納得したように馬頭を上下させた。ここでようやく皆の了解が「入夏が嗚呼夜として蛍子に探されるため近くにいる」で一致した。しかし議論はそれまでだった。以降はアイデアが現れる気配はなく、一同は電池が切れたように静かになってしまった。

「関係ないんだけど」と和馬が沈黙を割く。

「理一がこの場にいないの、おかしいよな」

律子が首を傾げた。

「いや、アイツは入夏が林間学校に乗り込むことを分かってたわけじゃん。なら意地でもこの場に居ようとするはずなんだよね。安全確保と入夏捕獲のために立ち回ってないとおかしいんだよ」

「それよりも重大な仕事があったんじゃないのかい」

「それが、バベルから打ち上げられたロケットの件で呼び出されてるんですよね。ロケット関係で、入夏の謀略を凌《しの》ぐ事態となると……」

和馬はそう言いながらクマの写真にリプライを返していた。「そこ、何処」と文字を打つ。返信直後、画面が切り替わり、見たこともない画面が表示される。理一からだった。

〝俺だ。特殊な方法で一帯のジャミングを外したが、三十秒しか保《も》たない。黙って聴け〟

「私も気になったことがあります」

和馬が電話対応する横で、ましろが話を繫《つな》ぐ。

「彼女、自分が死ぬことを前提にしているような発言をしました。『私が死のうが、お前らには生きる道が開ける』と。これはどういう意味なんでしょう。蛍子ちゃんを引き渡すと彼女は死ぬんでしょうか。それとも、爆弾が全て爆発すると彼女は死んでしまう？」

「どちらもかもね。最後の爆弾で自分と坂東さんを吹き飛ばすとか……そういえば引き渡し場所の指定がなかったな」

指定の必要がないくらい広い範囲が爆発するのかもね、と律子が笑った。

「冗談を言っている場合じゃないよ、流さん」

「冗談だと言ってくれよ！」

一同は和馬の大声に驚いて身を震わせた。少女は、訂正しよう、少年は酷《ひど》く焦った様子で電話を続けている。

〝残念ながら本当だ。そちらが逃げられないとなると、方法は一つしかない。入夏今朝を見つけて、ハッキングを止めさせろ〟

「でも、何処にいるかなんて――」

「ちょっと、何なのよ」と律子が和馬の腕を掴む。「何の話」

和馬が青ざめた顔でツバを飲み込み、震える声を絞り出した。

「ロケットがここに落ちてくるって……」

その場の全員が驚嘆で奇妙な上擦り声を発した。

「待て、ロケットだって？」

巴の漏らした疑問を全て理解したというように、ましろが馬の頭を折り曲げた。

「山荘付近、蛍子ちゃんと接触出来る距離、限られた視界、移動はしていない……爆発場所を指定せずに済む爆弾を抱えて、死を覚悟して蛍子ちゃんと決着……」

「うそ、ちょっと、何言ってるのよ、そんな……」

理一との通話はそこでノイズが混ざり、唐突に切断されてしまった。少年は再びツイッターアプリが表示された携帯を無言で見つめた後、腕を下ろす。

「ロケットだ」と和馬が言った。「入夏はロケットの中に居る……！」

「えっええ！　どうするの！　ロケットって、とりあえず屋上に行く!?」と律子。

「落ち着こう！　坂東さんが山荘にいないと証明すれば入夏も死に急ぎはしない！」と巴。

「あ、すみません、メール来たみたいです。携帯とってもらえますか」とましろ。

「わ、ほ、蛍子からだ！　男子棟にいるって！　助けてって！」

「なんでだ！」と和馬が叫んだ。

「と、とにかくまずは蛍子を助けに行かないと！　誰かに見つかったらお終いよ！」

「メールをもらったのに、私は見ての通り全身の筋肉が弛緩《しかん》して動けません！」

ましろが馬の頭をふごふごさせる。

「誰か代わりにお願いします！」

巴が会話を遮った。

「待ってくれ！　両棟は往来できない！　異性往来は入夏に記録をチェックされている！」

「ワタシに任せて下さい！」と和馬が言った。

「ワタシなら越えられます。それに男子棟の構造も大体知ってます。信じて下さい」

「な、なにを………」

「坂東さんは必ずワタシが守ってみせます。だから皆さんはロケットの方に集中して下さい。あれが落ちてきたら、全てが終わりだ。もう暗号は三つ目なんです」

流律子はその美少女の真剣な眼差しを見て、信じても問題無さそうだと判断した。気合いを入れるために水道で顔を洗い、化粧の落ちた少女はとても美しかった。肌が絹のようで、淡く柔らかい髪が露に濡《ぬ》れている。顔というものは何よりも説得力をもたらす。きっとこの子なら蛍子を救ってくれる。そう思って迷いを振り切り、律子は巴と共に階段を駆け上っていった。

◇

望月嗚呼夜は理科室の机上で坂東蛍子と色々な話をした。抹茶味の崇高さとか、銀歯と好感度の相関とか、国語試験は国語力ではなく教師の思想を洞察する力を競う試験であるとか、そういった話だ。ハッキングのように自分の本質に近い話もすることがあった。そんな時は蛍子や第三者に自身の正体を悟られないように、暗号や物語に変換した上で文にした。恐らく蛍子には伝わらなかっただろうが、嗚呼夜はそれでも話しておきたかったのだ。一人の友人として秘密の共有というものを行ってみたかったのである。

望月嗚呼夜はその強大な集中力を御しきれないが故《ゆえ》によく怪我《けが》をする少女だった。並行作業をしていると、どうしても優先順位の低いアクションが疎《おろそ》かになる。彼女は特に手元を怪我することが多く、ハッキングや趣味のベース演奏などに支障を来《きた》すこともしばしばであった。嗚呼夜が怪我で何より恐れたのは、蛍子に正体を突き止められるきっかけになりかねないということだった。蛍子は恐ろしく勘が良かった。指にちょっとした傷を負っただけでも、嗚呼夜の字の中に何かしらの変調を感じ、怪我をしたことを察知した。嗚呼夜は普段通りに字を書いているつもりでも、蛍子だけが分かる直感的な何かがその文字に織り込まれてしまうようだった。嗚呼夜の集中力に比肩《ひけん》するような蛍子のその驚異の直感力に、嗚呼夜は蛍子という人間の人となりを垣間見《かいまみ》ていた。蛍子は普段その超人的才気をセーブしているが、しかし嗚呼夜と同様、常識外れの能力は時にどうしても堪《こら》えようがなく噴出してしまう。抑圧と暴走の過程を経た結果、彼女は思考や行動のプロセスのサイズを最小化することで日常生活に適応し、折衷的に直感が磨かれたのではないか。嗚呼夜はそう解釈していた。そう解釈することで共感を強めたかったのかもしれない。

少女は三つ目の暗号を思いつかなかった。だから思いのままに書いた言葉を暗号に見立てることにした。肝心なのはいつだって「如何《いか》に紛れ込み溶け込むか」だ。

『私は誰もを見ていて、誰もが私を見ているが、誰も私を見ていないし、私も誰も見えない。私は幾らでもいるけど、本当の私は一人だ。本当の私とは誰だ。誰とも思えない。

本当の私は何処だ』

さあ、思い出話はここまでだ。話は佳境に差し掛かっている。

◆

それは初め、一粒の星の砂に過ぎなかった。晴れた夜空の金星のようなその星は次第に明滅をハッキリさせると、体長を伸ばして印鑑のような形状になった。空飛ぶ印鑑は赤い朱肉の炎を纏い、人々が目を凝らさずとも目視出来る程にみるみる巨大になっていく。地中から砂が掘り起こされるのを聴くような、くぐもった轟音《ごうおん》の原因も、その頃には誰もが理解していた。流律子はそんな夜空を観測していた。

律子は望遠鏡から目を離した。彼女は女子棟最上階の天文台で途方に暮れていた。ロケット落下を阻止する上で必要なことは、その手段の確立だ。物理的にしろ、あるいはプログラムによる軌道修正にしろ、ロケットの正しい現状をいち早く認識することが大事だと考え、天文台にやって来たのである。

目視の結果、律子は何をすればいいのか更に分からなくなっていた。相対する敵のスケールがあまりに大きすぎる。委員会代表会議とはわけが違うのだ。ロケットには話し合いなど通じないし、手を出そうものなら腕ごと持っていかれてしまうだろう。

〃もしもーし、委員長殿〃

「だ、大城川原さん！　どうだった！」

律子は今クマと通話が繋がった携帯を耳に当てている。どうやらクマは巴の知人だったらしく、彼女が電話番号を教えてくれたのだ。

〃やっぱ目視出来る範囲には生体反応はないっすねぇ。ていうかどうせ落ちるんだし修正作業を止《や》めて船内探索してもいいっすよ〃

「だ、駄目よ！」と律子は慌てた。「少しでも落下を遅らせなさい！」

〃あ、そういえば、ちょい前から落下速度が勝手に弱まったんすよね。なんでだろ〃

全然弱まってるようには見えないんだけど、と律子が頭上を見上げた。印鑑は造りの精巧さを徐々に現し、それがロケットだという事実を見る者に突きつけ始めている。今世間はどんな状態なのだろう。麓《ふもと》の町では大パニックなのだろうか。少女は一昨年《おととし》に海外で起きた隕石《いんせき》落下の被害を思い出していた。あの時はたしか四千の建物が壊れ、三十億円の被害が出た。私はその時お弁当のウィンナーを食べてた。今はウィンナーを食べてる余裕はなさそうだし、もしかしたらこの先も永劫《えいごう》なくなるかもしれない。

（どうして……どうして入夏から何の催促もこないの……彼女は蛍子と対決したいはずなのに……ロケットが落ちたら対決も何もないじゃない……）

「ただいま」

扉を開き、枇々木巴が入室してくる。彼女は一旦《いったん》律子と別れ、女子棟にある放送室の確認に向かっていた。もしかしたらそこに入夏の痕跡《こんせき》や、事態を好転させる手がかりがあるかもしれないと思ったからだ。

「やはりというべきか、放送室は無人だったよ。埃《ほこり》がうっすら被っていて、特に操作された痕《あと》もない。入夏は別の手段で放送を流してるんだろうね」

何とかしなきゃ、と律子は思った。あのロケットを何とか出来れば、全てが解決する。爆弾はロケット、入夏もロケット、暗号もロケットなんだ。あれが最後なんだ。だから何としてもロケットを止めて、この馬鹿げたゲームを全部終わらせないと。

しかし物理的に破壊しても、この距離じゃロケットの残骸《ざんがい》による被害は防げない。落下地点を弄《いじ》るという案も、クマ曰く出来ないらしい。つまり、実質ロケットを止める方法は残されていないのだ。

「ハッカーってサイテー」と律子が下唇を噛《か》んだ。

「まったくだ」と巴が言った。

ロケットを止める方法はない。だったらロケットから逃れる方法を考えるしかない。

「ふぅ、何とか撒《ま》けたな」

和馬は卓球台の下から匍匐《ほふく》前進で這《は》いだし、静かに立ち上がった。この数ヶ月を経て、彼のスニーキング能力は既に一介の高校生のレベルを越えていた。

川内和馬は男子棟に侵入すると、男子の目をかい潜《くぐ》りながら客室を虱潰《しらみつぶ》しに探し、程なくして坂東蛍子と合流した。その後の時間は和馬にとって至福の一時であった。蛍子と手を繋ぎ、二人で男子棟を隠れ彷徨《さまよ》うその状況は、主観的に見てお忍びデートに他ならなかった。別れる前に自分の頬に置かれた蛍子の手を、彼は思い出す。柔らかい手の腹の肉と、顔にゆらりと線を引く細い指。優しく澄んだ艶《つや》やかな瞳。やっぱり坂東さんは最高だ、と和馬は顔を赤くして拳を握った。

「坂東さん、無事に逃げられたかな……」

和馬は適当な客室に入るとウィッグを外し、茉莉花の制服を脱いで、綺麗《きれい》に折りたたんだ。代わりに手近な男子のジャージを借用し、すっかり男の格好に戻る。制服とカツラをビニールに詰めながら、もし坂東さんが構ってくれるなら、たまの女装もありなのでは、と彼は思った。その影響かどうかは分からないが、和馬はこの後も女装の機会に恵まれる人生を送る。九年後にネグリジェ一枚とドンペリ一本でシチリア島を震撼《しんかん》させる「牝馬《カヴァッラ》」の異名を持った女暗殺者の伝説は、またの機会に話そう。

坂東蛍子は体育倉庫で寝そべるのが好きだった。ここは人目につかないから自由な振る舞いが出来るし、運動部の備品には秘密基地のようなワクワクが秘められている。特に夏場はすべすべの床がひんやりと全身を癒《い》やしてくれる最高の休憩場所だ。脱出禁止を言い渡された時は内心で気分を害していた蛍子だったが、体育倉庫で待機する分には特に文句はなかったのである。

倉庫と隣接する室内運動場は、どうやら男子の集団行動の連絡所のような役割を果たしているらしく、時折男子がやって来ては、鉢合わせた相手と情報の交換を行っていた。情報というのは、もちろん坂東蛍子の捜索状況に関する情報だ。理由は不明だったが、どうやら自分が男子棟に紛れ込んだことに彼らは気づいているみたいだ、と蛍子は顔を赤くした。幸い痴女扱いはされずに済んでいるようだが、何らかの理由で息巻いている少年達の表情は、彼女が接触する気力を奪うに充分な気迫を持っていた。彼らは文字通り命がけで蛍子を探しているように見えた。

倉庫の暗がりで膝《ひざ》を抱え、どうして私を、と蛍子は考えてみた。私が遅刻してきたことが問題になってる？　授業量についていけず私の頭脳を頼ろうとしてる？　あるいは皆して私に告白しようとしてるのかも。その可能性が一番高い気がする。

気になるといえば、山荘にやって来た時に感じた焦げ臭《こ》いにおいだ。あるいは謎の美少女が「外が危ない」と言った理由だった。もしかして今、山荘の外には熊《くま》が出ていたりするのかもしれない。男子達はそのことを知らないであろう私に、それを教えようとしているのかも。

それだ、と蛍子は思った。間違いない。熊注意報だ。焦げ臭かったのは猟銃の硝煙のにおいだ。坂東蛍子は自身の頭脳に動揺を禁じ得なかった。なんて恐ろしい脳を持って生まれてしまったんだ。きっとホームズもこんな気持ちだったに違いない。

「私、天才じゃん……」

〃おい、まだ見つからないのか〃

突如運動場に木霊《こだま》した不気味な声に蛍子は震えた。上擦り気味の声高の機械音声だった。倉庫の扉を僅《わず》かに開き、運動場を確認すると、男子達が館内放送用のスピーカーを見上げているのが見て取れた。

「まだだ。もう少し待ってくれ」

男子の一人が声を張った。

〃残念ながら待つことは出来ない。次の爆弾は時限式でね。しかも大規模だ。ぼさっとしていると坂東ごとお前たちは死ぬことになる〃

蛍子は出来うる限りの速さで脳を回転させていた。あまりにも予測と違う会話が唐突に始まったため、彼女はついていくのに必死だった。

爆弾？　死ぬ？　私ごと？

「坂東さんごとって、お前は坂東さんを捕まえたかったんじゃなかったのか！」

〃対話がしたかっただけだよ。過程はどうあれ殺すことに変わりはないのだし、過程で脱落するというならその程度の相手だったと諦《あきら》めるさ。不戦勝でも構わない〟

これだけ聞けば、蛍子にとってはもう充分であった。

(主役を差し置いて、随分楽しそうなことしてるじゃないの)

運動場から射《さ》し込んでくる光に目を細めながら、彼女は新たに定めた、脱出より余程痛快な目標を達成すべく携帯電話を操作する。坂東蛍子は自分のことを天才だと思っていたが、事実紛れもなく天才だった。

電話が繫がったのを確認し、蛍子が第一声を発した。

「ココアシガレット、あれ最低ね。酷い味だったわ」


誠に心苦しいのだが、桐ケ谷茉莉花の現在をスローモーション映像でお伝えしなければならない。思春期の少女にとっては恥辱この上ない描写であることは避けられないが、彼女にはその鍛え抜かれた鉄の心で我慢していただくほかない。

まず特筆すべきは頰の肉である。氷のように澄んでいて、つまむと饅頭《まんじゆう》のように柔らかいその頰は、前方から吹き荒《すさ》ぶ凄《すさ》まじい風圧によってごちゃごちゃと歪《ゆが》み、練り始めたパン生地みたいに伸び広がり波打っている。顔に容赦なく叩《たた》きつけられる風は彼女の眼球も構わず攻撃したが、茉莉花はスタートの時点で目を瞑《つむ》ることをしなかったため、目蓋《まぶた》を閉じることも出来ず、爛々《らんらん》と輝く満月のように眼球を真円に近づけていた。涙が勝手に湧《わ》き出たが、そうでなくとも茉莉花は泣きたい気分であった。彼女はままならない呼吸を何とか試みようと無我夢中だった。時折我に返って真顔になったり、慈悲深い気持ちになったりした。そして考えが一周する度に、必ず剣臓をぶん殴ろうと心に強く誓いを立てた。

（マジで覚えてやがれよ）

しかし、やることは行けば分かると言っていたけど、と茉莉花は死線を彷徨いながら考える。いったい山荘で何が起きてるってんだ。

山荘を取り巻く話題は爆弾からロケットにすっかり移っていた。流行《はや》り廃《すた》りの速度はさすが若者達といったところだろう。高校生はいつの時代も最高にナウなのである。殆《ほとん》どの生徒は品行方正の化学教師・財部《たからべ》花梨《かりん》や、気立ての良い生徒会副会長・福地《ふくち》刃《やいば》の指揮の下、山荘から一か八かの脱出を試みるべく東西南北の出入り口に分散し、合図と共に一斉に逃走しようと画策していた。その他にも少数であるが、スチール棚をかき集めてシェルターを作ろうとする者や、皆で輪を作り神に祈りを捧《ささ》げる者など、各々が各々の信念に従い最後の瞬間に向け準備を始めていた。

そんな中で、流律子と枇々木巴も独自の抵抗を続けていた。

（痛っ……また指切った）

彼女たちは今、爆破された別棟の上に来ていた。若木の枝のように細い腕で、撒き散らされた瓦礫《がれき》を必死にどけている。

「たしかに、別棟の上なら山荘の外に出たことにはならないみたいだね」

隣で汗を垂らしている巴が言った。

「ええ。爆破後だし、特に監視もされてないみたい」

律子はロケットを止めるのを諦めた。そこで今度は、ロケットから逃れる方法を考え始めた。しかし彼女たちはこの山荘を出ることは出来ない。

そこで苦肉の策として少女は山荘内で避難出来そうな場所を探した。ロケットが落下してくるのだ、地上の山荘は跡形もないだろう。だったら地下だ、と少女は足下の瓦礫の奥底を睨《にら》む。女子棟側にある地下室は、裏手の別棟下のワインセラーが唯一のものだ。ここの中ならば、ロケット落下の衝撃にも堪えられるかもしれない。

「はぁ……はぁ……」

しかしワインセラーの規模を考えると、たとえ女子だけだとしても全員を収容することはできない。それでも誰一人助けられないよりマシのはずだ。律子はそう考え、心を凍らせて、手隙《てすき》の生徒達を連れて別棟の残骸を掘り返しにやって来たのである。

「う……っ」

結論から言って、進行状況は芳《かんば》しくなかった。男手があったら違ったかもしれないが、こういったアウトドアな経験が乏しい女子が幾ら集まっても、危険が剝《む》き出したガラクタの山を素手で掻《か》き回し、底にあるワインセラーの扉を探り当てるにはあまりに時間が足りなかった。ロケットはもう目前に迫り、その炎で満天の星を更に華やかに彩《いろど》っている。女生徒たちはその光景を見上げた順に諦念《ていねん》し、地に伏せ、泣き崩れていった。

「流さん、もう……」

「つ……はぁ……まだ……まだです……」

絶望の中、律子は一人手を動かし続けた。彼女は責任感に突き動かされていた。自分が声をかけ巻き込んだ、背後にいる生徒達だけでも助けなければならない。それだけを頼りにひたすら瓦礫を引っ掻いていた。土壇場で発揮されるのはいつだって心に根ざし自分を束縛する信念に他ならない。個性こそ最後の友なのである。

（まだ何か……出来ることはあるはず……）

指先を真っ赤にしながら絶えず頭を回していた律子は、やがて最善策を見出《みいだ》すと手を止め、顔を上げた。ロケットをじっと見つめる。

「…………」

どの道あのロケットを止めないと全員助からないんだ。結局ロケットを止める以外に助かる術《すべ》なんてない。律子は決意の目でロケットの方へ歩み出た。震える足を鼓舞して直立する。やれることと言ったら、と律子は思った。もうこれぐらいしかない。私が物理的に盾になって、コンマ一秒でも皆が逃げる時間を作るしかない。そう考えた後、少女は突然自分の間抜けな考えがおかしくなって笑いだし、ふっと脱力して膝から床に崩れ落ちた。責任という信念で保っていたメッキがバラバラと剝《は》がれ、力を失っていく。

「勘弁してよ………私、こういうキャラじゃないんだから……」

流律子は涙を流して震えた。彼女は何でも一人でこなそうとする頑固者だが、根は弱く恐《こわ》がりな少女だった。全《すべ》てを才気で凌駕《りょうが》したり、暴力でねじ伏せたり出来るようなタイプではないのである。どんなに立派な志を持とうが、彼女は悲しいほどに普通の少女だった。だからこそ自分が如何に無力かも痛いほど理解していた。

もう私には、何も出来ない。

「君は皆を連れて逃げてくれ」

律子の前に歩み出て、その体でロケットを隠したのは枇々木巴だった。彼女は背中を向けたまま、普段通りの調子で指示を繰り返す。

「いいね、君たち。今から私のすることの邪魔になるから、ちゃんと流さんの指示を聞いて、財部先生たちと合流するんだ」

彼女の言葉を聞き、律子が慌《あわ》てて巴に嚙みついた。

「待って下さい、どうして書記長が残らないといけないんですか！　一緒に……」

「どちらか残らないと彼女たちは納得しないだろう。それに」

巴はふっと笑った。

「私はここを去れない理由がある」

流律子は彼女の背中を見上げていた。なんでこの人はこう格好つけるんだ。そんな背ばかり見せるから、女子からの誤解が多いんじゃないか。

「な、流さん……？」

律子は巴の横に並び立つと、震える手で巴の手を握った。

「命令違反のお叱《しか》りは次の会議で受けます」

「……参ったな」

背後に集った女子たちに見守られながら、律子は巴と上空を見上げた。夜空を流れる印鑑はもうすっかりロケットの形だった。距離が近くなればなるほど、その勢いも恐ろしさも増していった。あと何秒でここに落ちてくるのだろう。十秒もかからないだろうか。九、八……少女は数字を数えながら、瞳に映る光を「綺麗だな」と眺めた。

東の空に小さな流れ星が閃《ひらめ》いた。いや、違う、と律子は目を見開く。流れ星は真《ま》っ直《す》ぐ横に走った後で上にのぼっていったりしない。人工的な何かだ。突如やって来た小さな豆粒は上空を突っ切ってロケットの方まで一瞬で飛んでいくと、迫る鼻先に勢いよくぶつかった。どうやらロケットを押さえ込もうとしているらしい。それは律子が考えもしなかった、第四の選択肢だった。流星に律子は目を凝らす。

星の正体は桐ヶ谷茉莉花だった。

流律子はビックリした後、映画を見たような感動で肺に息を溜《た》め、そして我に返って思い切り二酸化炭素を吐き出した。

「いや、それは無理でしょ⁉」

◆

アレか、と茉莉花は思った。つまり大人達はアレを私に何とかしろっつってんだな。無茶苦茶な要求にも程があるだろ。これだから大人は嫌いなんだ。

桐ヶ谷茉莉花は強化装甲「TK－M03」を身に纏い、バックパックからジェット噴射しながら空を高速で飛行してきた。装甲の構造上あまりに滑稽《こっけい》な姿で飛行せざるを得なかったため、そのシーンを描写することは避けるが——飛行描写は避けたはずだ——彼女は銃弾に近い速度で飛行し山荘まで来たことになる。少女はその僅かな間で何とか姿勢制御を覚えると、目的地の山荘を通過し、迫る火の塊に向かって上昇を始めた。

「うぉおおらあああ！」

ロケットと思われるその落下物の鼻先に真っ直ぐ突進すると、妙に分厚いのが気になっていたグローブを広げて両腕を曲げ、激突の瞬間張り手の要領で思い切り掌《てのひら》を押し上げた。ロケットとぶつかった強化アームは物凄《ものすご》い音を周囲に響かせた。本来ならこの時点で茉莉花の腕は潰れ、反動で後方へ骨ごと吹き飛んでいるところだったが、剣臓の開発した装甲の補助によって筋肉の負傷もなく済んでいた。しかし真に恐るべきは宇宙航空技術でも天才の技術革新でもなく、装甲自身の反動に耐えた彼女の筋力でもなく、情報もなしに躊躇《ちゅうちょ》なく火の玉に突っ込んだ桐ヶ谷茉莉花という人間の精神に他なるまい。

「ぐ、おおお、重てぇ……！」

茉莉花とぶつかった衝撃でロケットは一旦停止したように思われた。しかしそれは錯覚に過ぎず、鉄塊は茉莉花を下に据えたまま再び下降を始めてしまう。少女は何とか押し返そうと努力したが、足場がないため踏ん張ることが出来ない。押し返す力は全て背負ったジェットの噴射だよりであったため、力の込めようがないのだ。彼女が背負わされたこのバックパックは、彼女の前に立ち塞《ふさ》がるロケット「サマータイム」に搭載されたエンジンの小型化を目指して作られたもので、「空飛ぶ魔法のアイテム」シリーズの一つである。その名も「空飛ぶリュックサック」だ（ネーミング・センスの苦情は剣臓に直接送って頂きたい。空飛ぶマシンは全部こんな具合なので以降表記は省く）。

「クソ、なんでアイツら逃げねぇんだ……！」

茉莉花は自分の足下にどれだけの人が残っているんだろう、と想像した。山荘の皆はロケット落下には気づいていたはずだ。だったら瓦礫の上の見物組以外はもう避難が終わっているんだろうか。それともまだかなり残っているのか。数が少ないなら、押し返すことは諦め、減速に集中し避難を待って離脱、という手もありなんじゃないか。茉莉花は色々なことを考えようとした。考えようとして、結局考えるのは諦めた。向いてねぇ、とすっぱり諦め、頭を回す分に失われる糖分を筋肉に回し、あらん限りの力を両腕に込めた。考えることは時に正しいが時に愚かしい。彼女はそれを体現していた。

「やべ、腕が……」

茉莉花は悲鳴を上げる上腕二頭筋から目を背けるため、嫌いな奴《やつ》を頭の中で数えていくことにした。幸い嫌いな奴は沢山いる。

「よし、さすがに誰もいないな……」

川内和馬が入った部屋は、大風呂《おおぶろ》へと続く脱衣所であった。大風呂は露天も併設されており、男子棟から渡り廊下を進んだ別棟にある。

自腹で買わされた女物の下着がどうにも好ましくない穿《は》き心地なので穿き替えたくて仕方なかったのだが、誰かがやって来るかもしれない場所で穿き替えるのも何となく気恥ずかしくて、彼は一人になれる場所をずっと探していた。当初はトイレを探していたのだが、その道中でここを見つけ飛び込んだわけである。

「さて」

脱いだそれをビニール袋の奥に念入りに隠して、和馬は上から下まですっかり男装に戻り、横長の鏡の前でようやくの一息を吐《つ》いた。少年はこれからすべきことを整理しようとした。坂東蛍子がどうなったか、ロケットがどうなったか、入夏今朝がどうなったか……確認事項の多さに思わずもう一度息を吐く。肺の中はすっかり空っぽだ。

ふと少年は鏡の一点に目を留めた。ちょうど後方にマッサージ機があることに気づいたのだ。ちょうどいい、と疲労で今にも閉じようとする目をこすり、和馬はマッサージ機を目指してふらふらと進み始めた。座りながら考えよう。今日の俺はとても頑張った。女装をし、自尊心をめちゃくちゃにされながらも精一杯立ち回った。これぐらいの休憩時間はあってもいいはずだ。

「ふぅ……さて、どのモードにするかな」

和馬がマッサージ機の操作に手間取っているので、この辺りで余談を挟もうと思う。この世界には剣臓という天才的な頭脳を持った技術者がいる。彼は本職の傍ら、面白そうな話を持ちかけられるとその手伝いをしたりもしている気紛《きまぐ》れで酔狂な道楽人である。

「とりあえず全身で良いか。肩と、腰と……」

彼は数年前、ネット上である依頼を受けた。都心でロケット開発をしたいので協力してくれという依頼だ。実に面白そうだと思った剣臓はこれを快諾、仕事の合間に依頼主と面会する。依頼主はなんと年端《としは》もいかぬ少女だった。

「ん、頭のカバーがないと首を痛めるかもしれません……これでいいのか？」

少女は入夏今朝と名乗った。彼女はとても頭が良かった。剣臓は少女の技術習得を教育者に近い立ち位置で支援し、並行して共に依頼をこなしていく。都心でロケット開発という無理難題に立ち向かう過程で、彼は様々な実験的装置を生み出していった。

「座席カバー？　あ、スチームでリラックス的な？　凄いなこれ」

この件に関しては剣臓より入夏の方が詳しい。剣臓は作る過程が何より楽しく、完成したものには興味が失《う》せるからだ。それが成功作だろうと失敗作だろうと、後の処遇を気に留めることはないのである。研究室に放置され、生物の歩行スペースをどんどん剝《はく》奪《だつ》していく装置の山に困った入夏は、仕方なく自分の家電屋に卸したり、あるいは物好き向けにネットオークションで販売することにした。オークションに出品すると、あまりの奇抜さに受取主が腹を立てることも多く、近頃は返品不可の文字を色つきで大きく掲載することにしている。特にマッサージ機シリーズは特殊なものが多く、入夏は処分に頭を悩ませたものだった。例えばお菓子のマッサージ機は「シロップボタン」があり、押すと背中のビスケットの隙間から選択した味付けが染《し》み出す仕組みだった。

「BGM選択って。しかもなんでデフォルトが『ランナーズ・ハイ』なんだ」

さて、二年前のことである。成見財閥の会長が老齢による腰痛を訴え、自身に合うマッサージ機を探すべくありとあらゆるマッサージ機を買い付けさせた。高級ブランドが集う中、氏が気に入ったのは無名のマッサージ機であった。彼はそのマッサージ機を愛用し、別荘に持ち込んだ。一年後、成見氏は惜しくもこの世を去ることになる。

「よし、これで全部だな。スイッチ、オン……んあ？　強弱選択？」

死後、彼の財産の多くはある理由で政府に接収された。和馬がいるこの山荘も元は彼の別荘なのである。調度品は売りに出されたものも多かったが、金銭的価値の低そうなものはなるべく当時の形で残され、彼の愛用したマッサージ機もそのままの所に置いてある。そのままの所とは、風呂上がりに最高の時間を与えてくれる脱衣所だ。

「そりゃもちろん、最強でしょう」

成見老人はもちろん、最弱でのみ使用していた。

「ふあ！」

マッサージ機はスタートの合図と同時に深い唸《うな》り声を上げ、前触れなく三十センチ程浮上し、そして壁に向かって吹っ飛んだ。


律子は目を見張った。男子棟のある西の空から謎《なぞ》の物体がソニックブームを形成しながら夜空を駆け上っていく。尻《しり》から火を噴きながら、レースカーのような咆哮《ほうこう》を轟《とどろ》かせ、目にも留まらぬ速さで上昇すると、茉莉花が押し負けているロケットに突っ込んだ。

「な、なんなの………」

流律子は唖然《あぜん》と空を見ていた。スーパーマンとマッサージ機がロケットを押し留めている光景は実に神々《こうごう》しく、まったく意味不明だった。大地を焼き尽くすために落下していたロケットは、しかし空中で完全に停止している。東西から飛んできた二つの星がサマータイムの自由落下に打ち勝ったのだ。あんなに恐ろしげな表情で地面を目指していたロケットの鼻先は、今では焦げたコッペパンのように愛らしく見えた。

「はは……意味分かんない……」

写真のように静止していたロケットは徐々に高度を下げ始め、律子達がいる別棟の近くに近づいてきた。どうやらここに下ろすつもりらしい。その鉄塊の鼻先にひっつき、シャボン玉のようにゆっくり寄ってくる二つの塊も、距離を詰めるにつれその形を明かし始めた。一方はやはり桐ケ谷茉莉花だった。アメコミのヒーローのように背中から火を噴き両手でロケットを支えている。本人は難しい顔をして頰を赤くしている。恥ずかしいのだろう、と律子は思った。当然ね。年頃の女子としてはスーパーマン役は恥ずかしすぎる。マッサージ機の方にはどうやら誰か人が乗っているようだ。マッサージをしながら片手間にロケットを止めたのだろうか。007も真っ青な肝の据わり方だ。

二人の力により、ロケットが別棟の隣に無事着陸した。律子は自分の頰をつねった。どうやら夢ではないらしい。

ロケットは鎮火が済み、焼きイモのようである。爆弾でも積まれていれば別だろうが、外見を見る限りでは危機は去ったように感じられる。律子は巴を伴い、急いでそれに駆け寄った。茉莉花は肩を解《ほぐ》すような動きを見せると、不思議な鎧《よろい》を身に纏《まと》ったまま、地面の感触を大切に味わうようにガシャンガシャンと足を踏みならした。

「おう、おめぇら」

茉莉花が近づいてきた律子たちを見つけて言った。

「訊《き》きたいことが山ほどあるんだけどよ」

「それはこっちの台詞《せりふ》よ！」

マッサージ機に座っている男は白目を剥いている。この危機を眠ったままやり過ごすとは、やはり末恐ろしい男子である。律子はその少年の顔に見覚えがある気がした。最近会ったような気がするんだけど、いったい誰だったかな……。

「話は後にしよう。見て。扉が開くよ」

枇々木巴がロケットの方を指差し、全員の視線が一点に集まった。扉はギシギシと軋《きし》みながらも少しずつ押し上がり、最後にガタンと大きな音をさせて開け放たれた。中では凄まじい量の煙が立ち上っている。律子はその灰色の中に確かに動くものを発見し目を凝らした。煙が薄まり、影は徐々に人になり、やがてその素肌と水着姿を露《あら》わにする。

「だはーっ茉莉花っちマジ感謝！　カズマックスもな！」

現れたのは大城川原クマだった。ゲホゲホと咽《む》せながらも笑顔で茉莉花に手を振っている。クマは煤《すす》けており、体中に薄く傷跡が見えたが、しかし痛手はなく至って元気そうである。

茉莉花が目を丸くしてクマを指差す。「なんでお前が乗ってんだ」

「ていうか、どうして水着なのよ」

「君が入夏今朝かい」

巴の言葉に律子は息をのむ。そうだ。私たちはロケットに入夏が乗っていると結論づけたんだった――。

「いりかけさ……」

クマが何か重要な文章を読み上げるかのように名前を復唱し、顔を上げた。

「誰っすかそれ」

「まぁ、そうだよね」と巴が笑う。「水着姿の意味が分からないし」

律子がひとまず胸を撫《な》でおろす。

「だからこれは……あ、皆が探せ探せってうるさかった同乗者のことっすか？　いや、さっき着陸してからちょろっと船内見回ったんすけど、ノーピーポーだったっすよ」

「そ、そんなはずないわ！」

律子がロケットの中に飛び込んでいく。彼女を見送りながらクマはスマートフォンを操作し、ツイッターに「生還なう」と投稿する。

「ここ意外に電波通ってるっすね」

「おや、入夏が電波妨害しているはずじゃ……」

「へ？　でも私ら、ロケットに乗ってる時から電話で遣《や》り取りしてたじゃないっすか」

「言われてみれば、そうだね」

「この屋敷の文明レベルを地球の技術レベルでカバーすんなら、どっかにアンテナ一本立てれば充分電波妨害出来るんで、誰かがそれをポッキリやったんじゃないっすかね」

「だめ！　ホントにいない！」

律子が頰に煤をつけながらロケットから顔を出した。

「無人よ！」

律子は再び混乱した。彼女たちはロケットさえ止まれば全てが終わると思っていた。ロケット自体が最後の爆弾と考えていたし、そこに入夏が乗っていると信じて今まで行動していたのだ。私たちの推理は間違っていたの、と少女が背中に冷たい汗を這わせる。入夏は今も何処《どこ》かで健在で、第三の爆弾も別にあるって言うの。

川内和馬が朧《おぼろげ》気な意識を取り戻し、痛む首に手を当てて起き上がった。彼の視界に飛び込んだのは、携帯電話を耳に当てる桐ヶ谷茉莉花だった。誰かから着信があったらしい。少女ははじめ電話の相手に攻撃的な対応をしていたが、やがてトーンを落とし、冷静に応対を済ませた。電話をしまう茉莉花に、和馬が声をかける。

「何の電話？」

少女が肩を竦《すく》め、近くの木片を蹴《け》った。

「喧嘩《けんか》を売られただけだ」

◆

坂東蛍子は体育倉庫の両扉を思い切り開け放ち、力強く室内運動場に踏み入った。運動場は静かだった。先程の振動を気にして、男子生徒は全員屋上に向かったようである。もし生徒が残っていたならば、突然現れた彼女に腰を抜かしたことだろう。

そう入夏は考えた。モニターに突如映り込み、堂々たる振る舞いを見せる蛍子は引き潮の喧噪《けんそう》を吸い込んで巨大化した津波のように唐突で、恐ろしく、神秘的であった。

〝出てきなさい、ロボ……ロバ………………ロボ子〟

蛍子は極めて適当な名づけと同時に、舞台袖《そで》の隠しカメラの方を真っ直ぐ見据えた。

「どうしてカメラの位置が分かった」

〝音がしたから〟

音？　と入夏は眉《まゆ》を曲げる。この喧噪の中ビデオカメラの僅かな駆動音を聞き分けたというのか。ロボとぬかすコイツの方が余程人間離れしているじゃないか。入夏は反対側の舞台袖に仕掛けておいたパチンコマシンを起動させ、金属の玉を蛍子に向かって弾《はじ》き飛ばした。玉は目では追えない速度で少女の顔目掛けて飛んでいったが、坂東蛍子はそちらを見もせずに首を倒し、パチンコ玉を躱《かわ》した。

〝何？ 喧嘩売ってんの？〟

「いや、カメラハッキングとか、ホログラフとか、師匠が使いそうな技術を考慮して本物かテストしただけだ。どうやら本当に本人のようだな」

入夏が山荘乗っ取り報復ゲームを計画した際に最も警戒したのは、師である剣臓だった。少女は剣臓が弟子の不始末を放っておくような人間ではないことを熟知していた。あの男は必ず何らかの形で妨害に来る。そう思った入夏が目をつけたのが、バベルから打ち上げられた夢の残骸だった。彼女はロケットにこの山荘に落ちるよう管理者権限で指令を出していた。勿論《もちろん》本当に落ちてきたら計画は全て台無しになるが、そんなことは剣臓が持つ人型ロボット「TK‐M」の飛行能力と馬力がある限り起こり得ない。サマータイム・デトネーションはあくまで天才博士と万能ロボットの目をそちらに逸《そ》らすための罠《わな》に過ぎない。彼女が仕掛けた第三の爆弾を確実に成功させるための、壮大な仕掛けに過ぎないのだ。

作戦は成功した。その証《あかし》に今、私と坂東がカメラ越しに一対一で向き合っている。

ここからが本番だ。

「数日ぶりね。改めてこんにちは、雪ちゃん。望月鳴呼夜です」

〝アーヤ!?〟

坂東蛍子はモニターの向こうで一驚してみせた。実に良い反応である。しかしそれぐらい驚いてもらわねば困る、と入夏は顔を歪めた。

「そうだ、鳴呼夜だ。お前に夢を潰された鳴呼夜だよ。たった数時間の内に、生涯を賭《と》して積み上げてきたもの全てを滅茶苦茶《めちゃくちゃ》にされた望月鳴呼夜だ！」

入夏は自分でも気づかない内に大きな声を出していた。普段は容易に押し殺せるような感情までもが外に流れ、暴力的な形を成していく。蛍子は気圧《けお》されたのかただ目を丸くしている。

「空の彼方《かなた》へ消えていくロケットを見送ったあの日の夜、私に訪れたのは止め処《とど》ない自己嫌悪《けんお》だった。どうしてお前を止めなかったのか、そればかりが頭の中でグルグル回っていたよ。なぁ、何故《なぜ》止めなかったか分かるか？　止めるってことはな、お前を殺すってことだからだ。お前を殺すことで『グッド・ラック』を強制的に終わらせる以外に、本来あの場に正答はなかった！　それを私は、つまらない情に流されて……クソ！」

入夏が机に手の腹を打ち付ける。

「私にとって夢は何より大切だった！　友や家族より大切なものだ！　何故なら夢は自分自身だったからだ！　お前が消し去り、今落ちたあのロケットは、私自身だった」

お前は私を殺したんだ、と入夏が低い声を絞り出した。お前が私を殺した。
〃そんなの……知らないわ〃
「ハッ、それはそうだろうな。私の思いを知っていたら、お前は私の代わりに素直に死んでくれていただろうよ」
〃そうじゃなくて、貴方《あなた》のこと知らないって言ってるの〃
「なんだと！　今なんて言った！　この期《ご》に及んでお前は、ぐ、うう……ッ!!」
入夏今朝は激情が極まって、一旦マイクをミュートにした。頭の箱型液晶を外し、鼻をチンしてから被《かぶ》り直す。落ち着け、入夏。何を激昂《げっこう》しているんだ。感情に飲まれるな。本来の目的を思い出せ。少女は三度の深呼吸を経て、ようやくマイクをつけ直す。
「もういい。全ては終わったことだ。入夏今朝は死んだ。だから私はもう望月鳴呼夜でしかない。私がこの場にいるのは、望月鳴呼夜としての役割を全うするためなんだよ」
〃……どういうこと？〃
そういえばこいつは『グッド・ラック』という呪《のろ》いを知らないんだったな、と入夏が思い至る。彼女は腰元の魔法瓶を撫でていた。入夏は今となってはそれが剣臓の作った「魔法魔法瓶」であることに気づいていた。そうでなければ人がロケット噴射になど耐えようがない。しかし魔法瓶は機械仕掛け。穴が開いてはもう修理のしようもない。そんなガラクタをどうして彼女が提げているのか、入夏にはさっぱり理解不能だった。

「きっと理解は出来まいが、この国では誰にでも知る権利があるからな。教えてやろう。お前は今日死ぬんだ。バベルで死に損ねた分をここで清算するんだよ」

予想通り坂東蛍子は悩むように眉をハの字に曲げ、首を傾《かし》げた。確かに死ぬと言われてピンと来る日本人はそう多くはないだろう、と入夏が鼻を鳴らす。

〝私、貴方が私に用があると思って出て来たのよね。男子全員脅迫してまで私に話したいことがあるって。で、話をしたい理由が『何らかの形式に則《のっと》って私を殺さなきゃいけないので、私にその説明をする必要があったから』ってところまでは分かった〟

「充分な理解だ」と入夏今朝は感心した。

〝で、結局私と何がしたいわけ〟

「ゲームで私とお前との一騎打ちを行う」

〝良い度胸ね〟

「ゲーム名は『嗚呼夜探しゲーム』だ」

カメラの向こうでビクリとした蛍子を見て、入夏はにやりと笑った。

「そう、お前があの日バベルで行ったゲームだよ！　サマータイムの発射で有耶無耶《うやむや》になってしまったあのゲームを、今日この場で決着させようと言っているんだ。それでようやく依頼は完遂され、『嗚呼夜の呪い』も果たされる」

入夏今朝が望月嗚呼夜を名乗り続けている理由がそこにあった。彼女はバベルでの一件で『サマータイム』という人生を賭《か》けた夢を喪失した。入夏今朝という名前に意味がなくなってしまったのである。自分に意味がない。それは実に空虚なものだ。そこで彼女は、これを機に望月嗚呼夜という名前を新たな自分の拠《よ》り所《どころ》にしようと考えた。要するに、メインハンドルネームを切り替えたのだ。しかし現在、嗚呼夜にとって重要な構成要素である『グッド・ラック』の〝不幸な結末〟が例外を作り崩壊しかけており、嗚呼夜の名も入夏同様、有名無実化しようとしていた。その例外こそが坂東蛍子の生存だ。そこで入夏は再び同じゲームを行い、例外を消し去る腹積もりなのである。

彼女の自我はハンドルネームと共にある。入夏に続き嗚呼夜まで壊されたら、もはや誰でもなくなってしまう。彼女はそれだけは阻止しなければならなかった。

「どうだ。私とお前の話を締め括《くく》るのにこれ以上相応《ふさわ》しいゲームはないだろう」

〝暗号……ゲーム……アーヤを探す……〟

「ゲームである以上はルールがある。私を見つけたらお前の勝ち、見つけられなかったら負け。単純だろう――三つ目の暗号について覚えているか。最後の暗号だ」

〝……いいえ〟

「ならば教えよう。『私は誰もを見ていて、誰もが私を見ているが、誰も私を見ていないし、私も誰も見えない。私は幾らでもいるけど、本当の私は一人だ。本当の私とは誰だ。誰とも思えない。本当の私は何処だ』。この最後の暗号に沿ったゲームを行うわけだが……そうだな。爆弾が何なのか先に話してしまった方が盛り上がるだろう」

入夏は演出のため一拍間を置いた。

「最後の爆弾は気体だ。既に男子棟を満たしている頃合いだな……臭《にお》いで分かるはずだ……そう、ガスだよ。今、男子棟にはガスが充満している。お前が負ければ、その時点でドカンだ。ドアや窓を開こうとしても無駄だぞ。細工済だからな。お前が鍵《かぎ》を開けた山荘入口も再び閉めさせてもらった」

細工に気づかせないため、あるいは冷房が止まっても暫《しばら》く気温の上昇を気取られないように、今日は朝から冷房を全開にして室内を冷やしたのだ。男子共を屋上に誘導したのも勿論意図的だ。今彼らは屋上付近に閉じ込められ、身動き出来なくなっている。

入夏は予《あらかじ》め設置しておいた計測器を使ってガスの濃度を確かめた。大丈夫、問題ない。別棟だけ割合が低いが、本棟の方はしっかりガスで満たされている。

「お前がこの事実を知らせに運動場の外に出たり、ゲームを台無しにする真似《まね》をしようとしたらすぐに火をつけるからな。無論電話も駄目だ」

〝……わかってる。フェアに行きましょう〟

潔《いさぎよ》いな、と箱女が笑う。

〝でも私負ける気ないから、負けた時の話とか心底どうでもいいのよね。本題に戻ってもらっていいかしら〟

「ふん。先も話した通り、ゲームの勝敗条件は私を見つけられるか否《いな》かだ。ここでもう少し条件を明確にしようと思う」

今回のゲームはとてもシンプルなものである。要するに少しスケールの大きな女子高生版かくれんぼ、ＪＫかくれんぼだ。片方のＪＫが隠れて、片方のＪＫが見つける。それだけである。つまり坂東蛍子は望月鳴呼夜の隠れている場所を発見すれば勝ちなのだ。**そう思っているに違いない、**と入夏はほくそ笑んだ。暗号文でいうところの『私は何処だ』こそがこのゲームのルールだと思っているに違いない。そうして坂東はこれから「私は屋敷内にいる」とでも言われて、運動場から身動き出来ない中で潜伏先の特定に頭を悩ませることになると思っているはずだ。**そんな簡単なわけないだろう。**

「『本当の私とは誰だ』。この問いがゲームの全てだ。バベルから続く戦いの全てだ。私が隠すのはいつだって名前だった。だからお前には、私の本当の名前を当ててもらうこ、い、い、い、い、い、い、い、い、い、とにする」

入夏今朝は心の底から愉快だった。

「さあ、ゲームの時間だ！　私は誰だ、坂東！　私の名を言え！　制限時間は百秒だ！」

◆

大勢の人命を背負ったカウントダウンが始まった。限られた残り僅かな時間で蛍子が何らかの決断をするまでの間、彼女の持つ情報を整理してみようと思う。

まず、蛍子がやって来たのは男子棟だった。男子棟は施錠《せじょう》されており、黒髪の童女によって一度解錠された。人気のなかった男子棟は何かの拍子に男子で満たされ、蛍子は逃げ惑うことになる。その道中で蛍子は謎の美少女と出会った。蛍子は彼女から今外に出るのは危険なこと、男子が脅迫された状態にあること、女子棟は既に被害が出ているということを聞かされる。何らかの被害を被《こうむ》ったのは二ヶ所。その中には藤谷ましろが居そうな図書室も含まれていた。美少女は脅迫者を同校の生徒だと考えていた。出欠簿さえ手に入れれば、犯人を絞り込めるかもしれない。

〝九十……八十九……〟

今館内放送にて数を数えている人物がその脅迫者だ。女子はどうだか分からないが、男子はまとめて彼女に脅されている。爆弾が比喩《ひゆ》かどうか蛍子には分からなかったが、たとえ比喩だとしても男子が言うことをきくぐらいの恐ろしいものであることには違いない。蛍子には他にも分からないことが沢山ある。そもそも彼女はこの場に遅れてやってきた。そのため山荘で進行してきた事態を全く体験しておらず、実感というものを持てない立場にある。危機意識という根本的な情報すら欠如しているのだ。この山荘での顚末《てんまつ》が後の将来で手記にでもされたとしたら、坂東蛍子は登場人物中でも保有する情報が少ない上位三名には入るだろう。一番とは言わない。空を飛んできた少女や、気絶した挙句馬の頭を被らされた少女もいる。しかし三本の指には入っても良いはずだ。そんな少女が今、全校生徒の運命を一人で握らされていた。

〝残り六十秒だ。もうじき半分だが、何かアイデアは出たかね〟

あと一分で決める解答如何《いかん》で、蛍子は自分も含め大量の命を奪うことになる。もし川内和馬が彼女の立場だったら膝《ひざ》が震えて立ち上がれなくなっていたかもしれない。枇々木巴なら苦笑し、流律子なら号泣していただろう。

〝三十秒だ！　後がないぞ！〟

坂東蛍子はそのどれとも違った。彼女の表情からは一切の気負いが感じられなかった。気負うどころか、クラゲのように腑《ふ》抜《ぬ》けて見えた。カウントが一桁《けた》に入り、入夏の声も上擦るその状況でもなお変わらない彼女の振る舞いは実に異質で、異常だった。

〝０だ！　さあ、もう考える時間は終わりだ！　答えろ、坂東蛍子！　私は誰だ！〟

蛍子はゆっくり時間をかけてカメラに向き直り、ようやく口を開いた。

「知らないわ」

〝な…………ッ〟

「知らないわよあんたのことなんて。知るわけないし、興味もない」

坂東蛍子はあっけらかんと言った。

〝お前……状況を……理解していないのか……〟

「分かってるわよ。その上で言ってんの」

蛍子は刺すように鋭く言い返した後で、やれやれといった様子で溜息《ためいき》し、肩を竦めた。

「あのね、自分の名前っていうのは〝訊くもの〟じゃなくて〝言うもの〟なのよ」

〝何？〟

「だってそうでしょ。自己主張して、人の目に入り込んで、覚えさせていくものじゃない。挨拶《あいさつ》と同じぐらいありきたりなコミュニケーションの第一声じゃん。そんなことも分からないで生きてきたわけ？　ばかなの？」

〝……言いたいことはそれだけか〟

蛍子が挑発するようにカメラに人差し指を向ける。

「その台詞、反論を言葉に出来ない人が苦し紛れに返す思考放棄の鉄板ネタよ。やっぱりばかなのね。まったく、友達になりたいならそう言えば良いじゃない」

〝な、何故急にそんな話になる！　お前はさっきから何を言っているんだ！〟

蛍子は呆《あき》れ顔で鼻を鳴らした。

「ちまちま隠れて生きてるから自分のことも分からなくなるの。そんなんじゃ誰からも認められないのは当たり前でしょ。匿名性《とくめいせい》とか今時時代遅れなのよ。もっと堂々としてなさい。その辺に突っ立ってるだけでも、皆あんたってアイコンを勝手に覚えてくわよ」

そう言って少女は肩から提げた魔法瓶の底をカメラに向けた。瓶底には太いマジックペンで「坂東蛍子」と書かれている。

〝……そのアイコンが私にとっての望月鳴呼夜だ〟

「それは貴方の名前じゃないでしょ。本名を言いなさいよ。私は坂東蛍子。貴方は？」

〝そんなフリでうっかり本名を言うとでも思ったのか……そうか、時間稼ぎだな。お前、私が山荘の近くにいると考えて、逮捕されるのを待っているんだろう。あるいはガスが老朽化した木造建築の隙間から放出されることに賭けているのか。どちらにしろ楽観が過ぎるな〟

運動場にハッカーの笑い声が響く。蛍子もそれに張り合って大笑いした。

「あーでも良かったわ！　反則負けになったらどうしようかと思ってたけど、私の行動はちゃんとゲームに則ってたみたいだからホッとした！」

〝何の話だ。何を言っている〟

「ヒミツ。そうだ、私からの問題にしましょうか。いったい何の話だと思う？」

〝ふざけるな！　いい加減にその飄々《ひょうひょう》とした態度を改めろ！　スイッチを押すぞ！〟

「押せば？」と蛍子が首を傾げた。「押せるものなら押してみなさいよ」

〝……本気か？〟

「ええ」

〝死ぬぞ〟

「構わないわ」

館内放送は暫くの沈黙を作った。

〝……買い被りだったようだな。お前に執着してしまった自分が恥ずかしい〟

カメラ越しに、ロボ子がじっと此方《こちら》を見ていることを蛍子は肌の粟立《あわだ》ちで察した。それは値踏みするというより、何かを諦める時の最後の一瞥《いちべつ》に近い視線だった。

〝もういい。死ね〟

スピーカーの向こうでキーボードを操作するカタカタという音が響き渡る。二人の遣り取りは終盤から館内放送に切り替わり、山荘中に流れていた。手の届かないところで行われる死の宣告にある者は絶望し、ある者は耳を塞ぎ、ある者は坂東蛍子の振る舞いに口を開けていた。様々な後悔が館を満たし、やがて来る地獄絵図に脅《おび》える。

操作音が終わる。館内が静まりかえった。それは永遠にも思える、終わりの見えない非科学的な静寂だった。

「…………」

静寂を破ったのは爆発音ではなかった。

〝……うわ！　なんだお前！　離せ！〟

スピーカーの向こう側が突如騒がしくなったかと思うと、激しいノイズが混じり、バタバタと物が落ちる音が耳障《みみざわ》りに響いた。入夏の声がどんどん遠のいていく。騒音はやがて静まり、機械音声ではない人間の肉声をマイクに乗せた。

〝おう、坂東、確保したぞ〟

桐ヶ谷茉莉花が不機嫌そうに言った。

「遅い。私に時間稼ぎさせるなんてあんた何様」

〝お前よりは謙虚に生きてるつもりだけどな〟

蛍子がじたばたして茉莉花の暴言に猛省を促す。誰もが現状を正しく理解するのに苦労していた。やがて、蛍子が茉莉花に予め指示し、起爆前に入夏を捕らえたということを理解すると、山荘の全ての命は安堵《あんど》し「ほっ」と息を吐いた。あまりに一斉に「ほっ」を出したものだから、「ほっ」は上空で結合し雲のような一つの塊になって、そのまま大気圏を越え宇宙へ飛び去り、月の周回軌道に乗った。

〝ったく、仕事量を教えてやりてぇよ。事前にあいつらが退《ど》かした分がなかったら間に合わなかったぞ……で、コイツどうすんだ。手足縛っといたが、もう連れ出しちまっていいか〟

待ってくれ、と遠くの方で、茉莉花とは別のくぐもった声が聞こえる。

〝教えろ、坂東！　どうやって私を見つけた！　いや、見つけたとして、どうやって私をこの女に探させた！〟

館内も静まり返り、お告げを待つ信徒のように蛍子の解答に集中する。

「んー、簡単な話よ。一言で言うと……勘？」

〝ふっふざけるな！〟

「だ、だって本当だもん……いいじゃない、合ってたんだし……一応説明するけどさ……」

蛍子は少し動揺しながら指を組み、子犬のような上目遣いで話し始めた。

「まず、外が危ないって話と貴方が繋《つな》がった時、私は、貴方が私たちに外に出られたら困るんだって考えた。山荘から逃げられるのが困るんじゃなくて、自分が見つかるかもしれないから困るんだって思ったの。この時点で貴方の位置は山荘を含めた、せいぜい半径百メートルってとこだろうなと思ったわ。で、貴方の放送、これもヒントになったわね。なんか変にくぐもってて、音の反響の仕方が普通の木造建築のものじゃなかった。もっと硬質なコンクリや劇場みたいな感じの強い響き方だった」

〝確かにこの部屋の壁コンクリだな〟

「水差すなジャス子！」

〝へいへい〟

「……その響きで可能性のある場所はかなり絞られた。で、私は一度見た地図を思い出して候補を検討した。幾つかあったわ。カラオケルーム、ワインセラー、天文台、スタジオ、調理室……」

勿論、入夏今朝が山荘の外にいる可能性もある。そこで蛍子は更に条件を絞った。

「貴方が私に何かしたいってことは倉庫にいた時から知ってた。でも貴方は直接私に近づくつもりはないっぽい。だったら間接的に何かするために、男子棟に罠を仕掛けるはずだって思ったの。その時、男子達が被り物をした不審者を見たって話をしてたのを思い出した。それ、貴方のことでしょ」

〝あー、変な被り物してるわ、こいつ〟

「コホン。とにかく、貴方はこの男子棟にいたはずだと思った。実際に貴方と話したら〝入口を塞ぎ直した〟とか言ってたし、今は確信してるけど、当時はあくまで勘ね。貴方は男子棟にいて、仕掛けを終えると何処かへ行った。でも外には出られない。何故なら『外は危ない』からね。山荘を囲む平地には人の気配はないし、もし外に出たらすぐに見つかっちゃう。だからって男子棟に留まるとも思えない。だって貴方は女の子だから。男子に紛れることなんて出来ない」

そのことを蛍子は身に染みて理解していた。女の子であるという見立てはわざわざ目立つ被り物をしてまで顔を隠していたという目撃証言から推理した。

「ということは行く場所は一つ。貴方は女子棟に向かったの。そこで女子に紛れながら、隠れられる場所を探した。……というより、用意していた隠れ家に潜った」

〝…………〟

「ほら、女子棟は二ヶ所被害にあったって言ってたじゃない？　私はそこで何が起きたか知らないけど、まぁ被害って言うぐらいだから何らかの危険が生まれたことは想像できた。つまり、人払いがされてるってことには気づけたわけ。該当箇所は元使用人用の別棟と図書室。どちらも部屋の構造は他と変わらない木造だけど、別棟には地下があった」

〝そうか〟と茉莉花が声を上げた。〝そこでこのワインセラーってわけか〟

「もう！　ジャス子！　それ一番の決め台詞じゃん！」

〝あ、わりぃ。坂東、いったいそれは何処なんだ〟

もういい、と蛍子がそっぽを向いた。アイツわざと口を挟んでるんじゃないかしら、と蛍子は思った。もちろんわざとである。

喧《やかま》しい二人とは反対に、入夏は絶句していた。**坂東蛍子の推理が、何一つ合っていなかったからだ。**

彼女は今日、バスに乗れなかったことで計画に遅刻することになり、山荘への到着もままならなかった。しかしロケットの燃料切れは自分の到着を待ってはくれないため、蛍子との対決だけは何としても済ますために遠方から何とか館内放送だけハッキングし、ゲームを始めた。爆弾は事前に仕掛けており、最後のガス着火以外全《すべ》て時限式だ。そうでなければ男子が反抗している段階で二つも消費したりしない。

外が危険なのは事実だ。入夏が目で確認出来るからだ。山荘内部にカメラを引くことはシステムが前時代的すぎてどうしても出来なかったが、外部なら衛星カメラに映り、逃亡者を的確に排除することも可能になる。

蛍子の到着をそれで確認出来れば事態はそこまで拗《こじ》れなかったのだが、蛍子到着時、実は入夏も同時に山荘に到着していた。彼女は蛍子とは逆の方角にある女子棟の裏手にやって来て、山荘から少し離れた搬入口から別棟の地下に潜り込んだ。

マイク音の反響は箱型テレビの被り物によるものだ。男子棟に現れた被り物とは、中央扉を越える際ましろから馬の頭を返してもらった川内和馬のことである。中央扉がデジタルロックなのだから、男子棟の入口の施錠も当然デジタル式であり、彼女はログから解錠状態を確認し、遠隔操作で閉めたのである。

坂東蛍子は非現実的事象を何も関知しない。何にも気づいていないのだ。

何一つ合っていない出鱈目《でたらめ》な誤解の積み重ねで、私は敗れたのか。

結果が全てだ、と入夏は諦《あきら》めた。夢と同じだ。突き止めた先が正しい以上、坂東蛍子の勝利だ。勝つ人間は過程などなくとも勝つべくして勝つ。

しかし、それでも納得出来ないことはまだ残っている。

〝その推理をいつこの女に伝えたんだ。私と話している間そんな隙《すき》はなかったはずだ。百秒の猶予《ゆうよ》は余計なことまで頭を回らせないためのものでもあったんだ〟

「大きな誤解があるわね」

何？　と入夏が怪訝《けげん》な声色を出す。

「私、貴方に問題出されてから推理したなんて一言も言ってないでしょ」

〝な、ま、まさか……〟

「体育倉庫よ。貴方と会う前に貴方のことを見つけて、ジャス子に電話したってだけよ。だから言ったじゃない、簡単な話だって」

坂東蛍子は入夏今朝との決戦の前に、既に全ての推理を終えていた。逃走中の又聞きのみで全容と骨子を仮定し、五秒のアイデアで入夏の犯罪を終わらせたのである。

もういいだろ、と茉莉花が終幕を促す声が聞こえる。沈黙していたワインセラーから僅《わず》かに衣の擦《こす》れる音が立ち、入夏が立ち上がったのを知らせた。彼女は手足を縛られているため、きっとジャス子に抱きかかえられたのだろうな、と蛍子は思った。彼女の想像は正しかった。

しかしその後入夏が、油断した茉莉花の腕を抜けて翻《ひるがえ》り、起爆確認ボタンが表示されたパソコンの方へ怪我《けが》を厭《いと》わず頭から飛び込み、エンターキーに思い切り頭突きをしたことまでは想像が出来なかった。

放送スピーカーから鈍い音が響き、実行のスイッチが押されたことを知らせる。

それは無慈悲な死の合図そのものだった。

〝アハハ！　ハァッハッハ！〟

入夏今朝が起動成功を確認し、高笑いする。どんなゲームも勝者は最後に笑った人間だ。最後に切り札を通した人間が勝つのである。

〝ハッハ……ハ……な、何故だ！　何故何も起こらない！〟

そしてその最後を決めるのは敗者ではない。

「だってガスなんて存在しないじゃん」

〝なんだと!?〟

「臭いで分かるわよ」と蛍子が肩を竦めた。

「爆発なんて嘘《うそ》なんでしょ？　冗談キツいわ、ホント」

〝そんなわけあるか！　確かにガスで……な、計測器が反応しない！　さっきまで……

坂東蛍子！　お前何をした！〟

「人聞き悪いこと言わないでよ。私ずっとここにいたじゃない」

〝お前以外に何か出来るわけ……そうか！　魔法瓶か！　お前、その魔法瓶を剣臓に修復させたな！　穴を塞いだだろ！　卑怯《ひきよう》で汚《けが》らわしい悪女め！〟

蛍子はちょっとイラっとした。

「なんで剣臓が出てくるのよ。よく分からないけど、魔法瓶はバベルで買ったやつよ」

蛍子がカメラに魔法瓶の横腹に開いた穴を見せる。買い換えるわけないでしょ。今日までずっと一緒にベッドで寝てきた大切な宝物なんだから。

「言っとくけど、穴が開いてたって別に使えないわけじゃないのよ？　この辺りまで飲み物入れても縦にしてれば零《こぼ》れないし、蓋《ふた》も開けずに済むし、むしろ便利なぐらい？」

〝何をわけ分からないこと言っている！　そんな不合理なもの、何の算段もなしに持ち歩くわけないだろ！〟

「し、失礼ね！　ロボ子のくせに！」

上手《うま》い言い訳だと思った台詞を馬鹿《ばか》にされ、蛍子が顔を赤くした。

「良いの！　私は何があってもこの子を手放さないの！」

〝そんな、そんな手放すとか、そういう……そういうことじゃ……〟

入夏の言葉は次第に途切れていった。考えるように間が増え、悟るように弱々しくなり、最後には深海魚のように己に深く沈み込んだ。

〝そういうことじゃ、ないはずだろう……〟

暫く何も聞こえなくなった後、入夏が僅かに乾いた笑いを零した。それは力の抜けた、解れた麻縄のような頼りない笑いだった。

〝なぁ、坂東蛍子〟

ハッカーが最後の言葉を発する。

〝私はいったい、誰なんだ〟

「知らないわ」

蛍子はキッパリ言い切った。

「だからこれから教えてよ」

そう言って少女は笑った。坂東蛍子は入夏今朝のことがそんなに嫌いではなかった。蛍子に寄りつく人間は、その多くが人気者から甘い汁を吸おうという魂胆が丸見えの者ばかりであった。だから彼女は人を遠ざけ、友人を作らずに過ごしてきたのだ。結城満にしろ、藤谷ましろにしろ、流律子にしろ、彼女の友人になった人々は皆、坂東蛍子という怪物と対等であろうと努力し、同じ人間として噛《か》みついてきてくれる相手であった。故《ゆえ》に、坂東蛍子は入夏今朝のことがそんなに嫌いではなかった。

「いつでもまた、挑戦待ってるから」

蛍子がカメラに不敵な笑みを浮かべる。

〝……気が向いたらな〟

か細い声の後、マイクの切れる音がした。

◆

魔法瓶は名をスティグムと言う。彼は元々妖精界《ようせいかい》の由緒《ゆいしょ》ある王族として生を受けた王子であり、人間界においてはトンボの羽根が生えた少年の姿で現れ、アイルランドの片田舎で子供達と遊んでは暮れゆく夕日に微睡《まどろ》む気ままな生活を送っていた。彼の未来が大きく変じたのは、父王の邪悪な家臣に唆《そそのか》され、戦争気運高まる十九世紀のドイツへ見聞の旅に連れ出された時であった。スティグムはドイツに辿《たど》り着くと、家臣の指示通りにドイツ社会主義労働者党の末席に身を置くある魔術師の下へ向かった。そこで彼は罠に嵌《は》められ、瓶の中に封印されてしまうことになる。その魔術師は「魔法瓶」と呼ばれる秘術を知っていたのだ。魔法瓶は妖精を思念体に変換させて瓶に封印し、その力で瓶内部に異次元空間を創出するというもので、三百年後には妖精要らずの科学技術として昇華される、謂《い》わば四次元のポケットであったが、十九世紀の時点では許されざる禁術だった。その魔法が邪悪な奸計《かんけい》のために用いられ、スティグムは水筒としての生涯を送る羽目になってしまったのである。

紆余曲折《うよきょくせつ》を経て日本に渡ったスティグム入り魔法瓶は技術者の手に渡る。その男に異常性を見抜かれると暫くの間研究対象になったが、やがて男が『魔法魔法瓶』なるマシンを開発させると、用済みとばかりに部屋に放置されて忘れ去られ、入夏今朝の手によって家電屋に卸され、安売りセールにひっそり忍ばされることになったわけである。

坂東蛍子が手にしたそれはただの魔法瓶でなく、また機械仕掛けの魔法瓶でもなく、正真正銘の魔法の瓶だった。

魔法は在る。当たり前のことだが、魔法など有り触れている。

「でも、ガスっていうのは流石《さすが》に腹に入れちゃいけないなあ。絶対健康に良くないよ」

スティグムは誰にも聞こえない言語でそう言ってゲップをした。彼の腹の奥底にある異次元空間では、先程吸い込んだ大量のガスと、三日前に吸い込んだロケット噴射の炎の残りかすがぶつかり合い、バチカン市国を軽く吹き飛ばすぐらいの大爆発が起きていた。口直しにジェラートを食べたい、とスティグムは新たな主人を見上げる。この主人なら入れてくれるかもしれない。

◆

夜が更《ふ》けていく。

警察は山荘からの通報を受けてすぐに現れた。彼らは入夏の犯罪を立証する証拠が見つかり次第いつでも確保出来るよう、あるいは〝望月嗚呼夜〟である入夏今朝を逃がさないよう、山荘を円状に囲んで待機していたのだ。そこには松任谷理一の姿もあった。彼は大城川原クマからロケット墜落の報を受けてすぐ、ヘリコプターに乗って山荘へ向かったが、到着したのは茉莉花が警察に入夏を引き渡したつい今しがたである。

　不安定に放置されていたロケットは一番に撤去され、山荘には見所も残っていない。学生として林間学校を惜しみながらも、理一は今夜は刑事として明かすことを決めた。後部座席のドアを開け入夏と同乗し、再びパトカーで署への道を走り始める。

「見逃してくれて感謝するよ」

　望月嗚呼夜が理一にそう言った。

「君には助けられたことがあるからな。その礼だよ」

「おや。私は人生において、誰の助けにもなれた記憶がないんだけどな」

　気づいていないだけだ、と理一が穏やかに笑んだ。少年は過去を振り返り、ネット予告を繰り返す愉快犯事件と、その時手を貸してくれた心強い味方を思い出した。

「人は気づかない所で人助けをするものだからな。経済みたいなものだよ。君はすれ違った多くの人に確かに影響を及ぼしてきたし、その内何人かは、きっと笑顔にしたさ」

「…………」

「君は生きた。それは立派なことだ」

理一は目を閉じていたが、不思議と鳴呼夜の表情の動きを感じられた。

「……じゃあ行くよ。友達が待っているんだ」と鳴呼夜が言った。

「ああ」

通話が途切れ、理一が携帯電話から耳を離す。非通知着信だ。三日前のことなのに、なんだか懐《なつ》かしい友と会ったような気分だな、と彼は携帯をポケットにしまった。

「お前もだ、入夏今朝」

理一は前を見たまま、隣に座る入夏に声をかける。

「夏を待ったお前は今日死んだ。だからこれからは立派に生きろ」

入夏今朝は手を膝に置いて脱力し、シートにもたれた姿勢で、寂しそうに笑った。

「捨てられる夢なら、ハナから見なかったさ」

大言壮語のきっかけは覚えていない。大きな夢を語ったら友達に褒められたとか、その程度のことかもしれない。

■

「じゃあ、まず何から話す？　やっぱり暗号かしら」

月夜の屋上に二人の少女が立っていた。

「いや、その前に、私と入夏今朝をいつ別人として分けたのかを教えてもらいたいな。確か君は、私に関する記憶を失っていたはずだろう？」

「そうなのよ。ちょうどさっき偽者《にせもの》さんとの会話のおかげで思い出したばかりなの」

それは何より、と鳴呼夜が笑う。

「ほら、ロボ子は暗号が三つだって言ってたじゃない？『私は何処だ』と『私の名前を混同して話してた。でもあれって別の話じゃん。『私は何処だ』は三つ目だけど、『私は誰だ』は本の装丁にあった四つ目でもある。そう、暗号は四つなのよ。ロボ子はそれを知らなかったから、偽者」

なるほど、と鳴呼夜が頷《うなず》いた。

勿論、蛍子の解答以外にも、入夏今朝と望月鳴呼夜を切り離すアプローチの方法は幾つか考えられる。和馬のように、何故理一が緊急性の高い山荘に残らない判断をしたのか考察してみても良いかもしれない。藤谷ましろなら、蛍子からもらったバベルエレベーター内のツーショット写真から身体的特徴に着眼したかもしれない。結城満はバベル事件後に「入夏が鳴呼夜なら爆弾を持ち込まないだろう」とマリーに笑い飛ばしてみせた。『グッド・ラック』の影響ではという白兎《しろうさぎ》の真っ当な反論も意に介さなかった。どんな謎《なぞ》も、糸口や綻《ほころ》びは見る人ごとにちゃんと用意されている。しかし一番の近道はやはり望月鳴呼夜の正体を突き止めることに違いない。鳴呼夜の本名が分かれば、和馬もましろも満も、全員が入夏と嗚呼夜を切り分けることが出来たはずだ。

坂東蛍子のように。

「それで、〝思い出したから分かった〟ってことは、君はバベルの最上階で私の暗号を解き終えていたってことだよね」

うん、と蛍子がにっこりする。

「では聞かせてもらおうか、探偵君」

蛍子がパイプを吹かす仕草をして不敵に笑い、ゆっくり口を開く。そうして一つ目の暗号のアンサーと、コンビニに入った時の大立ち回りを披露して嗚呼夜を楽しませた。

「次は二つ目。『913沈黙は肯定6、978その目は犯人を映す4。10顔に乳首のある魔女が11231 5貴方の名を知れば8、更なる道標《みちしるべ》の木を示す。木は全部で三つ。貴方の木、魔女の木、そして私の木』」

暗記してるのか、と嗚呼夜が驚いた。凄《すご》いな。

「まず数字の謎ね。これ、数字ごとに区切られているのにはちゃんと意味があって、例えば913と6はコンマで繋がる記号になってるのよね。ちなみに913・6は日本の近代小説を表す図書の分類番号。続く数字は全てひとまとまりに出来る、十三桁のＩＳＢＮ番号。本のバーコードみたいなものね。フジヤマちゃんの受け売りだけど」

「もちろんそこも考慮して作ったんだよ」

「ふふ。ええと、バベルの本屋に行ってこの番号に該当する小説を探したの。そしたらレジの前にあった遠藤周作の『沈黙』がそれだった。『沈黙は肯定、その目は犯人を映す』。沈黙の前に立っていたのは、レジで作業する店員さんだったわ。目元に大きなホクロがある店員さんだった」

「『魔女の乳首』が魔女裁判でホクロや痣《あざ》を指したことは、君から教わった知識だ」

「私はその魔女店員さんに自分の名前を言ったわ。そしたら本が出てきた。本の間には第三の暗号が挟まっていた……ねぇ、第二の暗号の後半は最後に答えればいいでしょ？」

　鳴呼夜は頷いた。「そうした方がいいだろうね」

「『私は誰もを見ていて、誰もが私を見ているが、誰も私を見ていないし、私も誰も見えない。私は幾らでもいるけど、本当の私は一人だ。本当の私とは誰だ。誰とも思えない。本当の私は何処だ』……答えは最上階の掲示板」

「その心は」

「掲示板は監視カメラと違って皆に見られるためにある。特にオープンしたての今なら誰だって見るでしょ？　それに、今までの問題と同じで物を擬人化してると考えるなら、対面する相手のことを掲示板自身もまた見ていると言えるはず。掲示板は各階のフロアに設置されてるから幾らでもいると言える。でも誰にも見られていない掲示板となると、誰も訪れない最上階に設置された仮設の一ヶ所しかない。つまり、『本当の私』は最上階の掲示板ってこと」

「その通りだ」

嗚呼夜が満足げにそう言った後、少し申し訳なさそうに続けた。

「本当は、私は最上階に隠れているつもりだったんだよ。それで、第四の暗号に君が正解したら姿を現すつもりだった。でも手違いが起きてしまってね。入夏今朝に見つかるわけにはいかなかったから、あの場にはいられなかったんだ。ごめんよ」

今の説明は正確ではない。実際は、最上階にあった磨《す》りガラス部屋の内部に嗚呼夜の代わりとなるマネキンと簡易爆弾を仕掛け、蛍子の暗号解読の折、彼女の視線を得たタイミングで爆破し、それをもって二人の永遠の別れとするつもりであった。

(結局私は会うも別れるも決められず、計画段階から優柔不断で、当日だって怖くなって雪ちゃんの友人たちに協力を仰ぐ体たらくだった。神出鬼没の怪人などと言われるけど、本当はただ逃げ癖のついた臆病者《おくびょうもの》なんだよ)

「いいわよ、別に。こうして会えたんだし」

蛍子は気にしていないことをジェスチャーで示した。

「じゃあ気を取り直して最後の謎。これを解くためには第二の暗号の後半部分を解く必要がある。『三つの道標の木』の話ね。これはちょっと難しかった。ちょっとだけね。

木が本と関係してるって想像出来なかったら解けなかったわ」

　嗚呼夜がコンビニの紙切れに書いた暗号文は「木」の文字が一列になるようデザインされていた。二つ折りの折れ線を横に引くことで「木」を「本」に見立てようとしたわけであるが、松任谷理一の気遣いによってこのヒントは見事に破綻《はたん》した。

「本屋さんで受け取った本はサルトルとオズの魔法使いが順番に組み合わさって、三章構成になってた。これが三つの木の一つ目のヒント。二つ目のヒントは、それぞれの木の名前ね。『貴方の木、魔女の木、私の木』というのは、それぞれが三つの紙切れに書かれた暗号文を指してる」

「そうだ。三つの木は、三つの紙切れと三つの章、その両者を表したものだ。暗号を解くには本を使って、紙切れの中に隠れた〝私の正体〟を拾い上げなければならない」

　要するに、あの奇妙な本は翻訳辞典だったのだ。三つの紙切れの暗号は、一度サルトルやオズを通過させ、翻訳することで、四つ目の暗号に変換されるのである。

「本にはもう一つおかしなところがあった。一章と三章のページ番号が修正されてて、それぞれの章で必ず白く塗り潰《つぶ》されたページ番号があった」

　塗り潰したのは、本当の自分が分からない嗚呼夜のシニカルな皮肉だ。

「『私を見つけたなら、そこで私の名前を呼んで』……塗り潰された番号が何を示してどう扱うかのヒントはもうこれしかない。だから私はとりあえず頭の中で一つ目と三つ目の暗号をひらがなに分解して、暗号文の文字数を数えた。そしたら二つとも塗り潰されたページ番号よりも長い文字数だったから、今度はページ番号に該当する文字をそれぞれ抜き出してみたの」

「……二章の木は？」

「〝木〟でしょう？」と蛍子が可笑《おか》しそうに笑った。「〝道標の木〟じゃなくて〝道標が木〟ってことでしょう？　それを名前の解読のとっかかりにしようとしたのね」

「ふふ………」

「さて。名前を呼ぶんだったわよね」

「ああ」と女が頷く。「聞かせてくれ」

「アーヤの正体は貴方よ、枇々木巴さん」

枇々木巴はにっこり笑った。

「お見事」

蛍子がくるりと一回転して決めポーズをとった後、やったあ、と万歳して飛び上がる。

本当に元気な子だ、と巴は笑った。正直な所、彼女は自分の本当の名前を呼ばれた時、どうにかなってしまうのではないかと思っていた。泣き崩れたまま起き上がれなくでもなってしまうかと危惧《きぐ》していたが、けれどもそうはならなかった。今は穏やかな幸福感だけが胸に灯《とも》って、目の前の少女を目で追うことで忙しかった。これが勢いに飲まれるということなんだろうな、と巴は思った。坂東蛍子のペースに私は混ざっているのだ。

もしかしたら私は流されやすいのかもしれない、と巴は今日を振り返った。入夏の爆破予告を聞いてから何度もハッキングで対抗しようと考えたが、男子棟では目立つため女子棟に逃げたのに律子や和馬に捕まってしまい、一人になりたいと言っても離してもらえなかった。図書室の前でも、別棟跡でもだ。ようやく単独行動出来るようになってからは、自室から持ち出した携帯端末を用いてロケットのシステムに割り込んだり、大城川原クマの携帯番号を盗んできたり、館内放送をハッキングしたりと精力的に動けたが、しかし流石にまともなPCがないと大したことは出来なかった。蛍子に一人で戦わせてしまって、巴は実に申し訳ない気持ちであった。せめて再会の舞台である屋上だけは全力で確保しようと、彼女は情報操作で警察を含めた全員の人払いを済ませたのである。

「坂東さん」と巴が言うと、蛍子が不満そうに首を横に振ってみせる。

「雪ちゃん」

「えへへ、なぁに？」

「さっき〝まずは何から〟って言ったよね。ということは、他にも私を解読した文脈を君は持っているんだろう？　というより、雪ちゃんは暗号とは全く別の部分で、解読前に既に私の正体に気づいていたよね」

「分かる？」

「やっぱり。あの言葉は待ち合わせ場所を示していた」

『林間学校の夜。屋上で満天の星を見たいな。私、星が好きなんです』

アーヤが星を見上げながら回想した。実に綺麗《きれい》な星空である。

「ということは、君は私と初めて出会ったあの時点で、私の正体を見抜いていたことになる。きっかけは何だったのかな」

「んー、あの時点ではまだ確信はなかったんだけどね。きっかけは、アーヤが眼鏡をかけた瞬間に私の名前を呼んでお礼を言ったこと。初対面の相手の正体を見分けて名前を呼ぶなんて、私でもちょっと難しいから、そこには理由があると思った。たぶんアーヤはあの時、私のことを目じゃなく耳で判断したんでしょ。声を聞いて気づいた」

なんだか照れるな、とアーヤは頬を掻《か》いた。私が以前から生徒会に出入りする雪ちゃんの声に耳を傾けていたことがバレてしまっている。

「そう疑念を持った私は、ちょっと探りを入れてみることにしたの。ほら、アーヤってベース弾くって言ってたじゃない？　だから左手で握手して、運指で使う指の先が固いかどうか確認した。カチカチだったよ、アーヤの指」

少女が笑う。なるほど、だから左手だったのか。

「あとは、トルコ石とかね。アーヤは日本かぶれなのに外国の国の名前がついてる宝石を髪飾りにしてるなんておかしいから、この理由の確認は外せなかったわ」

雪が今もアーヤの頭についている髪飾りの石を撫《な》でる。

「ああ、はは、確かに形見じゃなければトルコ石なんてつけないな。まだあるかい？」

「もう一つだけ。アーヤに本の暗号を見せたのもカマかけだったんだけどね、アーヤあの時、見事に引っかかってたよ」

『これ以前の事情を知らないから〝更なる道標〟については迂闊《うかつ》なことは言えない』

「私、暗号が連続して続いてるものだなんて一言も言ってないもの。これが決定的で、それ以降はもう暗号解読に集中してた」

「参ったな」とアーヤが苦笑いした。「完敗だ」

「フフ！　私に解けない謎はないのだよ、アーヤ君」

雪が得意げにそう言って、アーヤの胸に飛び込んだ。アーヤは顎《あご》をくすぐる雪の髪を優しく撫でた。ひと時の静寂の中、話すなら今だな、とアーヤは思った。私の生い立ちについて。私という人間について。私の病と、全てを諦めて失った過去と、今のどうしようもない空っぽさを、雪ちゃんに知ってもらうなら今が頃合いだろう。彼女は私のことを知って、私のことを恐ろしく思うだろうか。嫌われてしまうかもしれない。それでもアーヤは話さなくてはならない気がしていた。それが友人になるための第一歩なのではないかと、分からないながらに感じていた。

「……私の話をしても良いかな」

「やだ！」

「ええっ⁉」

思わぬ返答にアーヤが仰《の》け反《ぞ》る。

「私が先に話すの！　一年間で話したいことがもう、いっぱい！　いっぱい溜《た》まっちゃってるんだから！　机の落書きなんかじゃ全然足りないじゃない！」

雪がじたばたと腕を振っている。

「今夜中に全部話し終えるんだから、それまでアーヤは黙っててよね！」

「そうか…………そうだ。そうだね」

そうだ。私たちはもう幾らだって話をすることが出来るんだ。時間を気にせず何度だって会って、面と向かって話が出来る。それは私たちが今までやってきた、机上の落書きや、謎の解き合いよりももっと楽しいコミュニケーションだ。そうアーヤは思った。個人の苦悩だって、きっと愚痴に混ぜられる雑談に過ぎないのだろう。そんなものより話すべきことは彼女にはたくさんあるのだ。私にだってたくさんある。

友情とは何だろう。友とは何だろうか。親友とか、絆《きずな》とか、どうしてこう安っぽい響きなんだろう。それは誰にも分からない謎だからだ。誰もが違う理想だからだ。他人にとっては軽いものでも、自分にとっては重いものなど幾らでもある。

アーヤにとって友情は決して軽くない。魔法のように複雑な過程を経た、爆発のように刹那《せつな》的な結果だ。友人になるためには、探偵と怪人のように決死の覚悟で向かい合い、難解な問答を乗り越え、沢山の戦いを重ねなければならない。

あるいは、ちょっと笑い合ったりしてみても良いかもしれない。謎は体温で解ける。

「もうすっかり夜になっちゃったねぇ」

「ああ……」

きっとこれから私と君はたくさんの話をする。やがて話していく内に、お互いが全然違うものを見ていたことを君は知るだろう。そうやって君は視野を広げ、限りなく豊かに成長していくんだ。その姿を見せてくれるというなら、私もとても嬉《うれ》しい。

「ねぇアーヤ！　まずは何から話そっか！」

たくさん話そう。

本書は新潮文庫のために書き下ろされた。

河野　裕著

いなくなれ、群青

11月19日午前6時42分、僕は彼女に再会した。あるはずのない出会いが平坦な高校生活を一変させる。心を穿つ新時代の青春ミステリ。

新潮社ストーリーセラー編集部編

Story Seller

日本のエンターテインメント界を代表する7人が、中編小説で競演！　これぞ小説のドリームチーム。新規開拓の入門書としても最適。

竹宮ゆゆこ著

知らない映画のサントラを聴く

錦戸枇杷。23歳（かわいそうな人）。そんな私に訪れたコレは、果たして恋か、贖罪か。無職女×コスプレ男子の圧倒的恋愛小説。

知念実希人著

天久鷹央の推理カルテ

お前の病気《ナゾ》、私が診断してやろう——。河童、人魂、処女受胎。そんな事件に隠された〝病〟とは？　新感覚メディカル・ミステリー。

神西亜樹著

坂東蛍子、日常に飽き飽き

新潮nex大賞受賞

その女子高生、名を坂東蛍子という。容姿端麗、学業優秀、運動万能ながら、道を歩けば事件に当たる、疾風怒濤の主人公である。

朝井リョウ・飛鳥井千砂・越谷オサム・坂木司・徳永圭・似鳥鶏・三上延・吉川トリコ著

この部屋で君と

腐れ縁の恋人同士、傷心の青年と幼い少女、妖怪と僕!?　さまざまなシチュエーションで何かが起きるひとつ屋根《ふたりぐらし》の下アンソロジー。

新潮文庫最新刊

北杜夫著
見知らぬ国へ
偉大な父・斎藤茂吉、もう会えぬ友、憧れの文豪トーマス・マン……。永遠の文学青年・北杜夫の輝きの記憶。珠玉のエッセイ45編。

池谷裕二
中村うさぎ著
脳はこんなに悩ましい
脳って実はこんなに××なんです（驚）。第一線の科学者と実存に悩む作家が語り尽くす、知的でちょっとエロティックな脳科学。

井村雅代著
聞き書き 松井久子
シンクロの鬼と呼ばれて
シンクロ日本代表の名コーチは、なぜ中国へ渡ったのか……。常に結果を出し続ける名将が、波乱万丈のコーチ人生をすべて語った。

菊池省三
吉崎エイジーニョ著
甦る教室
―学級崩壊立て直し請負人―
北九州の荒れた小学校を次々再建した「日本一忙しい教師」菊池省三。学校を、そして子どもの心を救うその指導法に元教え子が迫る。

髙山貴久子著
姫神の来歴
―古代史を覆す国つ神の系図―
須佐之男とは、卑弥呼の正体とは、天岩戸神話の真意とは？　大胆な推理で記紀の隠蔽し続けた真実の歴史を暴く衝撃の古代史論考。

日下部五朗著
シネマの極道
―映画プロデューサー一代―
「仁義なき戦い」「極妻」シリーズといった昭和の傑作映画を何本も世に送り出した稀代の名プロデューサーが明かす戦後映画秘史。

デザイン　川谷康久（川谷デザイン）

坂東《ばんどう》蛍《ほたる》子《こ》、星空《ほしぞら》の下《した》で夢《ゆめ》を語《かた》る

新潮文庫　し－78－3

平成二十七年十一月一日発行

著者　神《じん》西《ざい》亜《あ》樹《き》

発行者　佐藤隆信

発行所　株式会社新潮社

郵便番号　一六二―八七一一
東京都新宿区矢来町七一
電話　編集部(〇三)三二六六―五四四〇
　　　読者係(〇三)三二六六―五一一一
http://www.shinchosha.co.jp

価格はカバーに表示してあります。

乱丁・落丁本は、ご面倒ですが小社読者係宛ご送付ください。送料小社負担にてお取替えいたします。

印刷・錦明印刷株式会社　製本・錦明印刷株式会社

ISBN978-4-10-180049-3 C0193